闽水泱泱

南帆

闽水泱泱

福建师范大学文学院文学创作丛书

消失的目的地

林梅琴　著

海峡出版发行集团
THE STRAITS PUBLISHING & DISTRIBUTING GROUP
海峡书局

图书在版编目（CIP）数据

消失的目的地/林梅琴著. —福州：海峡书局，2015.4（2024.7 重印）
（闽水泱泱：福建师范大学文学院文学创作丛书）
ISBN 978-7-5567-0081-3

Ⅰ. ①肖… Ⅱ. ①林… Ⅲ. ①中篇小说-小说集-中国-当代②短篇小说-小说集-中国-当代③散文集-中国-当代 Ⅳ. ①I217.2

中国版本图书馆 CIP 数据核字（2015）第 083830 号

责任编辑 曾令疆

消失的目的地

XIAOSHI DE MUDIDI

著　　者 林梅琴
出版发行 海峡书局
地　　址 福州市台江区白马中路 15 号
印　　刷 三河市兴博印务有限公司
厂　　址 河北省三河市杨庄镇大窝头村西
开　　本 710 毫米×1000 毫米　1/16
印　　张 13.25
字　　数 210 千字
版　　次 2015 年 4 月第 1 版
印　　次 2024 年 7 月第 2 次印刷
书　　号 ISBN 978-7-5567-0081-3
定　　价 59.80 元

序一

相对于中原而言，无论是经济还是文化，福建都是开发较迟的区域。然而，经过唐、五代的发展，至北宋、南宋时期，随着文化南移，处于东南海疆的福建在文化投入方面令人注目，整个宋代福建就出了五千多位进士。宋代的福建文化处于崛起的状态，州县学、书院的兴办，科举的发达，刻书业的繁荣，让福建一时文化精英荟萃。北宋著名词人、婉约派代表人物柳永就是今天的武夷山人，南宋著名词人张元干、刘克庄也是福建人。时间发展到近现代，冰心、庐隐、林徽因、郑振铎、高士其等闽籍作家影响广泛，他们的作品成为经得住考验的“长销书”，用今天学术界的话来说，就是他们的许多作品都“经典化”了。

我无意过分强调福建的灵秀山水对孕育出一代代文人墨客的不可替代作用。地域文化的某些特征有时能让人发挥天赋，有时则制约人的创造力和洞察力。我只是说，从福建这片碧水青山走出来的读书人，他们对世界的思考，他们的审美创造，随着近代伊始“放眼看世界”的时代潮流不断涌动，表现出地域性文化与世界性文化的消化、融合大于冲突的特征，同样，他们的审美书写，既有博大的胸怀，又不乏细腻的精致。而这些特点在福建师范大学文学院创作文库的诸多作品中，亦能得到有力的印证。

福建师范大学文学院培养的学生相当部分已经是福建省语文教学的骨干教师，培养优秀的师范类大学生无疑是教学方面的重点。同时，不少博士、硕士、本科毕业生也走上了大学教育、文化传播或行政管理等岗位，与师大文学院有着学缘关系的各类人才活跃在教育与文化建设的各个层面，他们的工作在毕业后已经有了很大的差异，但有些能力的不断强化依然是他们的共同点：一是能写，二是能说。

如果是一位语文老师，能写意味着老师的下海作文要能为学生作出示范，示范性意味着难度性。语文老师的高素质表现之一就是老师写出的文章学生不但能服气，无论是议论文还是记叙文，而且具有带动、启发的作用。近在咫尺，且与学生形成教学共同体的语文老师若“能写”，其为“班级订制”的作品通常能发挥教材上的文章所无法替代的作用。如此，文学院的学生写诗歌、散文、小说、随笔，不是一种“业余行为”，而通过写的“游戏状态”达到写的“专业状态”。这是因为这种“游戏之写”，不是通过必修性的学分制度让学生受约束，而是通过鼓励性的氛围创造来推动进步。一位学生只有通过写小说、写散文、写诗歌才会有耐心琢磨自我情感如何通过文字获得有效而别致的表达，一个运动员光看教学录像无法成为运动员，只有参加训练和比赛，才可能锻炼体魄，习得技术和战术。文学院从2009年开始举办一年一度的文学创作大奖赛，得奖作品汇编成正式出版物，展现学生的创作才能，通过“作品会操”提升创作水准，检讨作品得失，活跃创作氛围。如此持续多届，为形成创作批评与学术研究积极互动之特色打下基础。这样，从“运动员”到“教练员”，今后师大文学院的毕业生无论是从事教师工作，还是当新闻记者，或是从事其他文字工作，不但自己要写得好，更由于自己有了对写作的深切体验，懂得教他人写出一手好文章，而不是只会用几个既有的概念或术语来敷衍出几则写作方法。能力的培养，许多是习得性的，而不是概念性的。方法的“懂得”不见得会写，从方法学习到应用学习，有一大段距离要去亲自经历，也就是说，写作能力的习得具有不可替代性：只有体验过，受挫过，豁然开朗过，积累了一定量的写作体验，懂得自身的天赋如何通过写作发挥出来，才可能找到属于自己的表达路径。光说不练，写作体验是不可能达到深切的。从这个意义上说，此次创作文库的出版，对鼓励性的创造氛围的进一步形成，将起到明显的推动作用。其影响也将是长期的。

此次文学院创作文库的推出，其特色除了学生作品系列，更有教师与校友系列。我们知道，福建师范大学文学院的历史可追溯到1907年清宣统帝的老师陈宝琛创建的福建优级师范学堂的国文系科，是全国较早创办的中文系学科之一。历史上，叶圣陶、董作宾等著名作家曾在此任教。著名的翻译家项星耀也曾任教于师大中文系。创作、翻译、研究、教学，这在诸多现代文学人那儿，多是相得益彰、相映成趣。我们无意倡导高校中文系教师在教学、研究与创作诸方面的全能化，但至少应该欢迎有创作才能的高校教师发表文学作品。文学作品创作不像体操比赛，上了年纪的体操教练很难与年轻的运动员一比高低。创作可类比射击运动，经验丰富的老教练亦可充任赛手，与年轻运动员同台竞技，有时还能获得不俗成绩。此次教师系列与校友系列的创作者，既有名家，又有年轻的教师作家、散文家、诗人，说不上洋洋大观，但济济一堂，第一次如此集中地推出在文学院工作以及在外就职的知名校友的文学作品，既是文学院教师群体创作实力的阶段性总结，亦通过作品的共同展示，了解知名校友的创作现状，深化知名校友与母校的学缘纽带联系，构建以师大文学院为出发点的创作共同体，让在校与校外的文学院文学创作者的各种作品，从各个侧面体现文学院历史与现阶段教学的成果性、成长性与标志性。

文学院这三个创作作品系列，从年龄的角度看，也可视为老中青三代的不同生活与思想情感面貌的差异性汇合，他们都与师大文学院有着种种“不得不说的故事”，他们的作品也或多或少反映了在母校生活的各种情感痕迹，当然，这是小而言之。就大处看，这三十年来，在我们这片土地上发生了各种变化与各种故事，然而，无论如何变化、如何不同，这三个系列的创作群体至少有些共同记忆密切地联系着福建师范大学，紧紧地联系着他们共同拥有的中文系和文学院。除了这一颇有意趣的共性之外，他们各自的生活与情感面相更可以让我们激动地发现，我们的同学、教师、校友通过他们的笔，对生活有着怎样的发现，又提供了什么样的思想与审美的景象，这犹如一系列的精神橱窗，让我们漫步其中，驻足品味，或会心一笑，或沉思感慨，或退后打量，或移情投入，说一声：“看看，毕竟都是师大文学院的人，他们有些地方太像了。”或是“怎么都是师大文学院出来的人，他们的风格真是千差万别，争奇斗艳。”也许，这正是中文系、文学院应该有的写照，他们为了一个共同的爱好、趣味曾经或现在正走在一起，他们以各自的思想与表达呈现各种看法，同时，又以他们的笔，共同表达对世界、祖国、家乡以及文学艺术的热爱。

福建师范大学副校长　汪文顶

序二

1988年，我进入福建师大中文系，从那时起，我和文学的不解之缘就开始了。

那是文学创作的黄金时代，文科楼教室和宿舍楼里永远闪着不愿熄灭的日光灯，紧蹙的额头和双眉，格子簿上黑色的笔迹，一簇簇橙红明灭的烟头，都在暗示着文学风尚在那个时代是多么为人尊崇。我记得，中文系的《闽江》文学社云集了一大批文学爱好者。当年的文学爱好者，大多数现在已成了作家、评论家，他们将爱好做成了事业；更多的人，他们在工作岗位上发挥中文专业的特色和优势，在柴米油盐中眺望自己的理想，尽管当年的爱好已默默沉潜到生活的褶皱里，但毫无疑问，我和他们一样，用四年的时光培育了一生的情怀。

我们为什么需要文学？每个人都有各自的判断。毫无疑问，文学让我们更清楚地看见人生和世界，我们在艺术的视距里“看见”从来没有看见到的，这也许就是文学永恒的意义。因此我们说文学是一项不朽的事业，所有曾经和正在进行文学创作的人们都值得嘉许和崇敬！

热爱文学的方式有多种，一种人以文学创作为终生的事业；另一种人持续阅读文学作品并关注文学的发展，用读者的身份和阅读的力量来影响文学的发展。大学毕业后，我曾经在莆田一中当过语文老师，经常鼓励和指导学生多写作文，写好作文，不断提高写作能力。如今虽然沉浮商海多年，但我依旧对文学创作怀有深深的情结。我愿意做后一种人，虽然放下了文学创作，但永远不离开它！

福建师大中文系是一个文学人才荟萃之地，这里有很多优秀的文艺创作者，有的作品还对当代中国文学的发展产生过重要影响，而我也因之受益良多。今天，欣闻《福建师范大学文学院文学创作丛书》即将出版，我非常荣幸能为这套丛书的出版尽自己一份绵薄之力，一方面表达我作为一名中文学子的拳拳之心，另一方面我也想对那些依然在进行文学创作的老师和同学们表示敬意！持续关注福建师大文学院的文学创作和研究发展情况，并能有所助益，这是设立“文学创作与研究基金”的初衷，《福建师范大学文学院文学创作丛书》的出版不仅是福建师大文学院老师和学生文学创作成果的一次重要结集，更是一次集体展示，它不仅总结过往，更预示着将来。我想，福建师大文学院的文学创作传统也必将因之迈上新的台阶，继续发扬光大！

福建师范大学文学院88级　林　勤

目录 CONTENTS

小说

镜子的背面

这一生，你都没有亲眼见过你自己，哪怕只有一次。
也许，你只是在回忆中观望，像照镜子一样，
却永远也无法看到，镜子的背面，
到底是什么？

记不记得有一次，你驱车好几十里前往故去亲人的老家，一路上并无人同行。想不到仅是凭借儿时的一点模糊记忆，竟然真的叫你找到了隐藏在高山远水之外的小村，很多很多年前曾住过一段时日的，你至今都不能忘。只是遗憾你并没像记忆中那样，再遇见当年挑担卖吃食的小贩，那个大人们说会拐走坏小孩去四处流浪行乞的腌臜老头，就连村口那些被你偷摘过很多次果实的枇杷树、杨梅树、李树或是山楂树，也不知什么时候就没了踪迹。甚至是，你都有些听不懂他们的乡音，一句话要在脑子里过一过才明白。

多年来走南闯北的你已经习惯在陌生世界里如何泰然自若，自在得好像衣锦还乡。但是不一样啊，这里曾叫你这么熟悉过，他们都已经认识过你。好几次了，你都差点要忍不住和他们说，“我是谁谁谁啊！”

却是太久没来了，你根本不辨方向地乱走一气，兜兜转转了好几圈也没找到亲人的老宅，非常不甘心。你不放弃地找个小孩问路，临了却是口齿不清完全不像身经百战的某某公司某某经理，发现竟一直都不知道亲人的名字。天啊，原来他们还有名字。小孩不打招呼地独自蹦跳而去，加入不远处玩牛皮筋的那一群，好像，好像很久以前，很久很久以前的一个人。你满心失落地向着来时的小道沿阶而下，想不出下一步要干什么。

初夏的山林，风吹来时还有些薄薄的凉意，屋旁的大油桐树径自落着簌簌白花，一路漫成花道。你以前从来都不觉得，原来油桐花会这么美。记不清了，是哪个午后，你和村里的小孩在这边爬树，其中最美丽的一个（你一直暗暗羡慕她大大的眼睛红脸颊，每次都有很好看的碎花小洋裙）就学天女采了一裙兜的

油桐花，笑笑着往路上撒，眼睛一眯笑意都溢出来。你差点忍不住要爬上树，像当年那样摇晃着光脚丫看看哪里还有可以采摘的青涩果实，才不管有多酸，小口啜吸汁液，吃完用嘴巴舔舔手指，味道比你后来吃过的什么都要好。只是你一身纯白的连衣裙，今天是不可能了，而就在不远处，小你好多岁的下一代小女孩小男孩错落围成一圈不知在干什么。真的好像，五六岁时的你，又或是，只有四岁？眼前的他们竟不知道，这一段经过在以后是模糊甚至没有记忆的。同样的，老去的人们渐渐淡忘从前的事，不管快乐或悲伤，他们不再记得从前去过的城市村落，曾经同过班的同学，一起玩过的邻居，和，好得要命的死党。就像此刻的你，遇见有着一样经历的小孩，熟悉得一点也想不起来过去种种，你看到的，如同镜中一般。是真的，又好像是真的。

还好你不算太老。

你记得也不过是几年前，旧屋门前的那条小路还没有灌过水泥，墙角处有你种的好多粉红小月季，乱长的小野花。你经常都会忘了好久，想起时才提桶水胡乱浇上。虽然也想过要把居处装点成类似江南园林或乡间小屋的样子，却总是有个原因迟迟不能行动。顶要紧的是，太多的作业今天都不能完成。就是了，某个下过雨的清晨，你睡意蒙眬，一点也不想上学，惆怅地以为自己便是这世上最可怜最无奈的那一个。你赌气不肯带伞，头发乱乱地就出了门，才穿没几天的布鞋一下湿了大半，好像行走江湖倦了心意的游子匆匆又匆匆，微湿的空气真是好冷。才是七点多一些，若是冬天的话天还不大亮，路上也没有什么人。阴阴的，就算是早上也沉重得和黄昏一样。走到车站前的那个菜市场，你大憋口气快步逃开腥臭的鱼摊肉铺，完全无法接受这也是人间烟火气的一种。什么啊，你以为的人生是快意洒脱，和诗里说的那样桃李春风微凉微凉的，至于柴米油盐酱醋茶，到底你还没想好该是怎样一种存在。

来不及想太多，你赶上车门关上的最后一刻跳上车，却不小心惊动了临窗坐着睡回笼觉的白领姐姐，她一脸好困的样子。你抱歉地低头找个角落随便坐下，想昨天梦里的情节。是谁说过，梦境中的灵魂游荡于另一段时空中，也和现实一样，真实存在。那么，你在梦里又和儿时的玩伴到了山里，涉水走过后来覆没了的深深溪涧，摘下春天盛开的粉色桃花，风里飘飘荡荡……

真是这样的话，最近你梦中的田，叫你反复想起遥远的高中时代。她还是和从前一样的白色校服打扮，标志性的高高马尾，一点都没变。同样的，扆山校区，秋雨中落叶重重的老枫树，每次都数不清楚的上百级楼梯，连后来拆了做跑道的旧教学楼，也还是当初的模样。对面教学楼的破走廊上站满了小你们几岁的初中生，一具具长得很快的身体，爬满了青春痘的脸。每次到那里去时只要有人楼梯上打闹，你都会有地震的错觉，害怕这栋六十年代的建筑就这样跑跑就塌掉了。

从来没想过，大学时的某个寒假回来，真的就见烟雾中好大一声爆破，把十几米高的四层楼都吃掉了。都吃掉了，隔着好远好远，飞来的粉尘重重浓浓的像睡里醒不来的梦。你紧紧抓住田的手，很想很想要……却什么都没说。废墟中那些熟悉的断壁颓垣，奇怪怎么会是这样子？

同样奇怪的还有，每次你坐车经过公园路，看那一路的梧桐树后大门紧闭的旧屋灰墙，努力回想是哪个同学住在这附近的一条小巷里，转角再转角，定定是个藏过什么秘密的小地方。一小段的飞檐影壁，阳光斜斜总也照不进的花格雕窗，还有墙头真的会随风摇动的野草黄花。若是下雨天，撑伞走在青石板路上，漉湿的鞋面沾着点点泥浆，简直要想起旧时江南的雨巷，那样的烟雨蒙蒙。但事实却是，你有次和田偶然路过，因为不识路而乱走一气，又要避开屋檐底下四面横挑而出晾满内衣裤的竹竿，随时会滴下的水珠。走来走去，终于还是困在死巷子里不得出来。正是害羞年纪的你们扭捏着问过几个买菜回来的阿姨，才在她们奇怪的目光下逃窜而出，大大地舒一口气。那一带的黛瓦粉墙，在你的印象中一直是等待拆迁的一种。什么时候就会瞬间消失，被另一栋四四方方的高楼取而代之的。真的在时间面前，没有什么能永远存在下去。就像后来的你。

而你常会有苍凉的感觉，因为一点小事心字成灰，甚至想到死亡想到湮灭想到了了无痕。却从没有想过有一天，那些曾经在乎过的，流过泪的，会悄悄在心上变了重量。怎么你发过誓的，曾经双手合十满心虔诚地向着天地向着灵魂。却怎么可能呢，你终于也背叛了你自己。

真的不能够再相信了吗？

你和田。

某个月色满满的清风凉夜或是清得要滴出水的星空底下，前话都忘了，只是她问你：“我们一辈子都要这么好？”你很认真地点点头，以为这两三年的友情足以耐住一切未知的时过境迁，像所有的老故事一样，在很久很久以后，你们还一如往昔，多么美好。

“我不会变的。”你说过。

好奇怪，刚认识田的时候，觉得她直率得近乎过分，丝毫没有女孩子的娇羞文静可言。走路时一条马尾甩荡甩荡的，好像要把周遭的一切都带动起来。她真的有些太过热情，才同桌不久，借用你的纸笔时连声招呼也不打，还经常“参考”你的作业。甚至不经过你的同意偷看你的随笔作业，然后发出一声惊叹：“你的文笔好好哦！”真的不知道要说什么。

后来也习惯了，你觉得拒绝一个人是件好难好难的事，特别是她。“今天去××家玩哦，我在楼下等你。”随即便挂了电话。她好像无所谓回答，一身着蓝或粉红准时出现，也不叫你，一个人在楼下听着 MP3 踱步唱歌，小声哼哼。这样的时候，你不知道田在想什么，你觉得她好远好远，也有心事，也有秘密，也有没说出口的话，而你都不懂得。是真的吗？你眼里的世界是否真实，像镜子的背面，你看到的，和你看不到的。你想起很久以前看过的一部电影，男主角说：“很多东西用耳朵听比用眼睛看好。”真是这样的吗？感官的世界永远只是其中一面，有时候你更相信自己的心。可是，每个用心感受世界的人，最后都要受伤。

你无法抗拒所有感情的事。

很多年前，你父母因为超生把你寄居在远方的大姨家，只有农忙结束后才来接你回去一趟。印象中，老家的路要爬山过桥从人家村子走过，长长的总不能到，是这世上最远的距离了。每每你都想记住具体路线以备将来逃走，却终于还是疲惫地趴在母亲肩上睡着，无意识地留下一摊口水，醒来什么都忘了。你大哭一场，哽咽得喘不过气来，额头上还满是汗珠，才知道伤心原来是件好累好辛苦的事。

你不要想了，小手小脚地蹲在大姨家门前看蚂蚁，用指尖拦住它们的去路。你乐此不疲地玩了一下午，脸蛋涨得红红的，却一点都不觉得无聊。怎么，小蚂蚁比你还厉害，来来去去那么忙，却不像你会忘了回家的路。仅是七岁的你爬上桌跪着看墙上挂着的母亲少女时代的照片。小小的一帧，黑白色，样子都模糊了。你心里惘惘又有了泪，说不出来的，只是静静地任它流去，一时间竟不懂得怎样表达自己的感情。第一次体会到，原来思念是这样一回事。好难受，你很想沉沉地睡一觉，不要醒来。

你好困了，在夏日的午后。

对了，六月里是最适合睡午觉的，你吃过饭就困得睁不开眼，根本没听到大姨在外间洗碗晾衣又劈柴火。只是纱帘垂地，偶尔有穿堂风来吹起波澜，落地电扇嗡嗡地摇着头。贪凉快睡在地上的大姨夫，竹席上躺着的你，还有两个大了你好多的表哥，他们上初中了，睡了一半骑自行车要上课去，那个叫学校的地方有好多好多人，门口有好多好多好吃的，可是这些你都不会知道。不知道那天做梦了没有呢，醒来他们都走了。

你觉得好无聊。

年长你近十岁的大表哥，碎碎的刘海直垂到眉毛，风吹时也会飞扬，是个翩翩的少年。你记得的，他爱听那几盒磁带，小虎队里唱红蜻蜓的那三个台湾男孩，也是这个样子。你好想也长到他那么高，走路时踮个脚尖跳起来扯树上的绿叶吹，或是跟着唱机摇头晃脑，又或是，穿一身牛仔裤配夹克，可以不拉前襟的拉链。

可是，你好小啊，十四岁的二表哥牵你回家时，要把头仰得高高的才看得见他夕阳里的侧脸，温和的线条。是你还是他，出了好多汗，两只手心里湿湿热热的，夏日长长。你只有在这时候才会不说话，想他在想什么，下一步要踩哪块石头。猜对了，又或是他听到你在心里说，你以为的。你叫一声二表哥，笑笑问他明天要不要上学，怎么小猫冬天时总爱在太阳里睡懒觉，屋檐上的燕子哪去了，还有还有，修车店的老板家有一只大黄狗，上次你被追过的……太阳要下山了，你走走又拉他到夕阳里，停住脚步看地上的黑影子，发现好可怕，他长了你这么多，赶不上了。你往前大大跨了一步，一直走到快和他并肩高，回头笑笑看他，很开心。跟屁虫一样的你，决定要走在前头，步子迈得大大的，差点要跑起来。一直到太阳落到山那边，云色重了，树影人影都看不清时，你突然又觉得好孤单，跑回去拉住他的手，牵得紧紧的。如果可以的话，多希望能和他一直在一起。

幼年时的你，那么依恋不大说话的二表哥，就是走路散步也觉得好好玩。什么时候，月亮升起来了，你也学他枕着手臂，想事情，想白天去过的路途中遇到采茶的叔叔阿姨，河边好看的石头，小鸭子在水上游，还有明天，明天你要去的一户人家，不管怎样，一定要摘一朵石榴花的。你回头看看二表哥，长长的睫毛覆在眼上，睡了没有，又开始犯困了呀……

没有想过，你长大的时候他是什么样子，是不是会一直不变等你赶上来，像那天夕阳下，你和他说过没有？你要和他去到山的那边，坐巴士车穿越小镇尽头的旧桥梁，透过车窗看河水缓流，然后右转沿着唯一的路径直达 A 城。即刻就到了，比你小时回家的路还要近。还没下车，你就想好要吃什么，去哪里。你急急地想要长大，长成和他一般高，急得简直一刻都不要等。成长却没有捷径，这点你不知道。只是打算好，八九点时大姨去买菜，到她回来家里都不会有人。

你躲在屋里偷穿他们的衣服裤子，结果一一试遍，竟没有一件合身的。落地穿衣镜前的小姑娘，长长水袖，一点都不像你。你没学戏文里说的那样长歌低叹，也不会，只是抬抬手，发现这衣服好难看好不合身啊。

你都没听过，人生如戏，浮生若梦，时间最是一眨眼的事。幼时听外公说过唐传奇中的枕中记、南柯一梦，单单只是觉得好玩。就连平日睡觉，也几乎不做梦，即便是有，醒来也忘得光光。当你意识到睡里有梦时，已经离开大姨家很多年。好几次了，你在梦中走一条很长很曲折的路，什么人也没有，茂密丛林，残烟落叶衰败处好凄凉。你找了好久，终于一下遇到了父亲母亲，哥哥姐姐，还有大姨，大表哥。怎么，他们却全都不理你，好像不认识你，眼光里全是冷漠生疏。怎么，他们都变了。还有二表哥呢，你都喊不出声音了，还是找不到他。不能再走了，你的双脚沉重得迈不开步伐，可怕的老鼠蟒蛇却直追而来。

你尖叫着醒过来，事实上却跌入另一层梦境中。什么都没了，你乘着一片羽毛降落了好久好久，一直飘过村里绵延的小路，花都开好了，溪水清清潺潺地流啊流。你以为要回去了，等了好久，羽毛却一路不停地往前飘，路过的柏油公路青山大河你都不认识，一着急，终于从梦中醒来。

妈妈，你在哪里呀？

此后你不断重复这样的梦，第一次，体味这种孤独无助寂寞漂泊的感觉，没有比这更可怕了。若果梦境比现实还可怕，你愿意永远保持清醒。或许就像田说过的，人生这么短暂，来不及看更多的风景。你也好想要一刻不停地看下去，走下去，不管是哪里。

不管是哪里，最后总是离开。

就算是，你坚持了好几年给远在北方求学的二表哥写信通电话，却还是会在又见到他时感到些微生疏尴尬，好多话都不知该怎么说，说不说。毕竟你们，都背弃了承诺各自长大。你哪里会想到，有一天他也会恋爱结婚生孩子，过着完全和你无关的生活。可是明明，你们曾经那么要好过。终于你停下脚步来，要走的人却还是走了。是的，你无法抗拒光阴逝水，就像你无法填补那个黄昏影子间一段小小的距离。

那之间也许是沉醉，也许你也会愿意在无奈中跳入悬崖，不想生或死。对了，你不会没偷喝过酒。总有那么一次，你和家中的表兄妹几个在外婆家过暑假。好热的夏天，你们玩厌了夹竹桃花心中的小虫子和院子里被吓破胆的鸭公鸡母,也不敢再去糟蹋舅舅家刚结的葡萄,屋前屋后都没得玩了。是谁想起的,外婆新酿了一缸的酒。你们一群人轻手轻脚地上了楼,小心不弄出声,好多颗心脏跳得扑通扑通的。你们中最大最小的那一个?大表姐还是小表弟,是谁大胆掀开了盖,你看我我看你,终于有人尝了第一口,眉头皱得紧紧的。“好难喝!”你也试过了,发现辣辣臭臭的味道并不好,差点没吐出来。可是你们都好爱逞强,各自喝得脸蛋红红要发烧,很难受,脑袋昏昏身子软软的。你好想睡觉了,像梦里那样睡在云上,一直飘荡。

在这之后,你想到了死亡,在结束,又或是停止时,在另一个时空里,死去的人就再也不会长大不会伤心不会老去,什么都不变。你每每感慨于日本人面对死亡的态度,如同樱花飘落一般,在薄寒春日的煦煦阳光里,风一吹,无留恋无目的地随缘随分就去了。下一世,你想是门前摇曳的野草花,挚爱的亲人偶然路过也不会侧目,没有感情的话,你便可以是一个人,自由自在。可是你又不敢啊,像你喜欢的那个少年成名的女作家在诗里写的那样:

越年轻越爱想死亡的问题,
越想死,
越牵恋今生的未了。

后来她连续十年都停笔不写了,消失了一样,而你只能继续往前走,去迷路,去寻找,去从来不想去的地方。

一路走去,曾经陪伴你的都不见了,再也找不到了。如果说你和田之间是缘分的话,你更愿意相信那只是偶然,没有她,还可以有另一个人。也许你爱的,并不是你爱的那个人。但你们还是好好,真真的好。

那时的你们都好爱玩,逃课或是假装生病请假,反正总有理由。田总是带你坐那种没有牌照的绿皮柴三机,运气好的话,抢到靠车头的位子,趴在栏杆上痴痴向外望着,看蓝天,看绿野,看一片黄黄压青青的油菜花。你用指尖比比远处说:“好好看啊。”

车子颠得厉害,一向不晕车的田也有些受不了,两只手交换着捂住嘴巴,神情紧张一路都皱着眉头。你向她靠靠,又挪近一些,一只手插进她臂弯紧紧挽住,很踏实。这下是田侧了身子过来,靠在你的肩上。两个人像漂泊在外的旅人相互扶持，长长前路没有尽头。在你读过的旧小说中都过有这样的情节，虽然只在男女之间，可是没关系，你以为友情会比爱情还来得刻骨铭心——因为没谈过恋爱，当然不知道是怎么一回事。

车子直开到路边站牌才猛停下来，千诗亭、棠溪、秀庄或是鱼溪洋什么的，一望而知是个小村落。你们从车上跳下来，走到一边理理头发和衣服，很有默契地相视笑笑。这一带一定没多少人居住，像你老家一样，所有壮年的农民拖带着"工"字后缀进城打拼，过年才会回来。这时你会有一股浓浓的乡愁，不是为自己，也不是为别人。这么说好了，很多感觉你永远也无法表达，甚至不懂，像对母亲，对田，对二表哥，对好多人。

那就什么也不要说，什么也不要想。你们牵手走着，随意聊些过去现在的事，幼儿园都在哪里读的，做过什么糗事，和谁谁谁干吗又后来和好了……你摘把枇杷叶做扇子，随手卷起马尾辫成一团，流了好多汗。田偶尔也会问你累不累，还晕不晕。你摇头又问她，有时也沉默许久不说话，想想，终于把憋了好久的心事都告诉她。

可是印象中，田却从来没和你说过心里话，不知道是不是没有。

因为这些，你会一下子失落起来。田却惊叹一声小跑过去，以手做檐笑笑看你，身后花枝缀得好满好有重量。三月乡间的桃李花开，风吹时透着脂粉气，粉红色好像是一场艳遇，旧时女子的脸上害羞时的一刹那。含蓄中的暗暗透露，说一千万句也得不到一句回答，是不是越深刻的感情越难体会？可是你也喜欢梨花白，杏花黄，五月里簇簇落落的油桐花，又或是可以结石榴的红色石榴花，大红大红的。你觉得，爱热闹的田也会喜欢这样的颜色，所以你也喜欢。

记不记得有一次，你和田偶然路过街尾，正赶上人家村里做庙会游行回去。你们跟着看了一路，一一辨认走过的仙人是什么名号，觉得很好玩。没记错的话，着白衣坐莲台的是观音娘娘，一身道士服的是太上老君还是太白金星，三只眼的二郎神……还有，好多你都不认识。九十年代出身的你们已经对古老的中华文化没有多大了解，老房子都不住了，旧街巷越来越少，你也说不清是覆灭还是重生。对于你们这一代人来说，已经没有太多的消逝寥落之感，因为印象中，这些东西本来就没什么分量，事情就是这样的吧。

你却不会忘了，幼时随哥哥在路边摊前舔棉花糖，看小贩懒懒踩着踏板，总是舍不得走。每次哥哥都觉得你好鸡婆，等不耐烦了就一个人先往前走，反正你都会跟上来。一样的是看人家弹棉花,你最喜欢的了,小小时也会跟着节拍点头哼唱。浮浮的白色棉花,不是用来射箭的弓,黑暗的厅堂透露些微苍白的光,寂静中永远也不变的节奏。永远也不变啊,只是会消失。

然后好怀念这些。

还记得,你六岁那年舅父家的小姐姐患上难治的白血病,四方寻医都没有结果,终于还是在某个寒冷的夜晚死去了。死去了,怎么你连她最后一面都没有见,再见也没有说。无论如何,你都不能相信。明明她扎着两只羊角辫和你一般年纪,怎么会这么死了呢?尽管母亲告诉你,那天她和舅父一家坐车从医院回来,小姐姐躺在担架上靠着氧气罩勉强呼吸,她也许是觉得难受了,小手比比要摘下来,再戴上时,渐渐就没有了呼吸。你好几次都试着不要呼吸,却总是做不到。怎么会,小姐姐她不要呼吸?

可是真的你再见不到她了,十几年中都没有再见到,像你从前养的一只花猫,某一天回来就再也见不到了。你哭了好久,下定决心要去找他们,发誓要永远都不离开他们。便是那一年秋天,你背着书包去找一个叫天堂的地方。印象中走了好久,你一个人从大姨家门前的那棵柚子树出发,一路往太阳下山的地方前去,还要穿越窄巷终年潮湿的青石板路,心里怕怕的,因为这里经常会有老鼠出没。好远了,你终于到达芙蓉树前老旧的电影院——你们小学排队去看《妈妈再爱我一次》的地方(二〇〇七年被一场大火烧作废墟)。你觉得已经走了好久,事实却还是没有出镇。再往前,路过黄土夯成的泥墙,你就再也看不见大姨屋后高大的老榕树,山后慢慢滑落的夕阳也不见了,你怎么赶也追不上,急得满头大汗,肚子好饿,不知道是要回去还是继续走。

要怎么办呢,你坐在地上想了好久,好好的一个人,一只猫,就这样不见了?不,他们一定是躲到哪里去了,总有一天会让你再遇见的。

然而在这之前你就只能等待。

是怎么一回事,你像个小老人一样坐在屋檐底下,看墙上的壁虎一两只很快爬过,消失在你不能去到的缝隙中。你当然也知道壁虎的尾巴截断后还会再长出来,很小时就做过实验的。只是在想,是不是生命中的片段也可以这样?你好想忘掉一些事又不致让记忆空白,虽然不大可能,可是比起记得,似乎要好一些。那就都忘掉好了。房间角落里藏着没吃完的栗子馅月饼,只能给哥哥吃了;每天傍晚一定要看的樱桃小丸子动画片,也不要看了;下一次去上学,都记不得要去叫兰兰了;街角那边对你很好每次都有布偶娃娃给你的剃头匠爷爷,你不能理他……怎么你好舍不得,不想忘掉。那么就这样吧,像一只鱼就只有七秒钟的记忆(只是你不能忘掉爸爸妈妈,天黑了就一定要回家,不然会有鬼哦)。

你觉得,时间越来越长,记忆越来越多,怕好多事情记不住。可是没关系,年轻的时候,有的是大把的时间来挥霍,就什么都不做随意浪费好了。事实确是这样的,会玩到最后一周赶整个暑假的作业,右手写得快要抽筋,还在心里暗暗盘算可以拖延的时间;会和小朋友玩到太阳下山忘了回家吃饭,听好远处妈妈在叫你;会到处游荡弄得一身泥,都没有人能认得你。你无法理解奋斗岁月里的争分夺秒,以为自己断不会有这样的毅力、无奈、不得不?终于年老了,一天天反而不知道做什么。十几岁的你,看惯了教科书里关于时间飞逝的诸多感慨,每一天都觉得玩不够,实在体会不了度日如年,只有长得不能再长的课上四十五分钟,你不是和同桌交头接耳说悄悄话,就是到处传递纸条打发时间。

直到高二下学期物理课上老师向你们讲述相对论,弄得全班人一头雾水,你才有些明白,好多时候,你以为的一切并不真实。时间不会因为你觉得而变快;爱情不会不知何所起而一往而深,只是苯氨基烯酸分泌了;死去的人化为飞灰,你在风里不是残烟是钙铁锌锡种种元素。

那么,镜子的背面就是水银,没有别的。

你好讨厌科学。比起氮氢氧碳这些没有感情的化学元素反应中和质变,你宁愿相信上古世纪盘古开天辟地、女娲捏土造人的浪漫传说。你知道这一切并不妨碍你的生活,就像视听课上无聊的国际新闻世界局势,太远太远了,远得你无法想象世界地图按比例换算后是有多大。

北冥有鱼,其名为鲲。鲲之大,不知其几千里也;化而为鸟,其名为鹏。鹏之背,不知其几千里也;怒而飞,其翼若垂天之云……

你沿着小路走边边,开始想要离开生活了十几年的 A 城,去一个,能看得见海的地方。蓝色的水,该是一片忧郁的胸怀不断沸腾,想念不能再见的亲人。不断地沸腾,心却是凉的。

却是不能。

在号称 A 城风水最好的教学楼里,你终于也想起要读书,发了呆要回过神,下了课还赶时间再看两页书，上讲台问数学老师昨晚难解的几何题，甚至偷偷在便签纸上写下大学意向。这些你都没有告诉田，她是不是和你一样，也想远走高飞，去一个没有人认识的陌生城市，独自漂泊？重新开始？你无从得知，和每一届高三学子一样，你们已经没有太多的时间实行青春必不可少的叛逆。做不完的综合卷，背不完也记不住的单词，永远也解不出的方程题，每天来来去去重复相同的程序——一个个倦怠的生命。

好多年前了。一个夏日的午后，阳光斜斜照进教室门前的几寸水泥地，偶尔飘落一片叶子，带起黑板前的落定的白色粉笔灰轻轻飞扬，雪花纷纷。你也是班上还孤军奋战的那几个，困得不行了，就只好趴在课桌上枕臂而眠，沉沉睡去。却在梦里被考试题目一惊，醒来时手上麻麻的一片，都是咸咸的汗水。就算毕业工作很久以后，你再做这样的梦也同样会惊醒过来，只是觉得好好笑。一时还想不起来，今夕何夕。

很想给谁写一封信，说说当时的自己——那么委屈。你却只能抹抹额头上的汗，抱怨起学校一到午休期间就总是停电，小气死了。这栋百年的破教学楼，蚊子也成了精，咬得人腿上都是包。以前的哥哥姐姐们，受的苦可真多。直到有一天你也成了过来人，和表弟表妹说起学生时代，劝他们要好好读书，也偶然会想起这些。你觉得自己好老了，时间真是好可怕啊！你一定都猜不到，最后会变成十多年后的×××，这个样子。

你差点没哭，还是静静地拿起圆珠笔，依旧做起面前那份有些潮湿了的英语周报。

Twodrifters，offtoseetheworld.

There´ssuchalotofworldtosee.

We´reafterthesamerainbow´send，waitinroundthebend.

Myhuckleberryfriend，MoonRiver，andme.

第一次，你觉得英语也可以是美丽的。虽然一直以来，你都好讨厌英语。在镇上读初一时起，没有真正学过音标的你，借助丰富的想象力用普通话、符号、甚至方言为每一个单词注音，一路吃力地向上爬，可怜的分数却始终拖着年段排名。虽然你每晚都在下自修后多背半个小时的单词，很可怜地吹着科技楼厅长长空空的风,校服衣袖鼓胀得好生气。夜里的栀子花香香的有些甜,明明你是要去的,像从前那样和三两好友踏过绿草地,边哼歌边把学校应季的鲜花偷偷摘去一两朵,技术好得绝无人会发现。你要,要做一个十六七岁的少女。

可是等等,你还是无法释怀这次月考成绩,始终徘徊在六十分左右的English。你甚至有些怀疑自己,或许只是一个平凡的不能再平凡的小小孩,什么都不是。怎么会?你当初也是好容易就考上了重点高中,还以镇上第三的成绩风光了好一阵。很小时,你就打定主意将来要做个描摹写意的国画师,因为大姨家里挂的那幅花鸟图好好看。十一岁那年参加作文比赛得了一等奖,你又改变初衷要去舞文弄墨。再后来,你觉得作家生活太寂寞,还是去做导游到处玩好了。只是你并不明白,这些和你考不考得上重点大学有什么关系。

不能再想了,成绩单上的排名退了那么多,你都不知道回去要和父母怎么说。从来都不听课的T,数学还比你高上几分。努力了好久的英语,还是一点长进也没有。而你不大搭理的语文,却是很奇迹般的又稳居第一。你真想很苍凉地笑笑,像个对世界失望透了的伤心人叹一声造化弄人,然后直接剃了三千烦恼丝隐入空山做个小尼姑去,谁来也找不到。无论如何,你都不想面对了。当你再次提笔写信给在北京某名牌大学读研究生的二表哥时,都没发现一切已经变了。什么时候啊,落叶飞花闲愁万种,纷纷扬扬飘飘荡荡地就从你的纸上消失了。你甚至都没想过去找回它们,你的心扉小小寂寞的城,一片灰烬。

种种,你试图逃离无法分辨的世界,丢掉不太真实的感情,去寻找一种可以证明存在的切身感受。比如:放学后去学校附近的超市闲逛,看货架上从来不决定要买的酱油、味精、花生油是什么价格。经常出现在化妆品区域搞促销的女售货员又换了什么发型。你始终弄不明白她每次都和你说某某商品具备美白补水抗皱等等功效,怎么自己还长得那么丑。还有,你甚至想过,如果真的从超市里偷一支笔或一块橡皮出去,门口的警报到底会不会响。你会不会像个小偷被人抓起来,然后关到少年监狱里去不要读书,就这样被遗弃了,从此人家都拿异样的眼光来看你。你从来没试过又好想去试试,可就是不敢。

你佩服着大胆的田,听她说她小时候曾在家附近的廉价商店里偷过糖果,虽然事后被父母狠狠打了一顿,可是,那又怎么样呢?你以为青春便是一些疯狂事,高歌、呐喊、追明星,又或者,谈一场欲仙欲死的恋爱……

对于你来说,爱情就是初中时收到隔壁班男生的一封情书,那样天大的一件事。如果不是因为那个男生长得太丑,你一定会试试早恋,然后很小心地不要被人发现。你都想好了,要买本好看的本子记录你们在一起的一天天,在个西风秋意浓的黄昏后一起回家到差不多时说再见,要很浪漫地手牵手到后山柿子园那散步再顺便摘些果子,最后离开多年居住的小镇私奔到天涯海角去,从此都不再回来。想想,那样简直疯狂极了。

又如同十来岁那年你在三姑家,大学快毕业的表姐很不幸运地要负责带你。印象中,她总有好多事要做,你都记得的,她早起时喝杯开水等半小时再吃饭,洗了碗涂护手霜编头发换睡衣,看一会电视又趴在书桌前写好久的信。她的连笔字写得龙飞凤舞还对你遮遮掩掩,好无聊的你一个人在屋外跳房子,发誓再也不要来三姑家。可是有一回表姐却什么也不做,而且连早饭都不吃。你在外面玩腻了回来,决定要吓她一跳,进了屋就很用力地一把拉开她头上蒙的被子。

啊！怎么,表姐她哭了。

你站着不知道要怎么反应,老半天了才想起来应该拍拍她的肩膀,抱着她说:“表姐你乖,不要哭呀。”结果你却吓得说不出话来,连忙跑掉了。

你以为大人是不会哭的,像你爸爸就从来没哭过。你一点都不懂,前几天还好好的呢——原来爱情是一件伤心事?

你始终不明白,那些殉情的哥哥姐姐是为什么,死亡不是一件很痛很痛的事吗,他们都不怕?便是那一段时日,你和田每次从南门抄近路去中心街,走小巷,在一户门前种满紫红色鸡冠花的青石砖楼下,总会见到一对年轻情侣靠在栏杆边上牵手说着悄悄话。好几次了,也不管人家在不在意,田都拉住你要再看一眼。满脸通红的你压低声叫“走啦,走啦!”却清楚地明白,你的心里是和田一样的想法,很想上前去,一点没孩子气地问问他们:“爱情是什么?”

你都清楚地记得,高二下学期时的一个秋日夜晚,你胆大地一个人走平时不敢走的路灯昏暗的小道。只为了去吃仅在周四才有摆摊的大肠塞小米,虽然还不确定有没有。你走得好快,斗篷大的秋季校服迎风飞扬飞扬的,平日常借光的那户人家奇怪竟已熄了灯火,门前的夹竹桃树映着月光下的黑影子好可怕,你担心会有野猫出现。这一带常有离家出走的野猫到处游荡,经常会吓人一跳。好几次你仔细观察野猫,分辨它们可能所属的家庭,因为听人说宠物养久之后就会和主人越来越像。有时你也担心长得像田,因为她说她是喜新厌旧的。你好多心事地往人家窗前走过,穿过小巷是八十年代做打火机后来取缔了的旧工厂,围墙里的院子你们连白天也不敢去,你有些后悔了,觉得肚子也不是很饿,终于走走又回了头。

不会忘了,你第一次见人接吻,和从前电视剧里演的全不一样,都不一样,是真的啊。你在那家种鸡冠花正应季开着小雏菊的院子前,还是平日里见到的那对情侣,路灯底下贴得那么近,头脸都看不清。你也不知道自己怕什么,竟哇的一声大叫着跑开了。

是不是,有一种震动心灵的体会。很长的一段时间里,你都在想,接吻到底是什么味道,真的像当时还未婚的姐姐说的那样,脑子里一片空白,只觉得对方嘴唇的柔软。啊呀呀,你连想也不敢再想了,多么可怕的一件事。

却是和每一代高中生一样,你们也爱私底下咬耳朵谈论这些。长得最好看的萱儿,据说初中时就开始谈恋爱,从来没断过。坐在后排成绩不大好的 K,其实一直都喜欢菲。而平时不大说话的 A,原来每天都和大迅一起回家,然后在大榕树下招手再见。天哪!难怪 A 会和大迅说话,上次月考后还在一起讨论过问题。你甚至听欢欢还是云云说过,他们从小学起就同过班,彼此的家只隔一条旧街巷,整整六年,不是青梅竹马是什么。有意无意地,你也和班上同学一起开他们玩笑,投几次带有深意的目光。仅只于此,你也感觉到 A 开始慢慢疏远大迅,而且更不爱说话了。一直到你们毕业,他们俩的关系似乎都没有再好起来过。好几次了,你都想当面和 A 说声对不起,却终于还是没有。可是明明你是很想的,像,像从前和小伙伴吵架说再也不和你玩了,就真的好久不理人家,心里却后悔得要死。你常常是这样在背离中失落,无法遇见真实。

不懂啊,你的心,连镜子里也没有真相。

你一直都没有见过镜子的背面到底是什么,冰冷的?真切的?绝对正确?

只是很偶然的一次,你和田在城郊外的马路上直晃到下午,风好大,道旁的木芙蓉花一大朵一大朵地掉下来。兴致很好的田学当时海报里的女明星也簪花在耳鬓,夕阳里好烂漫。你不怕死地在马路上横穿而过,吓得田都来不及拉住你。那时候环城路还没建,运货大卡车、长途客车、小汽车等等挤了一街,长手长脚拼命长的你们好像怎么都装不下。一路吹着河风直杀到坂中桥,那一处左右两边总是摆满了茶叶蛋、扯白糖、冰糖葫芦之类的小小地摊,你和田每次都很会算计地各买一种,然后换着吃。

你们总是吃得很快,因为前面右转就是煤渣跑道的大操场,有风时鼻子里总是黑黑的。你随便擦擦嘴脸，问田要不要去文具店、书店或是两元店逛逛。大多数时候田都不会拒绝你，在逛完商店什么都没买之后，你们在附近车站后的旧街巷随便找家便宜小吃店共吃一份拌面、米粉，很满足地出店门打个饱嗝。从来都不知道的是，这里的小吃店到底几点打烊，因为一直都没机会在半夜十二点后还出来逛。对于当时还十七八岁的你们来说，十二点之后的街店完全是另一个尘世，那些夜生活糜烂和你们一般年纪却抽烟染发没有读书的哥哥姐姐，让你每每都生出好多同情。

你很天真地问田："他们快乐吗？"没想到田竟然很认同地告诉你说："快乐啊干吗不快乐。"第一次知道田原来这样想，你都不知道要怎么回答她。从陵园路一路走来，你们都没有再说话。你觑眼看看田，不知道此刻的她又在想什么。

已经好晚了，你们梦游一样沿着斜斜长坡走在路上，昏昏散漫的灯光流了一地，和秋天的落叶飘萧。你还没打算回家，小声怕人听见地告诉田前几日谁又和你说的不能告诉别人的小秘密（虽然你每次都要死要活发毒誓不会说出去）。你们且不管几点了，不怕脏地看看地上有没有狗屎就随便坐下，一聊就是好久。重点是田原来有那么多邂逅故事，你以前竟都没听说过。你好奇问她后来那叔叔的儿子有没有再每天放一朵小桃花在信箱上头，又写情书那个长得帅不帅叫什么名字。你都不想会说故事的田那天到底有多少话是真的，只是羡慕极了，两手托腮看看远处广告牌上写的什么，不说什么。田却突然问你："你有喜欢的人吗？"

一点都没想到她会这么问的你愣了好久，脸红红的不知要怎么回答，只管摇头拔两根野草编成戒指戴在手上。她却微微一笑，很平静地说："我喜欢陈。"

你吓了好大一跳，心乱乱的想什么想了好久。同样不说话的田却在桥边停下脚步，散了发让风吹着，侧影中看不到是什么表情。陈是你的后桌，属于班上不怎么读书却成绩很好的那几个。平时你们都很少讲话，只是每次做习题考试时他必向你们借圆珠笔橡皮擦尺子什么的破事一大堆。也和所有的后桌一样，总是在你舒服地享受靠背的同时，猛地抽开桌子，吓你好大一跳。

怎么也想不到，田会喜欢他，而且……而且还和你一样。

你终于相信了，时间可以改变一切，甚至外貌，甚至习惯，甚至是偏爱。

即使时过境迁，你都没有问过田，她和陈在一起之后为什么都没有主动联系过你，毕竟你们曾经那么要好过。是她知道了？还是她忘了？还是她从来就没在乎过？那么久了，你经历过怀疑、失望、伤心甚至是愧疚，都一直无法释怀。

很多年后，你才从友人口中隐约猜到，当年你写给陈的那封信，他一直以为是田的。而且，她当时并没有暗恋过陈。

怎么说，你觉得很难受？怪她？怪自己？

这些却都不再重要了。你只觉得——一个人，是多么的孤独，不愿相信，就算是最亲近的人，就算好得不能再好的那一个，你也断不会和谁有着一样的凄凉体会，即使懂得了，依旧不能识得。

像你，像你少女时代还一直深深依恋着的姐姐，你一直都以为她是只属于你的，永远都是你的好姐姐。不是吗？每次家里有什么好吃的，只要你喜欢，姐姐都会让给你。虽然小小的你爱哭且脾气坏，可印象中的姐姐是从来不生气不皱眉头的那一个。就算是那回你们一同到山里摘野草莓，初春的时候，野地上开了好多紫红色的酢浆花，你不听命令地独自跑去采野花，回来时毛衣头发上粘了好多苍耳，浑身脏得好像野人。大你几岁的姐姐跪在地上替你一一捻去，动作温柔得一点都不痛。

是了，她是你最亲爱的姐姐啊，和你的亮亮、静静、文文都不同，你们是一起吃饭一起睡觉流着一样的血，要一直一直永远永远地好下去。每次谁说你是捡来的你就好生气，因为，因为你有姐姐的。可是也有突然的这一天，她见你走进房间就很快地把手里的笔记合上，她不和你洗澡唱泼水歌了，她甚至，有她经常上下学的那一群，不要你这只跟屁虫了。怎么办，她不是你的了。好生气的你决定不理姐姐，好几天了，她却一点感觉也没有，然后你渐渐忘了，还是又黏又缠她。却不一样了，有一次她放学回来后在屋后的小竹林里偷偷哭泣，被你看见了。好奇怪，你竟然没想要过去拍拍她肩膀，像你从前因为吃不到糖果大哭时她安慰你的那样子。一整天了，你的心惘惘的，觉得不认识她，从来都没认识过。

姐姐早在你大一那年就披上红盖头嫁人了，还是你做的伴娘。你从来没想问也没问过，她真的爱姐夫么？也有时她从夫家回来，你们还像儿时那样睡在一张床上(她的房间早在出嫁后就改了做杂物间)。夜里你们也兴奋得睡不着，更多的时候是你问她过得好不好，婆婆是不是像电视里演的那样，有没有小姑，还有呢还有，你听出姐姐倦意绵绵的口气和夜里有规律的呼吸声。你不再问了，睁着眼睛看黑暗中没有颜色的书桌、台灯、门把手，还有窗外无边无际无数的星星，天荒地老。

睡去了。

总总，你想知道的，都没有知道……

石见

旧的东西总叫人觉得遗憾，因为过去被藏在里头出不来，现在又被拦在外面进不去，隔着薄薄的一抹尘埃，却是咫尺天涯，叫人再伤心不过。天青小心端出紫檀木砚盒里的“凝云”，捧在手里对着阳光斜斜望去。只见色紫如肝的砚石里头，微若粉末般的金色星尘荧荧闪闪，闪闪荧荧，像远远的小河灯在夜里飘摇，风一吹就动荡。果然宋坑出土的砚石就非同一般，这块“凝云”更是得天独厚，别具一格。最难得的是这石品里还含有天青，与她名字暗合。刀功自不必说了，是她父亲梁固元亲自操刀，精雕细琢花了好几个月才完成，光是那上头平底风字就够让人叫绝，更别提那两处难得的“了哥眼”了。

花卜归期花落尽，一眨眼，送砚石的人却已经走了四年。按着民间四年一闰的算法，这四年一过，也要成为一个轮回了。天青想起村上的那株白梨花树，开开落落，多少白花随溪水流去，在时间面前，没有什么能留得住。

天青向妆奁里取出梳子，打好了辫子，又将两条发尾各自梳一梳，揽镜照照，起身掀了门帘步出房门。她是小家碧玉，家里又只她这一个女儿，母亲疼爱她，连小脚也未曾裹，可天青走起路来依旧是舒夭绍绍，莲步姗姗，并不比那些三寸金莲差多少。

梁家的房子是岭南一带较为常见的合院式建筑，从大门起左右两间耳房，堆放柴草、瓮缸等杂物。进了天井对开盝顶厨房和作坊，窗牖相对，青琐绮疏。天井里花木扶疏，平地青石板铺就，一路平铺直叙直通厅堂。厅堂里两边东西厢房，住了天青和她爹娘一家三口人。

天青打西厢房里出来，见偏厅阒无一人，寻至厅堂，父亲的工夫台正临天井摆着，人却不在。春阳斜斜暖黄色，照着那上头的凿具刻刀皆薄薄地打上一层金光，清晨泛着一股寒意。她看房门掩着，想父亲只怕还没起来，便下了台阶往厨房里去。

母亲梁金氏正在灶膛前烧火，手里执着一根吹火棍对着灶膛呜呜吹着，扬起火影攒动。她脑后盘起的发髻有些乱了，远远看去愈发显得沧桑。

“娘，这大清早的还煮什么呢?”天青问。

“起来啦，”梁金氏这才发现天青，回头道，“天气暖了，做点黄豆酱。我先给你盛稀饭。”

“我自己来。”

天青取了碗筷，舀出白粥，就着菜罩里的榨菜、萝卜干在饭桌上先吃着。她今天却没多大胃口，筷子尖拨着米粒又问道：“爹呢，还没起来吗?”

“送砚台去了，刚走没多久。”

天青也没再多问，知道必是去了琉云斋，她父亲的砚石多半还是帮他们做的。琉云斋占了几处好坑，斋主黄靖英更是凭着一双肉眼就能“看穿石”，在黄岗镇采石业里赫赫有名，一直做着收购、出卖砚石的生意。

为这天青一向就觉得有些不满，她父亲几十年如一日，砚石的粉末染白了两鬓黑发，背也渐弯下去。手艺人辛辛苦苦雕了砚，结果大部分的利润却还是让转手的商家给赚了。虽然她也知道砚石开采艰难危险，一不小心极易断脉，加上这几年清廷腐败，各地起义不断，商贾们更是借机大发国难财，砚石生产受到很大影响，就连四大名砚之首的端砚也难免受冲击。可是手艺人呕心沥血，最后得到的报酬还不过是凤毛麟角，也着实叫人灰心。

白石村人世代刻砚，这一时半会儿要他们改行务农，却也不大可能。再说了，佃农交租纳粮，运气不好碰上天荒颗粒无收，不见得比他们好到哪里去。这几年若不是梁固元技艺高超，起早贪黑地赶工，只怕他们家的日子也不大好过了。

她很快吃完，收拾起碗筷拿了抹布擦桌子，母亲忙起身来洗碗。

天青说：“我来就好了。昨晚没睡好吧，听你咳了好几次。”

“可不是，半夜起来泡了杯枇杷叶才好一些。”梁金氏又瞧瞧天青道，“吵你了，看，眼圈都黑了。”

天青摇头说：“天生的黑。”眼角一低，没来由地笑了起来。

“小孩子一个，怎么睡得这么浅。”

梁金氏很快洗完，又过去看照着火。她是贫苦出身，自小在家干惯了活，嫁到梁家后更是二十年来如一日，一直操劳着。天青上头本还有一个哥哥，在她四岁那年一病死了，后来梁家就再没添过丁，梁金氏对此一直引以为憾，可是事如春梦了无痕，一切都已经过去了。

天青问:“下午还去蔡伯家?”

“今天不去了,得把酱缸洗一洗,再到山上讨点笋来。”现在正值春季,青阳开动,根荄以遂,凡竹笋、野菜等都应季冒了出来。梁金氏在白石村大地主蔡穆家里帮工,除了工钱外可以破例在他们家的地界里讨点竹笋、野菜什么的。反正不要白不要,她每到这时节都忙得不亦乐乎。

“我也去。”天青说。

“我自己去就行了,你在家里煮饭,先把米量上,再泡点豇豆干,这两天你爹直念叨着要吃。”

天青本想趁着这当儿到山上去找兰花,顺便看看从前种的那株梨树开花没有,看样子也只能过两天再说了。正想着,听门上有人咚咚敲了起来,“天青,天青”地连着唤了好几声。这声音她听着极熟,念头一转就知道是谁了。天青道声“来了”,忙搁下火钳赶去开门。

门一开,她旋即笑开,面前一个水灵的年轻姑娘,穿着缥底白花琵琶襟短旗袍,下系鹅黄百褶裙,天青拉过客人的手来笑道:“淑英,我就知道是你。”

淑英一笑说道:“就你耳朵灵!”

这蔡淑英是蔡地主家的小女儿,今年十六岁,和天青很合得来,一点也不摆小姐架子。梁金氏在蔡家帮佣,亦颇得她照应。

天青和她一起回了厨房,梁金氏忙笑吟吟地招呼她坐下,舀了碗黄豆拌上白糖给她吃。自己这边用筛子捞起黄豆颠两下,沥干水铺到竹匾上。

淑英好奇地问:“咦,梁婶,这干吗呢?”

梁金氏笑道:“做黄豆酱啊。”

“呦,那黑乎乎的,可怎么做。”

“黑乎乎的,还不是人做出来的。”梁金氏一边忙活,一边说道:“拿出去晒一晒,等水干了收回来用面粉搓,搓得细细的给它放到屋里去发霉,完了泡上盐水拿日头底下晒上个把月,再煮一煮就成。”

淑英笑说听起来不太难,天青应她,“你来试试,可费工夫了,每天夜里都要盖上防潮,一下雨就白做了。”

淑英把嘴一嘟,佯怒道:“就你文章多!”两个人都笑了起来。

吃完黄豆,淑英帮她母女二人抬了竹匾出去,待梁金氏上了山,时候还早,便拉了天青出去转转。出来时阳光灿烂,各家门前砚石堆积,也有几个人在自家门口“蹲猫步”——雕砚石，俯首操劳着。金光下，浅浅的尘灰吊子漫自无聊漂泊。春风一过，小河沿边垂柳飘飘，不时荡起涟漪圈圈点点，一层层都是牵连牵绊。淑英拉着她往桥上走，一边说道：“你知不知道，黄沐霖他回来了哎。”

天青转过头去看看她，微启朱唇欲言又止，那表情似在说，“他回来啦？他回来啦！”可是她没说，只抬抬眼帘又阖上，听淑英很快接道：“他把辫子都绞了，穿得一身乌漆麻黑的外国服，跟个假洋鬼子似的，你还没见过他吧？”

天青摇摇头说没有，又问道：“你见过他啦？”

“可不是，早上路过琉云斋，一大伙人都挤着要看他，都说他要当长毛啦！他还跟个没事人似的，你说他怎么去了一趟日本就变了这么多呢？”

这问题天青答不上。他从小就怪，调皮捣蛋且不说，说话行事更是骇人听闻。他们家光是教书的老先生就给气走好几个，打也打了，骂也骂了，还是本性难移。不到十六岁他母亲就要给他定亲，礼金聘书都下了，结果他不肯，赶到女方家里去退亲，几乎把那姑娘给逼死。黄沐霖十七岁那年，村里来了个做砚石生意的日本中年人，就住在他家里。半年后，他就闹着要出国留学，简直拦也拦不住。自己一个人带着行李跑出去，走了一个多月才托人带了消息回来。气得黄夫人在床上足足躺了一个月，到底还是寄了钱随他去了。

走到桥中央，二人站住脚抵着栏杆向前望去。粉墙黛瓦，一路重重叠叠走笔画轩。远远的屋檐底下绿苔斑斑，是墨汁洇湿了在纸上化开，说不完的咄咄嗟嗟无限事。淑英附耳过来轻声道：“他们都说黄沐霖要回来闹革命了。”

“闹革命。”天青睁大了眼说，“不会吧！”

“谁知道呢？爹爹、二叔他们私下里也这么说，这几年起义这么多，倒也说不准哎。”

“你说会不会就要天下大乱了呢？”

“天下已经大乱了。”淑英笑嘻嘻地道，“他们都说以后不会有皇帝，也不会有地主，佃户们自己种自己吃，再也不用交租纳粮了。”

“那没有地可怎么种呢？”天青问。

淑英比划着道：“就是把天下的地像切豆腐块一样一人分一块，然后每个人定期给国家交一笔钱。”

天青唏嘘一声，拉过淑英的手来道：“那你怎么办呀？”

“怕什么，我们家当然也会分到一块地啊，赶着担心这做什么，横竖是饿不死。再说了,这些田产迟早都是我大哥的,和我也没啥关系,爱分不分吧!"淑英从小心知肚明,一点也不觉得怎么样。她大姐二姐出嫁后,都是这样的,千百年来女子出阁,也都是这样的。

天青一边想,一边绕着发丝轻轻搅,哧哧笑开道:"这就是革命吗?那这国家不就是个大地主了么?"

"可以这么说吧。"

天青不再言语,在她看来佃农交租天经地义,是几千年来亘古不变的道理。虽然白石村人大部分还是以刻砚为生,但附近的杏花村、棋盘村却都是如此。这想法就像天方夜谭,压根就不可能实现。不过看样子,清王朝命数已尽,基本上由洋人把持朝政。广东这边自洪秀全的太平天国起义后,大小起义接踵而来,但都是以失败而告终。前不久又出了个黄冈起义,照样胎死腹中。真不知道未来会怎样。这些想法在天青脑海中一闪而过,依依摇落无痕。她连黄岗镇都没出过,哪里知道天下事会怎么样呢?

淑英拉着她往桥下走,眼角一瞥,忙喊住前面卖冰糖葫芦的白发老头,撵着脚步赶了上去。白石村因为是砚石宝地,各地商人聚集,除了客栈饭馆,倒也有许多走街串巷卖小吃的。淑英嘴馋起来,先买了一串和天青一人一口路上轮着吃。吃完把竹签棍子随手一丢,打着圈子飞了出去,一点大家闺秀的样子都没有。天青抢白她,两个姑娘细声笑了一路。走到琉云斋,淑英拉住天青,说去看看黄沐霖吧。"看看去。"天青有些心虚,怯怯地道:"走啦走啦,被人看见了多不好意思。"

"怕什么,又不是没见过他,我记得你小时候经常和你爹去琉云斋的。"

"那是以前,都四年没见面了,他肯定都不认得我了。"虽说他们俩也算青梅竹马,两小无猜,可那是小时候贪玩不懂事,人家是少爷公子,又出去见了大世面,哪里还记得她这个黄毛丫头呢?天青一点信心也没有。

"去不?"淑英追着问。

天青猛一阵摇头,还是不去。

正踌躇间,只见里屋悬着的蓝底白花步帘子一寸寸流离掀开,像远远的海浪波涛,翻江倒海势必要把一切覆灭了压上来,然后是黑亮亮的皮鞋、黑亮亮的裤子、黑亮亮的衣,干脆利落全扑到眼前。

天青一眼就认出了他,不为别的,只因那一头黑幂幂的碎发挺挺立着,和别人太不一样。她本能的反应就是躲，拉着淑英慌忙逃开去。淑英是三寸金莲，被她这一拽几乎跌倒，先“哎哟”一声使劲拉住她，急道：“等等我！”

天青这才回过头来，扶住她先站稳了，定定神，忙乱间瞥见黄沐霖朝这边走来，又赶紧拉了淑英快走，一路挥袂拂尘，鬓发和春风欲度欲飞，飘飘乱舞。

行至一处衖堂口，淑英拉住她道：“快别走了，我这一双腿都要废了！”

天青这才停下来，向身后看了看，见黄沐霖没有追上来，安心地拍拍胸脯舒了口气。两人相视一笑，又颔首呵呵笑开来，一起走到一边人家的后门门槛坐下。淑英捶捶小腿道：“瞧把你吓得，又不是真的洋鬼子，再说了，洋鬼子也不是鬼嘛。胆子那么小！”

天青惘惘而不答，低了头，无聊捻着发丝，仔细把那上头的分叉一缕一缕掰开，幽幽地道：“我倒不是怕，只是……哎，反正我也不知道怎么了。”她着急地笑了笑，淑英亦跟着笑开。

坐了一会儿，淑英忽想起什么道：“天青，跟我回家一趟。”

“怎么了？”

“我娘给我买了匹碎花云锦，早上出来得急，忘了带了。”淑英先站起来，拍拍裙子上的灰，伸手拉天青起来道，“刚好有四尺布，你帮我做，咱们一人一件，你说好不？”

天青觉得很不好意思，淑英总是变着法地周济她，辞也辞不过。这几年动乱不安，田里收成也不好。淑英虽出身大户，并不如何受影响，却是姨太太养的，又是女孩，在家里也是不得做主的。她这样帮她，在家里难免受气。可是她不说，每每告诉她都说是家里剩下的。天青亦明了，不是剩下是省下，她待她从来都是毫无保留的。想到这里，她心里有些怅惘。

淑英拉了天青回去，又拿了好多点心一定要她带走，两人谈笑一阵，直玩到快吃中饭才分手。天青想着要快点把衣服做出来。吃过饭，就搬了裁剪桌到厅堂里，先画好尺寸。淑英和她身量相仿，只是稍矮些，正好做个一样的款式，想来应该不错。只是云锦光滑流畅，一剪刀下去极易走位。她怕剪坏了，于是尽力贴着小心翼翼地裁。好在她自小便跟着隔壁罗大娘学过这些，平时村里有人要做衣服，也多是她帮着裁，练得熟了，也不觉得怎样。

约摸过了半个时辰，梁固元歇完中觉出来刻砚，天青的衣服也裁得差不多了。她搁下剪刀伸伸懒腰，见不远处工夫台上父亲正坐着，一条油松大辫卷了盘在头上，额头控得低低的，隐约现出一点儿光亮亮的脑门。砚石雕刻极富耐心，又最怕被打断。天青恐惊扰了父亲，便缓步走出厅堂，到庭院里去散散步，舒活舒活筋骨。

午后阳光疏懒，照得粉墙青瓦麴尘细细，草熏风暖，仿佛一加水就要开始酿酒。她向水缸里舀了水洗手，又拍了一些到脸上，顿觉清爽不少。母亲在屋里纺布札扎，和父亲的琤琤敲击相携相伴，有一点晨钟暮鼓的安稳淡然，更多的却还是无尽的忙碌在耳边日出而作，日落而息。那时光是值得咀嚼的白馒头，剩下的甜要过后回味才知道。

她回到厅堂，小心地收拾起衣料，正准备回屋。梁固元却叫住她道："天青，去给爹倒杯茶来。"

天青忙搁下手中活计，到厨房里提了茶壶给父亲倒茶。梁固元喜欢喝浓茶，一杯茶里倒有一半是茶叶，味道极苦，却很能提神。他捧起茶杯咕噜咕噜喝下一大杯，又要了一杯放台上搁着，撑膝起来在厅里踱方步。想是坐得久了，身上也僵了。他不矮，却因为有些驼背的缘故显得格外苍老，像南极仙翁手里的长拐棍，顶端弯下一点点，走过许多路，但多半还是别人的路。

"爹，我给你捶捶背。"她说。

于是拉了梁固元坐下，蹲在身后轻轻捶打着。刻砚人终年伏案，脊椎骨难免有些变形。只是过去的人不大计较这些，有了病痛也多忍忍就算。天青看着心疼，鼻子一阵酸酸的很不是滋味。

外面一阵豆腐花的叫卖声，近来，又远去。蹲得久了，她脚上有些麻，又起来帮父亲揉揉肩膀。工夫台上净是锤子、凿子、凿卡、木钻、锯子、滑石，都是平日里父亲刻砚用的，这些年来在他手上刻下了无数方砚，也刻走了无数时光。

"天青今年是十七了吧？"父亲问。

"嗯。"

"十七岁，十七岁。"梁固元含在嘴里念了念，道，"不小了，要嫁人了。"

"说个啥呀。"天青下手重了一些，两颊潮红，心里乱乱的，觉得委屈。父亲的话叫她想起太多太多，又不能多想。

梁固元吃痛叫起来，笑道："好了好了，不用揉了，你先去歇会儿。"

天青笑嘻嘻地拉了条小板凳坐到一边，一手托腮望着她父亲，一手轻轻拨着拂着扣在砚台复手上。深浮雕的曲水图形在指尖起伏着，没有头更没有尾，从很远很远的地方来，要到很远很远的地方去。她想古人真是厉害，竟能于石中寻砚，又能在砚上雕花，简直了不得。这样想着，嘴角不觉浮起了笑意，说道：“爹你刻得真好。”

“哪里好了。”

“好看。”

梁固元捧起砚石，下巴往上一扬，开玩笑似的道：“呐，学不学？”

天青很是诧异，端砚技艺一向传男不传女，虽说雍乾时期出了个顾二娘，但也仅仅是这一个。她从前倒想过要学，只是当时年纪小，气量不足，父亲亦无表态，想想就算了。她知道这一行的规矩，自然不去碰钉子。想不到梁固元今天会这么说，就算是开玩笑，她也觉得很不解。父亲是把砚石当成命的人，又一向严肃，断断不会开这种玩笑。她不懂，只怔怔看着他出神。

“傻女儿。”梁固元搁下砚石慨叹一声道，“传男不传女是规矩，代代相传却也是规矩。规矩规矩，规矩还不都是人定的。唉，梁家就只剩了你这一个女儿，手艺传到我手上，却要断在我手上，爹实在是不忍心啊！”

天青思量一番，艰难地叹了口气说：“爹，有些东西注定是要断了的，再舍不得也没用。一片林子里，总有树是要倒的呀！”

梁固元很吃惊，他一点想不到天青会这么说，从前她是最喜欢看他刻砚的。还没等他发话，天青又道：“爹，我不是怕刻砚辛苦，我只是觉得咱们手艺人呕心沥血，到头来不过替他人做嫁衣裳，实在是太不公平了，我不想这样一辈子为别人操劳，这样做又有什么意义呢？”

他听完，沉默片刻，摇摇头道：“丫头，一个人做一件事，有时候不是为了得到什么，而是为了做到什么。也许你觉得这只是一门手艺，确实，咱们是靠这一双手吃饭，但只有真正用心刻砚的人才知道，这不仅仅是一门手艺，也不是咱们吃饭的工具，至于是什么，爹也说不清。你还小，不懂。爹不强求你。”他凝睇而视手中砚石，孜孜抚着，淡淡笑了笑。

天青看着她父亲的样子，心中有些不解，觉得父亲的眼睛是一面镜，照着黑色的砚石秋毫毕现，而那镜子后面，是水墨画里的留白空余，专叫人猜不透。

天青的衣服做得差不多了，剩下几处镶边收尾，缝上盘扣就可以上身。这几天一直下雨，终于放了晴，下午她就搬了藤椅到庭院里去做。春困绵绵，手里的针线也十分疲懒，赶完淑英那一件，她实在困得不行，就先搁下衣服闭目养神。蒙眬间觉得下身一阵潮热，缓缓似有东西流了出来，顿觉不妙，忙起来赶到茅房褪了裤子，只见衬裤上已经红了一片。她心里一急，忙回屋拿了裤子来换。

晌午刚过，村里人多半正歇着中觉，天青开门出来，见小河边上并没有什么人，便寻了一处石阶下去，蹲在一块大石头上把衬裤泡进水中，嘴上不觉轻轻地哼起歌来。

这一带不常有人来，地桃覆盆子小野花胡乱生长，映着水面清圆，天青向一边摘了几片石碱叶，贴在裤子上反复揉搓。小时候母亲带她山上干活，她贪玩好动，每次都弄得满手泥满头汗的，回来时到小河边去洗手，梁金氏就教她用石碱叶来搓一搓，待泡沫蓬出来，手也跟着洗干净了。

好在发现得早，要不估计还洗不掉。天青把裤子在水中漂一漂，无尽的波痕延宕开来，影子被搅乱，一波未平一波又起。她手上略迟疑了一番，影子愈真切起来，仿佛飘扬的落花寻风缱绻，要落入红尘才安定。

“天青？”身后站着的那人问。

她慌忙把衬裤收回，想他背对着估计看不到，也不知道来了多久，心里鼓噪不安，河水也跟着推波助澜一下子赧红她的脸，“这个人，简直太不懂得人情世故啦！”天青心里想，低着头一句话不说。

沐霖随她蹲下道：“我还以为认错人了呢，你变化真大。”

“是吗？”

“嗯，越长越好看了。”他说。

天青手里的衬裤十分尴尬，漂又没漂干净，一直浸在水里也不像话。她漫自无意义地在水面上掠来掠去，把影子搅得碎碎的，看不到就还好些。

沐霖道：“那天你怎么一见到我就跑了？”

她笑而不语，只把手里的衬裤拧干了丢进木盆里，甩甩手，水声滴答，是屋檐上的晨霤渐次滴落，一切都在日光中醒来，低声道：“哪有。”

沐霖亦笑笑，伸手挑起一捧水来向远处泼去，随即荡起涟漪无穷，等水中人影聚散安定，他便站起来随天青一块回去。村里已经有人开始刻砚，叮叮当当为他二人伴奏唱和着。她偏过头去，影子在脚下，时刻不离不弃跟随在身后，一路跟到她家后门。她吩咐他稍等，悄悄开了门钻进去。

她又赶时间又怕弄出声，手忙脚乱在庭院里转了好几圈才停下来，把木盆搁下，抓住衬裤甩一甩，踮踮脚尖披到竹竿上。薄薄的水汽柔柔扑面而来，一下子清爽了不少。她忙里偷闲，还特意赶到水缸前照一照，拨拨刘海，沾了水抹抹头发，整理下衣袖赶紧走出去。

二人并肩而行，一路沿着小河边踱步走着，过了桥又一直往油菜花田里去，感觉像是回到了小时候，情节场景都一样，那心情却是大不同。田野里春意正浓，放眼望去，黄花如雾，簇簇丛丛片片无穷尽，风一吹，花海落落溶溶曳曳。看不尽万千曼舞的花，原来不过一个思春的日，变了颜色来相亲的。

天青摘了一簇油菜花在手里转着玩，时时闻一阵，让自己变得忙碌起来。她走在前面，觉得他是她的影子，不至于贴心贴肺，却也时刻牵绊着。

沐霖在身后嗟叹好久不见，一天天过得真好，她亦跟着答应一声，一时又无话，她便问："日本好玩吗？"

"说不上好玩不好玩，就那样呗。"他说完十分后悔，觉得这话太不留余地，根本不给人答应的机会，果然天青不搭腔，他便接着道："日本有很多温泉，到春天的时候还有樱花看，那里的人都挺有礼貌的，就是地震太多了些。"

天青一甩头，肩上的辫子迅速换了个位置，问："那没事吧？"她也觉得这话有些多此一举，眯着眼睛笑了笑。

"我这不好好的吗？"他笑道。

走过油菜花田，两人又接着往山上去。天青卷着发尾纠缠不休，手里的油菜花不知何时却已经失踪了。来到一棵李树下，一坪糁径白花零落雨，她摇摇树枝把剩下的花也荡尽。白白李花飘飘，片片飞雪茫茫，她看着他黑发上落满白花，哧哧笑了起来，忍不住想要踮着脚尖伸手帮他扫下来，还没做，脸先红了，忙别过头去看远处的山。二人走走停停，最后在一处田埂坐下，漫漫说些无关紧要的话。聊起他的头发，他便告诉她当初刚到日本时还拖着一条大辫子，每天都有人跟在身后取笑着。后来一怒之下把辫子绞了，又过了一个月光头的尴尬期。天青回头看看他，竭力想象着他没头发的样子，不觉又笑了起来。

"笑什么呢？"他问。

"笑你是个和尚。"

"说起和尚，我可要告诉你，日本的和尚还是可以娶亲的呢。"

"真的？"天青问。

"难道还骗你不成。"他眼光柔柔的，安静地朝她看，"什么时候骗过你。"

天青摇摇头,依旧笑得梨涡浅浅,眼角蹁跹,只是不敢再看他。沐霖"噗"一声纵身跃下,跳到下一处田埂,伸手招招她道:"下来。"

她低头看看,心里有些胆怯,耐不过他一阵鼓动,奋力往下一跳,由他扶着站起来。她突然想起什么,忙低头一看,很安心地向他笑一笑。

原来这里有棵青枣树,此时正结果,他顺手撷下两个,擦一擦,给她一个,自己吃一个。

天青道:"你果然还是和小时候一样一点也没变。"

"怎么说?"

"就知道偷摘人家的果子吃。"

沐霖哈哈大笑起来,故意似的咬两口丢了又摘一颗,继续吃起来。

天青道:"你还记得咱们小时候偷摘果子的事吗?"

"记得啊,怎么不记得!我还记得有一回咱们到人家瓜田里去,叫看瓜的李老伯给逮着了,一路从村头跑到村尾,最后被他揪着辫子拖到家里去。你倒好,不知道躲哪去了。"

"你还说呢?都是你天天怂恿着我干坏事,被我娘骂死了!"她不服气地道。

沐霖把青枣核丢下,用脚碾着踩入土里,笑道:"看看,明年又长一棵,这可不叫偷吃。"

"就你有这些刁钻古怪的话。"她嗤笑起来,顺手采采面前的一丛茶,不多时便摘了一大把,又道:"小时候玩捉迷藏,就你鬼主意多,怎么找都找不到。有一回还钻到你爷爷的寿材里去,还在里面使劲敲,吓得我们到处跑到处叫。后来好歹是叫你爹揪出来,狠狠打了一顿,乐得我们呀……"

"再也不敢玩捉迷藏了。"他抢先笑道。

天青睨视他一眼,笑道:"怎么样?到日本以后还敢这么玩吗?"

"不玩了,玩不起来。"他其实不大想说关于日本的事,这两个字,不只是异乡这么简单。沐霖的情绪有些低落下来,收起笑容微微攒眉。弱国被人欺,他在日本的日子照样不好过。不仅同学不待见他,就连老师也不敢和他太说话。走到街上,总有人指指点点,低声叫着"支那""支那"。再说他当初是从家里逃出去的,带去的钱本来就不多,一开始话也不怎么说得来,人生地不熟的,日子过得很艰难。

她听他说,手里的茶叶早掉了一地,只想他这些年来真不容易,一定是吃了很多苦了，又不知道该怎么办，只好安慰他道：“回来就好，回来就好。”

“都过去了！”

天青把头点点，很肯定的。

天色有些暗了，山道上陆续走过几个荷锄归来的，想来时候不早，二人便下了山一起回去。

那几天天青因为月事的缘故老是闷闷的，一到晚上就开始腹痛，又不愿惊动她母亲，只好自己强忍着。好不容易熬过去，脸色才渐渐恢复过来。好几天都没出去了，也没见到他。她不自觉想起很多很多，又不敢太想，心里沉沉像走在泥地里，要去的路未知，来时的路可见。

桌上的这块砚石，还是那年他去矿山无意中发现，赶着大热天来送她的。“天青你看，这块石头里有你！”那时候的沐霖还留着辫子，脑袋光亮，整张脸上都是表情。天青接过他手里的石头，对着阳光照，摸了好一阵，最后连谢谢都忘了说，只顾用手捧着低头直笑。

想到这里，她拿起剪刀把灯花剪去，托着腮，脸热热地烧起来，忙吹了灯睡下。

第二天，天青睡迟了些，梁金氏过来叫床，她还没大醒，声音黏黏地问：“娘，什么时辰了？”

“不早了，看你睡得熟没叫，这会儿该差不多了。”梁金氏说完又补充道：“黄少爷来了，在正厅上。”

天青心里一惊，忙问他来做什么。

梁金氏笑道：“结工钱的，不过他倒客气，还拿了好些东西过来，说是从日本带过来的，让我们看看。你说这黄少爷，人还真是不错呢。”

厅堂里梁固元和黄沐霖正聊着天，说些关于砚石的事。天青打个哈欠，趿着绣鞋到外面梳洗一番，吃了点东西，随后也到正厅里去了。

梁固元打右边坐着，先看到她，笑道：“天青，这是黄少爷，还记得吧。”

她把头点点，觉得有些好笑，抬头看一眼沐霖，发现他也正朝她笑着，转念一想，不禁笑开了。虽然在生意上黄家是主，不过沐霖从小就不拿架子，和这些工人们都混得很熟，凡事来往也都是他在走动，因此梁固元和他倒能说得上几句话。

“天青来看看，这是你的。”梁固元说着递给她一个绿绸绣花扇套，“黄少爷专门从日本带回来的，还不快谢谢人家。”

天青接过东西，朝沐霖欠了欠身，拿出扇套里的檀木折扇，把正反面各看了看，抿嘴笑了起来。

“看这丫头，真是小孩子脾气。”梁固元指着她笑了起来。

坐了一会儿，沐霖请辞回去，说过几天再来，又问王大手家在哪，不好意思地道：“几年没回来，连路都快忘了。”

梁固元在一边想想道：“这样吧，天青，你带黄少爷去好了。”

才走出大门几步，天青仰起头鬼鬼地笑着问他：“你真忘了？”

“你说呢。”他灿灿地笑着。

她把头撇过去，忍着笑道：“不知道你的把戏。”

两个人在青石板上慢慢走着，她见他今天换了灰长衫，黑布鞋，心里奇怪，便问道：“怎么换了这一套装束了？”

“这叫入乡随俗。”

天青笑笑，两只手互相牵着玩小把戏，想起许多事来。走到河边，沐霖蹲下捡了一块小石子，签着身子打水漂掷去，一路跳起水波跌宕，琐碎的波光被剪得窨窨蔼蔼。他望着远处墟里轻烟，心中烦纡，轻轻叹一声，又接着往前走。他们随意聊些旧事，又扯到这几年村里的变化上，说着说着，便只剩了天青在讲。

天青见他怆怆不语，问道：“呦，刚才还好好的呢，怎么了？”

他摇摇头。

她忽想起梨花未看，忙喊住他道：“咱们去看看那株梨树怎么样？”

沐霖愣一愣，随即想起来。四年前他要走时，送了天青一块砚石。她问他何时归来，他便同她一起种了棵梨树，说是能结果了就回来，也不知道如今怎么样了。

寻至山上，天青打前头开路，领着他径直往前走。梨树去年就已挂过一次果，她摘了一些送人，自己留了一些，清清甜甜的味道很不错。她每过一段时间必要来一次，打理打理，给梨树施一施肥，来得熟了，连路也不用看，闭着眼睛都能摸到这里来。

这时候细草微青，梨花满树，朵朵成串恰似儿时棉花糖，白得什么都没有，白得就只剩了甜，丝丝黏黏缠住追忆无限，叫人想之又想，总是不尽。她攀下花枝来嗅一阵，笑道：“是梨花好看还是樱花好看？”

“都好看。”他闷闷地道。

“沐霖哥，你什么时候也带我去看看樱花吧，日本的。”

“有机会的。”他俯身捡起一根树枝在地上画起来道，“就是这样的。”

“天下的花不都这样吗？”天青笑起来，随他一同蹲下，也捡了根树枝画上白云太阳，又给樱花添上茎叶，被沐霖打下她的树枝来道：“长在树上的！”

他站起来用脚抹去原画，又留了她画的白云太阳，重新画起。天青看着他画，又不时眄视他一眼。他侧脸的弧度连成一线，是最得体的起承转合，又不乏灵动。

春送东风，飐飐梨花飘落胜雪，一路窣地拂尘往返不休。他画的树枝上头也缀满了白花，错落不知何处才是归途，却是来去自随缘，凭风空嫁娶。远远的红尘阡陌，黛瓦青山，倒像是他站在世外，指点乾坤，画一画便是桃源仙境，赠予凡人，而此刻却还有她，江山美人，不过如此。

“你教我说说日本话吧！”天青伸手摇撼他。

“你学这干吗？”

“好玩啊！”

他看着她天真的脸，忽然心动，痴痴地道：“君が好きだのこと。”

天青听不懂，跟着学了一句，说得很不像话，问他道：“什么意思？”

沐霖不答，只微微笑了笑，起身折下一枝梨花来递给她，淡淡地道：“说了你也不懂。”

她忽然不敢再问，接过他手里的梨花来嗅一嗅，问：“沐霖哥，他们说你是回来闹革命的，是吗？”

他笑一笑道：“你希望我是吗？”

这个问题难住了她。现在的日子是过得苦，到处也都在闹革命，死了很多人，形势反而越来越糟糕。各地征税不断，百姓苦不堪言。过去一方砚台卖得好的时候可以养活一家人，可现在连日子都快过不下去了，谁还有心思收藏这些呢。天青想想，看看梨花又看看他，半晌方道：“我是想有个人来闹革命，却不希望这个人是你。”

“每个人都这么想，天下又由谁来救呢？”他长长地叹了口气，微笑道，“是又如何，不是又如何。根本我也不知道真正的革命是什么。”

“你也不知道吗？”她问。

“有人想用暴力的手段推翻旧制度，建立人人平等的新社会。可是这暴力本身，就是不平等。而这个新社会建立以后，不可避免地需要官僚阶层来管理。士农工商，现在中国人重仕，权力为尊，在这种价值观念下，不平等的萌芽已经存在。中国人又重世袭传承，官僚世袭在所难免，不平等也随之膨胀。如果要打破这种格局，又得用暴力手段来打压，结果又是不平等了。即便将来不重仕了，这后头还跟着农、工、商，轮一遍也得几千年。人性是自私的，利己主义与生俱来，平等自然不存在。要达到物资极大富足时人们才会不在乎这些身外之物，可是这一天是什么时候呢？十年百年？千年万年？也许永远都到不了这一步。存着这么个念想不断奋斗就是了。”他说完这些，沉默了一阵，长长地叹口气道，“人总是要有梦才能活下去，现实太残酷，也只能做梦了。革命是什么呢？革命不过是这个噩梦太糟糕了，我们得用暴力手段来打破这噩梦，然后接着睡。”他说完哧地冷笑一声，看天青惶惑不解的样子，拍拍她肩头笑道，“我跟你说这些干吗，走吧，该回去了。”

天青暗暗恻然，想他这次回来果然大变样，外貌却还在其次，只是有些东西她看不懂，也猜不透，始终慊慊。

她记得小时候黄沐霖调皮，常带了他们附近那一群出去搞破坏，有时候玩累了，就一点不怕脏地找个石头随便坐下。他总是领头的那一个，孩子气地学大人说话，很有气势地宣布将来要怎样怎样的。每次他来找她，总是在她家门口大声吆喝一声，也不进门。她觉得现在黄沐霖倒是沉稳多了，只是这样叫她好不习惯。

话说这端砚出自广东肇庆（史称端州，后改为肇庆）。自唐武德年间，有一千多年历史。端石开采以坑洞为主，主要有老坑、麻子坑、梅花坑、宣德岩、朝天岩、宋坑、盘古坑、陈坑、伍坑等。手工开采，十分不易。端砚石品有青花、玫瑰紫、猪肝冻、金线、银线、火捺、天青、鱼脑冻、蕉叶白等。

肇庆黄岗镇白石村是端砚故乡，有“端砚始祖，白石古都”的美誉。天青从小就听她爹说过，先秦时期有五位力士，开创凿石业先河，由五丁逐渐化为“伍丁”被尊为端砚业祖师爷。白石村每年一到四月初八，村人拜师祭祖、祝祷祈福，互相交流砚石雕刻技艺，像过节一样热闹。

这一日又到四月初八，是个大晴天，阳光照在地上到处都是金色。天青为了过节,特意换上了新衣服,拜过祖师爷后,和淑英到街上去看人家舞狮,玩了一阵,才想起有事没做,忙别了淑英赶回家。早上梁金氏到蔡家去帮忙,吩咐她看好院子里的酱,别让猫给搅了,遇上下雨要记得盖好。她回到院子里,转了一圈,把家里的事情拾掇妥当,无聊又拿了针线来做鞋。

广东这边热,才四月初便见朱明盛长,夏日长长。她坐在凌霄花架下,阳光照着一地斑驳碎影,像是许多思春的梦,百般用计要在尘世留痕,却只落得虚影而已。约摸辰时过半,有人敲门,她心里还奇怪,是谁不从正门上敲,反绕到后门来了。忙搁下针线放进簸箩里,赶去开门。

"我在前面敲了好半天,你没听到?"一开门,沐霖就先解释道。

"估计是外面太吵了,我在后院。"

沐霖跟进来,好奇拿起一只鞋,对到脚上比一比,笑道:"做给我的?"

"做梦,给我爹的。"她虽嘴上不饶人,脸上却已经笑靥浮泛,一边捻着红头绳上的绒线,手上一紧,辫子也松了,忙抓住了反身到屋里去。沐霖跟上来,一只手撑在门框上歪着身子看她梳头。

天青从镜子里看去,脸也红了,觉得很别扭,低了头叫道:"出去等我。"

沐霖不说话站到一边,天青只道他已经出去了,一回头,对上他灼灼的目光,脸上又烧了起来,却转过身浮出一丝笑意来。

梳完头到院子里,天青张口就问:"找我啥事?"

沐霖看了她一眼,心里的话却再也说不出口。他这次是来话别,归期却未知,或许根本没有归期,反正这条路一旦踏上,不能回头,也无处回头。他拿着手里的鞋看着,觉得这是一只船,载着许多的路程,要送他到很远很远的地方去。

天青搬了凳子回来,请他坐下道:"拜过祖师爷了,这么快就跑回来?"

"坐了一会儿,怪没意思的,就悄悄溜回来了。"他顺手扯下一片叶子道,"天青,过几天我要出去一趟。"

"去哪?"

"嗯,有个朋友生病了,去看看他。"

天青忽然不舍,问:"要去多久?"

"一个月吧,大概……也说不准。"

她泄气地垂下头,手里的针一再穿不过去,又道:"几时走呢?"

沐霖本想第二天就走，只是看看她，心中不忍，最后决定把行程压一压，辛苦是辛苦了点，为了眼前人，却也值了，便道："应该是大后天。"

"等我把鞋子做完行不？"

"不是给你爹的吗？"他坏坏地笑道。

天青推搡他一把道："不要拉倒！"

他有些动情，顺势拉住她的手，天青挣一挣，没挣开，脸上早已经红透了，低着头不说话。沐霖便这样拉着她的手，突然很安心，想一辈子都不放开。外面村道上鼓声遥遥，远远的喧嚣给时间打上节拍，借着热闹，暗中偷换流年，然而浮花浪蕊谢尽后，什么也留不住。

入了夏天气愈发炎热，日头一出，除了出去干农活的，路上几乎无人。白石村的小径被晒得发白，阳光格外刺眼。梁家的东厢房里帘幕低垂，天青手里的一把蒲扇间或摇一摇，阵阵都是倦意。待她醒来，已是日暮西斜，到院里洗了脸出来，见梁固元还在忙碌着，便就着他身旁坐下，摇摇蒲扇为他扇风。这块微尘青花砚在黄沐霖走前开始雕刻，如今将要完工，梁固元已经开始用油石加河沙粗磨。游人未归，相思不断，一天天却是数日子而已。

风住凉消，梁固元抬头道："丫头，想什么呢？"

"没，没什么。"她重又掴起扇子，灵机一动道："爹，让我看看这里头的青花好不？"

"行，你到外头去提桶水来。"

天青忙搁下手中扇子，赶到厨房提了桶，出门往"不竭井"走去。夕阳把她的影子拉老长，路上行人迎来送往，却皆与她无关，唯有那渺渺的影子让她心生疑窦，以为是他，但终究不是。算算日子，黄沐霖也该回来了，是事情办得不顺利，还是路上耽搁了，抑或是他根本不想回来，又要一去四年不成。天青越想越毾毦，还没到家门口，提来的水已经滴滴溅溅剩了一半。

回到家里，梁固元接过桶，轻轻将砚石放入水中。天青蹲一边看着，但见水波微漾，石面似有萍藻浮动，微尘隐隐浮出，可惜欲细欲粗，欲沉欲露，稍显不足。

梁固元是内行人，一看便知这块青花砚有不足之病，只因这微尘青花石品比鹅甬毛稍好，虽先天不足，但只要细心雕刻却也能以形制胜。他捧起砚石，沥一沥水，擦干了道："你看，这块砚石虽然有些不足，但经过这一番打磨雕刻，却也可以掩去一二。咱们手艺人要做的，不就是这些吗？"

天青默默看着父亲认真地做这些，心里五味杂陈，轻声道："爹，要不您收一个徒弟吧！毕竟咱们端砚技艺代代相传，可惜我是个女孩，要不也可以为您分担一些。"

"爹知道你的心思不在这上头，你若不能全心相待，我也万万不会把这门手艺传给你，我在等，等一个真正把砚石视为生命的人。"

"真的会有这样的人吗？"

梁固元拍拍她的手，慢慢地点着头道："会有的，会有的。"

天青不大肯定，可是看着她父亲的样子，又觉得那个人就在眼前，澄澈目光如墨，是一生一世都要在砚上旋转打磨，然后一代代传承下去，永远不完。她不知道这个人是谁，但她希望父亲能等到。

梁固元抓着她的手动了动，又道："如果等不到，我希望这个人由你来选。"

"为什么要由我来选呀？"

"女孩子总是要嫁人的，砚是爹的命，你也是爹的命。"他微笑着说。

她把头埋进她父亲怀里，撒娇似的道："爹，我不和您说话了。"

梁固元却并不开玩笑，一只手握着她，一只手在她背上轻轻拍着，抚着，叹息道："本来爹不该和你说这些，只是现在看来，黄夫人的意思我也该和你说说了。"

原来沐霖走后不久，他娘亲就托了媒人来梁家说亲，只是门不当户不对，按她的意思，是要天青做小。她听完，埋着头说不出话来，心里不知道是什么感觉。事情来得太突然了，成亲的事，她不是没有偷偷想过，却没有料到会是这样的局面。

梁固元道："咱们家虽比不上富贵人家，你也是爹娘手里的宝，就算黄夫人愿意叫你做妾，爹也不愿叫你受这委屈。我知道你和黄少爷合得来，他人好，该怎么选，还是由你来定。"

后来的那几天里，天青一直在想，也一直在决定，反反复复，始终落不到实处。他没回来，要不要再见他，他都不在。往事后期空记省，她做什么都是徒劳。想起好几日都未和淑英见面，决定午后去找她一趟。唯有她是不计身份高低和她最亲的。

到了蔡家，下人引了天青到西厢房坐下。淑英午寐未醒，天青不愿惊动她，就悄悄坐一边等着。四下里蝉鸣不断，一声声拉长夏天。从屋里看窗外，竹影酣酣睡意潦倒，偶尔站不住摇一摇，又重新打起盹来。

淑英识过字，房间里满满一架的书，都是天青平常不曾见到的。她认得字并不多，大半还是小时候梁固元教她一些，黄沐霖教她一些，杂学旁收，认得几个常用字罢了。她见淑英的书桌上扣着薄薄的一本线装书，反正闲得无聊，便随意翻来看看。上面是朱淑真的一阕《减字木兰花》，有许多字她都不认得，认得的又都看不懂。零零散散，短短的一阕词里倒有四五个“獨”字，她都没见过，剩下认得的，又都是“一半”“不成”“秋心”，虽然不懂，也知道大概说的是伤心事。不久淑英醒来，她便拿了书央她来念给她听。

“独行独坐，独唱独酬还独卧。伫立伤神，无奈轻寒著摸人……”淑英念了一半掷下书来道，“没意思得很，都是些伤春悲秋的矫情话，你不懂的。”

“你先念完嘛。”

淑英无奈，又接着懒懒念道：“此情谁见，泪洗残妆无一半。愁病相仍，剔尽寒灯梦不成。”

原来不是秋心是个愁，天青拉着她道：“什么意思，你给我说说。”

淑英懒得说，被天青一度纠缠，只好比着字一句一句教给她道：“自己一个人走，自己一个人坐，一个人唱歌一个人写诗一个人睡，站着伤心，连天气也冷得冻人。”

“她怎么就一个人呢？”天青忍不住问。

淑英反手拍她一掌道：“听我说完！”

天青不敢言语，嘟囔一声听她继续说道：“我的情怀没人知道呀，眼泪把妆容都哭花，伤心地得了病，每天把灯芯挑了又挑，还是睡不着！”

淑英掷下书，好半天都说不上话来。她不语，天青亦无声。黄黄的书页独自翻合，终于落下断肠二字。

淑英趴到桌上枕臂低声道：“天青，我爹要给我定亲了。”

天青如梦初醒，大惊失色道：“什么时候？和谁？”

“过几天吧，就是杏花村陈家二公子。”

“你见过吗？”

“见过了。”淑英说罢闭上眼睛，滚下一滴泪来。

“怎么了,人不好吗?”天青抓住她手臂问。

“我哪里知道好不好,就见过一次。”她坐直揩干泪,嗟叹一声道,“你知道吗？写这首词的名叫朱淑真,是宋代有名的才女,可惜所嫁非人,一点也不懂她,最后抱恨而终,我不想像她一样。”

天青不知如何安慰她,淑英的心事她不懂,她自己的心事又不能说,只是没意义地道:“不会的,不会的。”

淑英把书上的眼泪擦一擦,搁在一边道:“好了,不说了,我教你写字。”

天青一点心情也没有,依样画葫芦写了几笔又乱涂乱画来,念头一闪,觉得昨日重现,今日不再,又灰心起来。淑英也觉得没意思,便和天青一起出了门,踱到一处瓜田边,突然有了主意,要拉她去摘西瓜吃。

这一年雨水少,西瓜个个肿肿大大,看着就甜。淑英扣着中指敲一敲,用手掌拍一拍,挑了个略小点的把瓜藤拔断,和天青一起抱着到小溪边洗一洗。洗完直接往石头上一砸,寻着裂痕用力扒开,一人掰了一块蹲在地上吃。吃完洗洗手,掬起水来把嘴洗一洗,手牵手一起回去。

转眼又过了一个多月,黄沐霖还是没有回来,天青的日子过得还是和从前一样,帮母亲干干活,陪淑英聊聊天,心情却不同。单调的日子填满等待,人生中最苍凉的事情莫过是等待,什么都没有,什么又都在。她总想去问问黄夫人,想想却又算了,她不能叫自己输得太多。

淑英的亲事已经定下,就等明年好日子一到,一顶花轿抬走就是。天青怕将来住得远,不能常常见面,认了字倒可以写写信,无聊时也可以找些书来看,便认真学起字来。她不笨,基础又打得好,淑英教她吟诗诵词,她认真学了,却从书里渐渐懂了许多愁绪。

这天,她和淑英正在屋里练着字。外面刚下过一场雨,鸟雀啁啾、蛙声聒噪,都是些凑热闹的虚张声势、自娱自乐。写到一半时,听到屋外有人来访,声音颇熟,却猜不到是谁,问淑英,淑英亦不知。

过了一会儿,梁金氏掀了门帘进来道:“天青,你出来一下,黄夫人想问你点事。”

天青想着事出奇怪,少不得去一趟再说。黄夫人显然很急,一见她便拉着她的手道:“天青,你快告诉我,沐霖他到底去哪里了啊?”

天青大惊失色道:“不是去广州看朋友了吗？他没和您说吗？他告诉我有

个朋友生病了啊。”

黄夫人愣一愣,大叫道:“他还告诉我探完病可能要和几个朋友去上海玩一趟,过个把月就回来,可是现在都两个多月了,一点消息也没有,真真急死人。这孩子怎么这么不懂事啊,难不成又要像四年前那样一声不吭就跑了,也不知道家里多担心,这么大了,一点分寸也没有,这可叫我怎么办啊!”

天青被她嚷得心烦意乱,自己一点主意也没有。原来他不过是去玩,那他待她也不过如此。可是他为什么到现在还不回来?为什么连他家里也一点消息都没有?就算她是无关紧要的,可是他家里人总是他至亲的。她仔细回想起那天离别的场景,又矛盾起来。难不成他真的是去闹革命,还是已经死了?她不敢再想,只先安慰黄夫人道:“夫人,沐霖哥都这么大了,他会照顾好自己的,你别担心,他就算跑到日本去,不也好好地回来了吗?你仔细想想,他最近有没有和黄老爷起过争执什么的?”

“没有呀!”

“那就放心吧。沐霖哥不会有事的,他走之前还告诉我要买些西洋玩意儿带给我,他不会骗我的。”天青虽嘴上这么安慰她,自己心里却是死水微澜,仅剩一丝希望。送走黄夫人,她再无力和母亲解释,回屋往床上一趴,捂着被子呜呜哭了起来。她现在心里有多少牵挂,就有多少怨。他怎么能这么待她,什么都不叫她知道,却把她的一颗心统统带走。过去她还可以等,可是现在连等待也似乎失去了意义。他却如此狠心,如此薄情!

淑英在一边看着心酸,过来拍拍她肩膀安慰道:“天青,你别怕,不会有事的。”

天青大恸,撤身一把搂住她,哽咽道:“怎么办?怎么办?他是不是已经死了?”

“呸呸呸,你少诅咒黄沐霖,那小子命大着呢。是你自己说的,他一个人跑到日本去还好好地回来了呢。我看他是自己贪玩,又不敢和你说,就骗你说是去看朋友,这回路上耽搁了,看他回来怎么办!”淑英提她揩干泪,笑道,“再说了,这是在中国的地界上,到处都是中国人,他又那么聪明,不会有事的,啊!”

天青抬起泪眼问她道:“真的吗?”

“真的!”淑英有些底气不足。他若是在日本倒还好,坏就坏在他现在是在中国,到处起义动乱闹得不可开交,谁知道什么时候会出个什么事。这话她不敢对天青说，她知道她受不了。

可是淑英不说，天青自己心里也明了。她真后悔当初为什么不留住他，可是她也知道她留不住。她可以是他的，他却无论如何不会是她的。

天青清楚地记得是过了十三天，她吃过晚饭到外面去散步，走走不觉又来到村口，兜了一圈。回来时天色稍暗，小路上都泛了紫。她这一向出去虽都带着灯笼，却总要等到回来时才点上，因为这样便可有借口再多等他一会儿。

她点亮烛火，从村口慢慢踱回来，到桥头时见蜡烛烧了还不到一半，便倚在栏杆上吹吹风。

夏夜里有萤火虫，也打着小灯笼寻亲访友，微风静吹，沉醉般溶溶泄泄，将要酣眠。想来时候还早，远远的瓜棚下三三两两坐着农人乘凉聊天，灯火阑珊，满是人间烟火气。

月亮升起来了，浸得遍地白光清清浅浅，她见有人提灯过来，目光也跟着闲庭信步一阵，猜他往哪里去。谁知走近些才发现，那身影却是来寻她，再仔细看一看，竟然是他！天青快要哭起来，却呆呆站着一动不动，望着他寻阶次第而来，手里的灯笼摇摇晃晃、扑朔迷离，仿佛无数的小萤火也赶来聚众闹事，专挑断肠人断肠。

她觉得是梦，可眼前明明是他，那黑发、那明眸、那皓齿，分分寸寸、点点滴滴，一概溶了月光朝她拂来，要让她醉了才罢休。梦里梦外相逢无数，除却此时不是真。她嘤嘤唤他一声，掷了灯笼扑进他怀里，边哭边捶打他，嘴里含糊不知道要说什么才好。

沐霖不解，见一边灯笼将要烧起，忙推开她道："天青，怎么了？天青？"

她一揩眼泪道："你还问我怎么了，你好意思问我怎么了？你干脆不要回来就好了……一点消息也没有……"

"我写了信回来啊，你也没收到？"他在广州耽搁了，怕家里着急，写了好几封信寄回来，以为她看不懂，所以没回，可是他自己家里也说没有，大概是真的寄丢了。

天青泪眼婆娑看看他，又再次埋进他怀里，觉得还不够，拥得更紧一些。沐霖一手提灯，一手搂着她。天气热，两个人贴得紧，他心上火辣辣就像是烧着了一般，很想着要跳到河里去。待天青哭得好了一些，他伸手替她揩干泪，叹道："你放心，不会再有下次了。"

"你还要下次。"她又捶了他一把,擦擦眼泪道,"真的吗?"

"嗯,真的。"他觉得有些吃力,因为不确定是不是真的。他不能骗她,又不得不骗她。他们的计划延迟了,可迟早还是要走的。他不知道自己会不会死,他若是死了,那她怎么办?她会为了他死吗?他希望她会,他又害怕她会。他牵过她的手,紧紧扣在心上,轻轻念道:"我心固匪石,君情定何如。"

天青不懂,却听过匪石二字,便胡乱说道:"我心匪石,不可转也。"

他很诧异看着她道:"哪里学来的?"

"淑英教我的。"

"认认字就好,别学这些。"

天青不解,抬头看看他,那窅窅的眼神又叫她猜不透,唯有问:"为什么?"

"有些事你还是不知道的好。"沐霖伸腿踢踢脚下的灯笼灰烬,笑道,"看,待会儿看你怎么和梁叔交代。"

"都是你害的,你赔我!"她抢过他手里的灯笼,一路往桥下走,忽想起诸事未问,便向他道,"你到底去哪了?"

沐霖不敢和她说实话,少不得扯谎解释道:"本来是可以很快就回来的,只是那朋友重病缠身,最后也没能救活,我们就帮忙安葬了他,护送他妻儿回去。一来一去,耽搁了许多天。"

"怎么会这样呢?"

"人有悲欢离合,月有阴晴圆缺,都是些没办法的事。"他又补充道,"也不是人人都碰得上啦。"

天青安下心来,朝他抿嘴一笑,点一点头,又提起灯笼来向他脸上照照,笑道:"弄得这么脏兮兮的回来,胡子都长出来了,也不知道收拾收拾。"

"出来得急,忘了。"他向脸颊上摸一摸,有些惭愧地笑了笑。

两个人又叙了一会儿,他送她回去。路上灯笼灭了,他怕她摔着,便悄悄牵起她的手,伴月而归。

家里给她留了门。天青不愿惊动她父母,悄悄扣上门闩,蹑手蹑脚地走进去。大概梁金氏才刚睡下,听到她回来的动静便隔屋问道:"是天青吗?"

"娘,是我。"

"前头黄少爷来找过你了。"

"哎,我知道了。"她怕母亲疑心,决定不说也罢,梁金氏大概猜到一些,隔了半晌又念道："以后早点回来。"

天青也觉得不能再和他这般亲，倒不是因为怕闲话。她现在心里一刻也少不得他，将来怎么办，她不能把自己给丢了。可是不见他，她在家里一刻也待不下，老想着要出去。出去了，也总会遇上他。如此磨磨蹭蹭，终于事与愿违，反倒愈见得殷勤起来。她知道村里闲言碎语，却也只能听凭风声自去，走一步是一步了。

转瞬过了八月，花信随风不请自来。庭院里黄叶片片，木樨朵朵，借着金风一唱三叹，到处都是意犹未尽。田野里扑面稻花香，翦翦秋风赏心悦目。农忙于百石村人并无多大影响，但多多少少也沾上一些丰收的喜悦，跟着热闹一些。

至八月十五这一天，三秋恰半，金风荐爽。一大早，淑英就拉了天青到她家去吃田螺、尝月饼，玩到下午才回来。前几天隔壁罗大娘来她家摘了桂花做桂花露，今天便送了桂花酒来让他们尝尝鲜。

天青极爱桂花酒，晚饭时便多喝了两口，有些微醉。梁固元吃过饭出去看"训火头"，天青便帮着梁金氏洗了碗，出来把供桌抬到院里，供上月饼水果。肇庆这边有拜月的习俗，她和梁金氏一起跪下对着月亮深深磕了个头，心里默默祈祷一阵。诸事完毕，天青拿了块莲蓉月饼要到外头去，梁金氏拦住她道："你要去哪？"

"出去看'训火头'。"她撒了谎，有些不安。

梁金氏坐下拍拍椅子道："你过来，娘有话要和你说。"

天青无奈，只得陪着她坐下。梁金氏抚着她的发辫道："你不小了，有些事自己要注意着些了，心里放明白些，啊。"

天青抱膝不语，情绪早低落下来。月光落下一地寒霜，似有风过，但只风凉。

梁金氏接着道："女孩子，可不能这么乱着来。男人有什么，再怎么着不过落得风流两个字，又不会缺斤少两。女孩子可就不一样了……"

"我没有乱来。"天青争辩道。

"我知道你没有，可是你得听听别人怎么说，这名声要是坏了，就是伤筋动骨的事，你将来还怎么嫁人？"

"我不要嫁人。"她落下泪来，指尖点着在地上抠来抠去，很想挖个坟把自己埋进去。果然这世界真真可怕，连她母亲也这样待她。她和她们都一样，是自己戴了枷锁也巴不得别人跟着戴枷锁，连至亲也不放过。以为众人是则人人是，以讹传讹，多病不怪……

“以后还是不要再见黄少爷了，好不？要不……”

一语未了，天青丢下月饼撒腿就跑，径直往山上奔去。她想立刻就见到他，看看他到底值不值，到底能不能救她。可是她又怕，也许这一切不过是她一厢情愿，也许他根本也这么看她。

她失落下来，跑到一半又停下来，到小河边绞了手帕擦脸，突然很想跳进河里一死了之，让他们知道她死了，因为他们的话而死了。可是不值，这些人是不会惭愧的，至多说一句：“这女孩不守妇道，死了活该。”

月色渐渐淡薄了些，她撑膝而起，又重新上路。一路慢慢地走，走走停停，始终犹疑。她没读过什么书，戏文故事倒是听了一大堆，特别是《红楼梦》，从小便听村里老人给她讲，黛玉如何如何，宝钗如何如何，可是到头来呢？还不是黛死钗嫁，落得白茫茫一片大地真干净。就像现在，这月光。她不要自己像她们一样。

沐霖显然等了很久，在梨树下搓手搓脚，一见她忙迎上去道：“干啥去了，玩到现在才来。”

天青勉强笑道：“陪我爹去看‘训火头’了，耽搁了一会儿。”

“梁叔真有意思，这么大了，还跟个孩子似的爱看‘训火头’，不就是个火把舞来舞去嘛。”沐霖摘下头顶上的一颗梨，撩起衣襟摩挲摩挲，先递给她吃。

天青不要，摇摇头道：“大过节的吃什么梨，我不要梨。”

他见她不吃，便先自己咬了一口，推开树枝往石头上一坐道：“都是些迷信的说法，我才不信呢。”

“你当然不信了，出去见了大世面，哪里还管咱们这边的破规矩呢？”

沐霖听出她弦外之音，忙站起来道：“怎么了？说话酸溜溜的，唔。”

“我能怎么着，我会怎么着。你是男孩子，我是女孩子，反正吃亏的总是我。”她一把推开他，闪到一边去，心酸欲泪。她现在明白了，两个人都太天真，以为可以抛开一切躲进只有彼此的小世界，可是这世上没有这么好的事。你可以不去招惹别人，别人还要来招惹你呢！一个人可以容许自己比别人过得好，却怎么也容不得别人比自己过得好。嫉妒是免不了的，虽然他自己并不知道这一点。

沐霖丢下梨，追上来掰过她双肩道："天青，你听我说，你给我点时间，我现在真的没办法。"

"什么没办法，有什么没办法，我都愿意给你做妾了，你还要怎么样？"她再次推开他，隔出月魄荒唐，隔出溟蒙泪眼，突然觉得很远，很陌生。她是不懂他的，难道连他也不懂她？那他们之间还剩什么？除了回忆，似乎真的不剩什么了。可是回忆就像拆毛衣，快乐的已经变了形，悲伤的却还在继续，再怎么小心也不会是当初的模样。

"你知道我不会纳妾的，不管是你还是别人，我都不会。"他顿了许久，用极低的声音道，"甚至不会娶亲。"

她没听清，以为他非她不娶，心又软了下来，抓住他手臂抬头悲戚道："我可以等，可是你不能叫我这么不明不白地等，你总得给我一个盼头，叫我能活下去。你难道不知道他们怎么说，你明明知道的，你知道我有多苦。"

沐霖忽反感起来，冷冷地道："我没叫你等。"

天青几乎要倒，手臂滑了下来，觉得不认识他，一步一步往后退，却没有退路。梨枝划破她的脸，和血和泪钻心地疼，而她只是摇头，净想否定这一切，怀疑是自己听错了，捂着耳朵不敢听，可是那声音一阵一阵压上来，压得她喘不过气，像是被蒙在鼓里，而她什么都不知。她用力喊道："我再也不要见到你！"随即跑起来，边跑边哭，想逃开这一切，逃开这一场噩梦。

风在耳边呼呼地吹，一路叫嚣着随她而去，月凉风凉心更凉。她怕起来，沿着石子径三步并作两步跑，脚下一个惯步不稳便跌了下去。山里有鸟叫声，静夜里极其可怕。她走不动，抱膝把自己圈起来，企图隔开这冷清。

沐霖却没有追上来。他抱头蹲在地上咬牙震颤着，奋力和自己对抗，对抗到心灰意冷，欲罢不能。想起今夜月圆，却偏偏是个离别的时候。他往山下走，脚踩着石子径步步裂帛声，几乎扯断。因为天黑，他只顾着看眼前的路，听到声音才发现，是天青坐在地上哭。他走上去却无言以对，想了想，随她坐下，伸手搭上她的肩，被她一甩甩下了。她站起来立刻要走，一步出去又再次跌下来，又接着哭。

沐霖一时反应过来，忙追上去搂住她，她挣了挣，没挣开，软弱地伏在他怀里哭，心里很痛，眼泪就一直流不尽。他怕太晚回去又要多事，拉过她的手背她起来。天青本来不愿再依赖他，又舍不得，渐渐主动环抱住他，侧脸贴着他后背，眼泪还是流。

不知道是不是因为负重的关系，还是他故意走得慢，短短的一段路他走了很久。月光白白像走在雪地里，一步一个脚印。她很轻，却是他一生执念，不能放下，也无法放下。国与家之间，他知道不管怎么选，他都会后悔。唯一两全的办法就是让自己没有机会去后悔，这样其实很容易。他抬头看看月亮，觉得很凉，很冷。

她趴在他背上颠颠顿顿，几乎睡着，又不肯叫自己睡，要记住这温存。单调重复的节奏仿佛水车轻摇，轧轧循环不止，突然很想就这样走下去，不要离别。可是她家很快就到了。

梁金氏见天青伤了脚，急得跟什么似的，忙前忙后找药来擦，理也不理黄沐霖。梁固元只好在一边打着圆场敷衍着，道："辛苦黄少爷了，这么晚了，要不你先回去吧，天青这边有我们就行。"

他也只能走，辞了出去，心里就也空了。感觉影子是飘在身外的魂，黑白分明，上下都是凉之所至。他后来来看了天青几次，梁金氏都是冷冷的，天青更是打定主意不理他。借口不过两三个，用完了就完了，他也不好天天来。

天青脚伤期间，一直没出门，伤好之后，渐渐养成习惯，除了帮母亲出去干干活，连淑英那里也很少去。沐霖她是很久没见了，想归想，他要见她，她也不肯，一切都是她自己给自己找罪受。她要这痛痛得分明些，如此便可证明自己还活着。平日里做些女工针凿，日子就这样被一针针缝补起来，仅仅是为了拼凑而已。

入了冬稍冷一些，但也不至于着霜落雪，不过是秋叶落尽，秋意拉长，都堆到心上罢了。这天她从外面提水回来，路上碰到村里的李大爷带着他老伴出来散步，驻足看了一阵，鼻子酸酸的，埋一埋头提水回去。

淑英来了，坐在饭桌旁嗑着瓜子陪她母亲聊天。天青想起最近总是淑英来找她，也没去回访一趟，怪没良心的。她把水倒进缸里，擦擦手过来坐下。她本来并不多话，如今更加缄默，只微微笑着听她们说，偶尔插上一两句，都是花落无声。

梁金氏坐了一会儿，笑道："你们俩聊，我到罗大娘那陪她坐坐。"

梁金氏走后，天青便邀淑英回屋里，又拿出笔墨纸砚来写字，要淑英教她。

黄沐霖送的那块“凝云”，她是很久没用了，一直搁在抽屉里。如今这块蕉叶白，是她自己刻的，不过是一个砚形，旁的什么都没有，省得多想，想也没用。

淑英有话要说，又见她闷闷的，猜不透她是什么意思，便劝道：“天青，你别这样，叫人看着多难受。”

天青笑一笑，搁下笔来道：“好了好了，咱们出去走走吧！”说着便拉她出去，头也不回。

“急什么，你不把你的砚石给洗洗。”

“没事儿，你忘了咱们端砚储水不耗的好处了，这一时半会儿还受得起。”她掀了门帘，笑着招招她，那表情似无事，一味心灰而已。

村子不大，走来走去不过那几个地方，却到处都有她和他的足迹，儿时的、如今的，都在当时，不再此时。她无处回避，也懒得走了，打人家门前台阶上一坐，抱膝沉默起来。

淑英忍不住叫道：“天青，到底是个什么意思嘛，都快被你气死了。”

她淡淡一笑，摇着头念道：“没意思，没意思。”

“黄沐霖昨天来找过我了，他说要向你提亲，叫我把这个交给你。”淑英顾不得许多，嚯地从阔袖子里取出信来，甩到她面前。

天青接来看了，认得那上头的字，是她背过的那首，意思却不懂。淑英教她读书只让她背，说是书读百遍其义自现，旁的什么也不说，她一直想问淑英，后来懒得问，也不敢问，终于忘了。

“我心匪石，不可转也。我心匪席，不可卷也。”

她问淑英什么意思。

淑英道：“他是要告诉你，‘我的心不是石头，不可以随意转移。我的心也不是草席，不可以随意卷曲。’”她说完长叹一声，把天青叹出泪来，搂住她哽咽得不能自持。

淑英就这样抱着她，眼角泛潮，心里不知是什么感觉，又道：“天青，同心人不易得，你记住，无论何时都不要放手。”

“他懂我的，我却不懂他。”她说。

“有些事还是不知道的好。”她突然想起什么，扑哧一声笑道：“我可不想你也变成五独针，啊！”

自从那次论诗后，她们便戏称朱淑真为五独针。天青哭笑不得，捶着她骂她坏。淑英替她揩干泪,捧起她脸颊额头抵额头,终于把她逗笑了。

台阶上落叶堆砌,风一吹,莽莽撞撞四处寻路,终于无路。“嚓嚓”叫一声,被送得远远的,不得归来,荡荡飘萧无依,想到很远很远的地方去,还是没去。

“你让他来吧。”她说。

说媒的很快就来。天青很意外,不知道他是如何说服他母亲同意让她为妻不为妾的。大概他要做的事,也没人能拦得住吧。

梁金氏不计前嫌,梁固元也本来就随天青的意,如此一来,皆大欢喜,事情亦办得很顺利。她和黄沐霖言归于好,过去的事亦不复提,都很有默契地忽略过去。她也不去想那些关于知心的事。觉得够了,有些事还是不知道的好。至少在他能腾出来的位子里,是只有她一个。他的心太大,她看不透的。

定了亲后,她反而比从前更疏远了他,流言自然是止了,不好意思的却是她自己。黄沐霖隔三岔五来一趟,说是说和梁固元谈谈砚石的事,其实大家心里都明白。天青坐一边绣花,他也不去招惹她,她偶尔抬头向那边看看,却总能被他捕捉住目光向她笑一笑,得意之情溢于言表。

她想想很满足。她是要和他过平淡日子的,就像现在这样。天下她随他一个人去闯,但回来她要给他一个家。

她不过是自欺欺人。

新的一年又到了,肇庆这边民风淳朴,逢年过节都要炸角子、煮裹蒸粽,忙得不亦乐乎。一到元宵节,各村各县还有舞狮表演,十分热闹。

白石村有李、梁、罗、黄、蔡五大姓,其中以李姓人居多,村里还有专门的祠堂供应着。李氏宗祠始建于明朝永乐年间,至清末已有五百多年历史,前后两进,壁画雕花皆栩栩如生,呼之欲出。村里年年都有舞狮队在李氏宗祠门口表演,连外村的卖货郎也挑了担子,扛了架子在路边摆起摊来,卖些头绳、木梳、桂花油、拨浪鼓等,一路龙蛇混杂,百般琳琅满目。村里凡老弱妇孺,都穿了新衣新鞋出来逛逛,个个喜气洋洋。

一大早,天青便邀了淑英一起出去逛。她今天穿大红花棉袄,扎红头绳,一双绣花鞋七镶八滚,间或于裙底露出一点儿,简直隔帘消息风吹透。她和淑英各自买了一只拨浪鼓,挤到人群中看舞狮,跟着一起叫好,摇一摇拨浪鼓“咚咚”两下子。

看了一会儿,有人打她肩上一拍。她在心里猜一猜,猛一回头欲甩辫子打他,身后却只是旁人。正失落着,一个人头从眼皮底下蹿了出来,吓了她好大一跳,撑不住笑了起来。淑英回头见是黄沐霖,便同他打声招呼,一起挤了出去。走到一边榕树下,沐霖摘了一片叶子凑到嘴边吹一吹,笑道:"我从镇上买了河灯来,晚上一起去放河灯好不?"

淑英本来不想去的,无奈天青定要她作陪,她想想便笑着答应了。晚上她就在梁家吃饭,吃了元宵,随天青一同出去。她们俩先到,等了一会儿,沐霖带着家里的长工顺祥托着河灯过来,让她们俩接了河灯,打发顺祥回去。三人一起往河边走。

上元节的月亮白白大大,映着弓形村道一路烛影花灯。东风一吹,烛影摇曳灯影斜,就像是月宫上的桂花树也思了凡,高高在上呼应着。三人寻了个宽阔平坦的河岸蹲着,为花灯一一点上火。沐霖打头阵,先将河灯送入水中,划水送客,让她二人许愿,自己站一边看着。此时水面无风,河灯随微波轻晃荡,断断续续随聚随分,看得他满怀凄恻,说不上话来。

淑英道:"我问你们,什么时候才有喜酒给我喝?"

天青臊红了脸伸手打她,嘴里嚷道:"你急什么,这么快就赶着要嫁出去不成。"

两个女孩追追打打,闹了一阵,沐霖待她俩安定下来,淡淡地道:"等我把事情办完再说。"

"就你事多,咱们家天青可等不及喽。"

"淑英我撕烂你的嘴,看你还敢说。"天青跺一跺脚,扑上来又要打她,被沐霖拦住了道:"好了好了,这边太滑,咱们上去再说。"

他一手抓一个,扶着她们往上走。忽想起什么,飞快跑下去捡了东西追上来。天青问他干什么,他神秘地笑一笑,并不答。

路上有行人提灯而过,左右摇摆不定晃荡着。沐霖不说话,她们俩也不好开腔,倒像是犯了错似的彼此沉默着。淑英想是因为她,他们不好意思,便找话说道:"我没别的想法,只希望天青过得好,她好了,我就好了。"

"你放心,将来不只是天青会过得好,大家都能过得好。"他沉默须臾,接了淑英的话续下去,说完看看天青,见她微笑着,也就安心了。

"得了吧,你的心不要这么大,你能对她一个人好就够了,啊?"淑英说。

沐霖笑而不答，指着一块菜地道："淑英，这是你们家的地吗？"淑英说是，他便笑一笑大跨步踩到菜地里，蹲下来就刨土。

"你干什么呢？"淑英和天青同声问。

"看看有没有挖剩下的地瓜，咱们来烤着吃。"

淑英走过来道："这大晚上的，看得见吗？再说了，你知道哪里有，说不定都给人家挖光了哎。"

"你放心，他就是一只大田鼠，从小干到大的事，能不清楚吗？"天青抢先回答，也跟着蹲下一起挖。终于明白他刚才是去干什么了，心里很得意，想她到底懂他一回。

淑英将信将疑，看着他们俩忙碌一阵，果然不多时便挖出一个小小的地瓜，她就跟着一起来挖。月亮就挂在头顶，虽看得不真切，却也能分清一二。三个人在地里挖了好几个坑，只找到几个剩下的，累得满头大汗，心里却颇为满意。

沐霖到一边捡了一些枯枝干草，又正好带了火，便将地瓜埋下，在上头烧起火来。乘着烧火的当儿，他便向淑英道："淑英，你说将来要是这些田地都不属于你了，你怎么办？"

这问题淑英不是没想过，却总觉得远，心里怕，愈不敢想。她摇摇头说不知道。

沐霖又问："如果有一天，这些地都分给农民了，你觉得怎么样？"

"也挺好。"淑英想想忽不耐烦起来，拿树枝捣捣火苗，又丢了进去，说："反正这些地也不是我的。"

被风吹了一季的干柴遇火就着，在耳边啪嗒啪嗒响。风一吹，愈焦躁不安起来。沐霖隔了半晌，看看她道："你心里还是不乐意的。"

淑英不答话，天青见气氛有些僵，忙笑道："熟了没，别烧成炭了。"

沐霖拿木棍噗噗打灭了火，道："再捂一捂，一会儿就好。"

夜间万籁俱静，远处人家灯火阑珊，听不到蛙鸣蝈噪，只有隐隐的一点风动风息，萧萧飒飒，吹过了也不留痕，来过没来过，亦没有什么区别了。他把炭火挑开，拨出地瓜来晾一晾，待凉一些，用大叶子包上掰开来让她们吃。他自己在一边看着，不吃，也不说话。

天青用胳膊肘撼撼他道："怎么不吃呀，可香了。"

他默默包起一个，掰开来咬上一口，又继续看着她们吃。

淑英向天青低声道:“他今天好奇怪。”说罢朝他笑笑,神色浮浮的,被月光照得有些苍白,一副可怜相。是被他看着才可怜,无处可怜,无处不可怜。淑英怕起来,又偏过头去。

“怪毛病。”天青朝他做一个鬼脸,又继续吃地瓜。

吃完往回走,一起到井边汲了水洗手。水很凉,指尖被冻得冰冰的,搓了老半天也没暖起来。他送她们回去。当晚淑英就同天青一起睡,两个人躲在被窝里讲了一晚上的话,至下半夜才各自睡去。

后来的那两个月里,沐霖过十来天总要出去一趟,好在每次不超过三四天便会回来,天青也渐渐习惯他的若即若离,觉得彼此之间就像是弹簧,隔得近了势必要弹开,隔得远了也总会拉回来,不管怎样,是分不开了。

南方这边多雨,开了春,三五日里总有一两天是下雨,广东尤甚。天青坐在耳房门槛上,手里绣着鸳鸯枕套,心想沐霖会不会来。他昨日说要来她家吃饭,偏偏宿昔雨来,汪得到处都是,到早上反而更急,一点收敛的意思也没有。她知道他是会来的,可是她愿意就这样等着他。

她这边大门没关,绣一绣便抬头向巷口张张。春困乏人,伴着雨声愈加催人入睡。天青有些盹着,手里的针线也是懒懒的。她把绣框放至一边,托腮斜觑眄睐,心里盘算着见面时的第一句话,反复乐此不疲。终于,青灰的转角渐次转来一点油纸伞的竹骨稀疏,然后是缃黄的伞面遮着人影浮动翩翩,向这边走来。他穿灰白色布长衫,脚上的那双鞋是天青做的,而他整个人亦是为了寻她而来,不醉不归。

她不动,就这样微笑看着他拨开重重帘幕,从世外走到她世上。待他走进一些,她嗔怪道:“下雨了就不要来了嘛,弄得浑身湿答答的。”

沐霖不答而笑,收了伞在门外沥一沥水,随她一起进去。梁金氏这边已经开始张罗着烧火做饭。天青帮他把伞收好,理也不理他就径直进去帮忙,一会儿便听到一阵嗤嗤炒菜声。

梁固元今日亦不做活,在厅堂里拿着本书远远觑看着,见到沐霖,便搁下书来与他闲谈,问一问琉云斋的近况。沐霖是黄家老二,他上头还有一个哥哥,一直跟着他爹照料着琉云斋的生意。他这边无心经济,仕途上又没有什么动静。梁固元问他今后有什么打算,他也只是敷衍着说一说,并没有什么表态。

天青出来问他要不要进去烤一烤火,他正好借口脱身,辞了进去。厨房有点挤，加上又有沐霖在，梁金氏便很知趣地退了出去，让天青操作着。他坐下来，撩起长衫挡住半边脸，也不添火，也无动静。一会儿，天青觉得火候不对，忙赶过来自己烧上，嗔怪道："看着点，待会儿看菜蔫了你怎么办。"

沐霖不搭腔，只默默说道："我过两天要出去一趟。"

"又要走。"

"嗯。"

本来她已养成习惯，听他说走，不过失落一些，可不知怎的，今天心里格外难受，惴惴皆是不安。想来天气不好，人也难免受影响。她今天煮的都是些家常小菜，略备了点小酒。沐霖烧火三心二意，她也被他搅得心烦意乱，不是咸了，就是淡了，连梁固元也忍不住笑道："真是一个和尚挑水喝，两个和尚抬水喝，三个和尚没水喝。"

"这里就你还算得上是半个和尚吧！"梁金氏看着他的脑门笑道，"该刮一刮了，和尚爹。"

大家都笑了。

梁固元今天好像格外高兴，听这话反而摸摸头笑道："那三国里不是说：'分久必合，合久必分'，估计这头发也是剃久必蓄，蓄久必剃了。"

沐霖笑不出来，一下子便有些冷场。其实那些年出去留学归来的人也都绞了头发。白石村小，因为端砚的缘故人流倒不少。除了中国人，外国人也挺常见，蓄头发的更是来往频繁。过去太平天国起义闹事那会儿，下令绞辫蓄头，底下人便称其为"长毛"，多年来，这习惯依旧未改。他们平日里极少谈论关于头发的事，今天不小心碰了禁区，又赶上沐霖心情不好，气氛弄得很僵。梁固元也自知失言，忙续道："剪了倒好，剪了自在。"

天青暗中踢一踢沐霖，使个眼色给他，他十分凑合地笑一笑，拿着筷子一阵扒饭，很快便吃完。梁金氏过去给他添饭，他忘了推辞也忘了道谢，端起饭碗又开始吃，菜却没夹几口，杯里的酒更是一滴未动。一家人都觉得他今天很奇怪，也不敢问，一时都有些惘惘的。

吃完饭他却并不打算走，坐一边看梁固元摆弄砚石，眼神飘飘忽忽，问他话，有一句没一句的。天青洗了碗出来陪坐一会儿，想她父母有午睡的习惯，这个呆子今天又一点分寸没有，便向他道："咱们出去走走。"

"下着雨呢。"他这会儿倒是明白了，想想又道，"也好，出去走走也好。"

梁金氏这边拦不住他们俩，便吩咐早点回来，送了二人出去。

他撑伞带她，遇上水坑也不知道躲，一路踩着过去。天青拉也拉不住，脚上也湿了。一阵风过，翻云覆雨断送前程，皆吹斜了落在身上，衣袖间斑斑雨痕，倒似落泪。一路望去四下无人，墟里也作了荒村，两个人都是迷途的鬼。

天青忍不住道："你到底怎么了？"

沐霖不吱声，站住了脚转过身来，伸手抚着她的脸，手上也是湿的，脸上却堆起笑意来。

天青忽然心寒，喊道："你不要吓我！"

他单手抱住她，紧紧搂在怀里，贴着她耳朵道："我很快回来，我一定回来。你等我。"

"我等你，我等你。可是你要告诉我你要去干什么，你什么都不跟我说……"她怕起来，凄然问道，"你是不是要去闹革命，你不要去，不要去，不要丢下我。"

"天青，我不仅要你好，我还要叫我们的子子孙孙都好，你放心，你放心，我很快就回来，很快的，很快……"他却越说越慢，终于无声。

天青推开他，一步退进雨里，看看他，又大叫一声"不要"，扑上来搂住他，死死地把双手扣住，想要上一把锁，又怕被雨淋湿了要生锈，只能抱得更紧一些。

沐霖被她压得几乎喘不过气，索性丢了伞想要掰开她，掰不开，也舍不得掰。雨势小了一些，一丝丝细密如同绣花针，一针针皆刺到人身上，又不叫人疼，专攻心肠。

他叹了口气幽幽地道："有时候我觉得挺害怕的，怕我走了，你就会很快地忘了我，可有时候又觉得遗忘是件很好的事，或许这样，就不会有牵挂了。"

"你跟我说这些干吗，你干吗要走？"

"你看看现在！"他大喊一声，用力推开她。"天青，我没有办法，有些事是不得不去做的，你懂不懂？"

她尽力地摇着头，嘴里念叨着："不要，不要。"

"你相信我，不会有事的，真的。"说这样的话，沐霖心里也没有什么底气，究竟事情会怎样，没有人能说得准。他其实明白得很，或许失败的可能还更大点，可是这些都不能和她说，沐霖碰碰眼前人，叹道："如果不去，我这辈子都会有遗憾的，这样活着，还有什么意义呢？"

天青突然明白过来,心里却还是舍不得,呆了呆,又问:“你什么时候回来?”

“快的话七天吧。”他不敢告诉她可能回不来,终于咽下了心里的许多话。过来轻轻按住她,吻一吻她眉心,咸咸湿湿是她的泪,还有雨……

天青觉得,那是很久很久以后,又到了梨花开的季节,白白落落,风里飘啊荡啊,结成了果,剩下心酸。她永远记得那一天,1911 年 4 月 27 日,广州,黄花岗起义,她忘不了。

消失的目的地

于是,我决定要走了,离开家,去一个没有亲人的地方。

阿明最后问了我一次:“说真的?”

我点了点头,轻轻地应了他一声。

“你会后悔的。”他说。

“后悔就后悔吧!”我几乎毫不犹豫地说道,顺手拿起面前的酒杯,喝完了剩下的酒。从见面到现在,阿明就不停地问东问西,一刻都没有停过。我抬头看了眼墙上的钟,已经十点多了,催他道:“要走了,下次有机会再聚。”

阿明从沉默中回过神,站起来说:“我送你,反正顺路。”

我们到前面柜台去付钱,阿明非要请客,凭我怎么说都拧不过来。要请就请吧,又不是第一次了。

“等你发财了,回来请我吃饭。”阿明接过服务员递来的小票说。

我笑了笑,并不接他的话。

从店里出来,阿明就显得很不耐烦,他的车不知道停到哪里去了。我们在门口来回走了好几遍,一辆又一辆地看过去。路灯的光并不大亮,照得地上的影子轻飘飘的,真是一个清冷的季节。可能是喝了酒的缘故,阿明有些不能确定车子停放的位置。他平时的酒量倒不见得有这么差。

最后在一棵梧桐树下,我们找到了车子。不知道是哪个狗娘养的,把它弄在了地上。我想阿明一定要气死了,平时只要有人一靠近这车,他就会变得很紧张,生怕给人家蹭到了。其实哪里就那么容易坏呢。我等着阿明发火,然而他只是很不高兴地板起了脸,过去扶起了车子,并没有说什么。

夜晚的天空很晴,蓝色像浸透了水,看上去阴凉凉的,只有几颗小得可怜的星泛着一点白光。风吹在身上,冰冰的一股寒意,今年的秋天来得可真快。阿明把车子骑得很慢,可是马达震动的声音还是吵得要命,在这孤零零的马路上,听上去很异样。他把头偏过来一些,嗓子干干地问:“冷不冷?”

“不会。”我回答他。刚才出来的时候,脑袋还有些晕,吹了风,终于清醒了许多。我打了个寒噤,突然想起上一次像这样他送我回去,已经是好几个月前的事情了。那阵子的天气刚好和现在差不多,到了晚上温度就降下来,不过是春天,经常下雨,还要更湿一些。我最讨厌雨天了,到处都湿答答的又很脏,去哪里都不方便,虽然我大部分还是待在屋里睡觉看电视。不过夏天同样让我喜欢不起来,太热,当然冷也不行。不知道今年的冬天会不会更冷。那么我应该最喜欢秋天了,可是我好讨厌现在的日子。

阿明不开腔,我就木木地想着这些无聊的事,说不出是什么心情。

到了家门口的小路前,我下车走回去。阿明看着我离开,脸上的表情一下子变得重重地要挂下来。往前走了没几步,他突然喊住我,追上来一把抓住我的肩膀,顺势把我整个人都摁在了墙上,用力地吻住了我的嘴。

"你疯了。"我终于推开阿明,压低了声音吼他。要是被妈妈看到,一定又有话要听了。其实今天在去之前,我就有些后悔了,不知道为什么还要叫他出来。我开始烦起面前的这个人来,他怎么就不能让我过得舒服一点呢?

我把头歪了过去,阿明低低地唤了声我的名字,用手轻轻地抚着我的头发,哀求着说:"最后一次。"他的样子看起来好可怜,我不知道该怎么拒绝他,只好任由他继续吻了起来。还好现在已经很晚了,路上应该没有什么人经过。

"这又有什么呢。"我想。

阿明是我的前男友,大了我三岁,现在在一家小公司里当业务员,每天朝九晚五,拿着不多的工资。用妈妈的话说就是很没前途的一个人,她一直反对来着。其实我也说不上有多喜欢阿明,总之能见面就见,实在不行就算了。对我来说,一个人的日子,照样吃吃喝喝,没太大的差别。反正我们在一起,多数还是待在屋里看片,时间半天一天很快就过去了。

刚开始我没有想过会和阿明交往的,不知道他看上我什么了,突然就跑来追求我,还来了一次又一次,看上去很认真的样子。后来实在拒绝不了,我就和他出去了几次,发现这个人还挺好玩的,反正又不讨厌他,就试着在一起了。有一阵子,我还很黏阿明,没事就跑去找他,弄得他连游戏都打不上了。这大概就是我们的热恋期了。

不过等新鲜劲一过,我们两个都变得无所谓起来,经常隔个好几天才见一次。总之爱情就是这么回事了。那些要死要活的情节,我才不相信现实里会有。今天阿明的反应,倒真叫我觉得意外啊。

回到家里,我把身上的衣服换掉,洗完澡,很认真地刷了牙。躺在床上,觉得整个人都轻松了许多。想起马上就要开始一个人的生活,莫名地有些兴奋起来。我从毕业后回家工作,到现在已经是第三个年头。虽然在家里没什么不好的,每天回家吃饭睡觉,省下的钱够我买好几件衣服。妈妈是唠叨了点,不过有了她我可以少操心好多事。爸爸除了想起来时会叫我去考公务员,一般不干涉我的生活。反正我很自由的,就算是上班,只要把分内的事做完,在不被老板发现的情况下,要淘宝聊天什么的都可以随便。

我对生活的要求不是很高,衣食住行,这些基本的能满足就够了,旁的还有当然更好。那些花钱去旅游之类的事情,我是不会干的,真是又累又没有意义。高中毕业那年,我和同学跑去南京玩,结果那几天热得要死,旅馆里又脏得要命。几个人合租了一间房,干什么都不方便。比起这些来,我还是喜欢待在家里,舒舒服服的,就很好。至于为什么想离开,我说不上来,可能是有些烦了吧。

半年前丽珠回来,和我说起了她在外面工作的事,听上去好像还不错的样子。她的公司可不像我那个小地方,什么都有,偶尔还会组织一些业余活动。"参不参加随便你,不过去了还有钱倒是真的。其实最要紧的是,在那里做事比较有盼头,不只是钱,还有升职的空间,不然一辈子都原地踏步,不是太没出息了。"丽珠剥着手里的橘子说。

"那你的同事怎么样呢?"一想到办公室里那几个很八婆的中年妇女,我就头疼得要命。她们每天不是说别人的是非,就是谈论一些很无聊的事,丈夫啊儿女啊这些,不知道哪来这么大的兴致,笑起来声音还难听得要死,希望不要再遇到这样的人才好。

"大家都是年轻人,还不错啦。"

"有一起去玩吗?"

"有啊,有空就去唱K什么的。"

"挺好的。"我有些羡慕地说,虽然这样的场合对我并没有多大的吸引力。

"那就出来啊,怕什么。"丽珠捅捅我的胳膊,这不是她第一次这么说了。

"哪有那么容易啊。"

"哪有那么难啊,看着对眼,差不多就去了。"

找工作好麻烦,还要笔试面试,想到这里,我就已经泄了一半的气。虽然这没什么大不了的。不过和这些比起来,我还是更愿意原地不动地待着。

见我半天不吭声，丽珠又接着说："怎么样呢，老是这样不行啊，是时候拿出一点魄力来了，天天待在那个小办公室，迟早会变成大妈的。"

"我还年轻着呢。"

"年轻？"丽珠露出一个很夸张的表情说，"你没觉得毕业后的日子就变得好快吗？时间哗啦啦就过去了，小朋友不是都已经开始叫你阿姨了？叫大妈的日子也不远啦！"

听她这么一说，我真的有些害怕起来，不管怎样，都不能成为那样的人呐。我有点后悔当初没坚持在外面找工作，不然就不会有这么多麻烦了。可惜我实在没本事，弄到最后，还是靠家里的关系找了工作。要说丽珠，她读的学校和我差不多，现在手下已经管着好几个人，以后自然还会有更好的成绩。不过人家可比我厉害多了，胆子大，事情又做得漂亮。有时候我还真是羡慕他们。

"这次一定要做出点成绩来了。"我想。

不过等到了真正作决定的关头，我又恢复了老样子，辞职的话，无论如何都说不出口。从小我的性格就是这样，干什么事都拖拖拉拉地拿不定主意。

过了一个星期，丽珠又想起这件事，发短信问我："怎么样了？"

不知道出于什么心理，我竟然骗她说："已经搞定了。"这倒不是我想逼自己一把，尽快提出辞职。说到底，只不过是在逃避。不管怎样，先把眼前的这关过了，剩下的事，等到了最后再说。这就是我一贯的做事风格。撒谎、装不知道、忘了，都无所谓。总之懦弱的我，连面对的勇气都没有，只会拖一天是一天。不过这件事真的很难啊。后来丽珠每每问起来，我都支支吾吾地编出各种理由敷衍她。想想还真是对不住她的关心，不过我能怎么办呢？

那段时间的复杂心情，多少还是影响了我的工作。每天都在纠结着要不要辞职这烦人的问题，做起事情来就丢三落四的。我甚至搞不明白，当初怎么就会起了这念头？像我这样的人，就应该安安分分地在自己的岗位上待着才对。外面的世界那么大，不过都是属于别人的嘛。说实话，我可不是那种贪心的人，功名利禄什么，根本就和我搭不上边。这一点，我还是认识得很清楚的。

有一天，咱们部门主任突然喊我进办公室，把我骂了一顿，说我这段时间的工作态度很有问题。我发现像他们这个年纪的大叔，都喜欢讲大道理，还一副见多识广的样子，轻易地给人贴标签下定论。"我也是从你这个年纪过来的""我知道你们怎么想的"这一类的话，真是听了几千几万遍，可惜没一次是说到点子上的。他们哪里能够了解别人的心情，真是站着说话不腰疼。

“你们这个年纪的小姑娘，就是定不下心来，说到底还是心太躁，动不动就想跳槽。”说到这里，主任停下来喝了口水，又接着问我，“你是不是真的不想干了？”

他这话的语气和前面不太一样，我一时没听出来，只顾低着头发呆。主任看我没反应，很诧异地再问了一遍：“你真的不想干了？”

我这才回过神来，脑子里乱乱的，不知道要怎么回答他。点头？摇头？我的犹豫病又犯了。时间一分一秒地过去，气氛变得越尴尬起来，这下我要说不都没可能了。既然都已经到了这个地步，我干脆壮大了胆，攥紧了拳头，给自己鼓了把劲，把之前编好的理由一字一句地背给他听了，说得好像我真的很有抱负要出去闯一闯的样子。不过我发现，辞职好像并没有想象中的难啊。

“既然你都已经想好了，那我就祝你找到好工作，事业有成吧！”想不到这个人竟然连一句挽留的话都不肯说，就这样随我去了。想到这里，我心里不禁涌起一阵悲哀，不过这感觉很快就被解脱的轻松给冲淡了，像是刚结束了一场很难的考试。

最让我意外的是，办公室里那几个讨厌的大妈，听到我要离开的消息，竟然表现出一副很伤心的样子，有些舍不得我，一个个都跑过来问长问短的，还叫我有空要记得回来转转。虽然我平时见惯了她们假惺惺的一面，不过什么是真，什么是假，还是能分得清楚的。这么说，我还是有人在乎的啊，虽然只是一点点，虽然很快就会过去的。

“要是我死了，会被人记住多久呢？”走在路上，我突然想到了这个问题。生命走到了尽头，躯体被烧掉，到最后就只剩下一把骨灰躺在冷冰冰黑乎乎的地下，到了清明节才有人来看你，这样的画面真是太凄惨了。别人就没必要说了，妈妈一定会很伤心很伤心，一直哭个不停的。我一边走一边想着这些，竟然忍不住落下泪来。人活着一辈子，到底是为了什么的呢，一切都是不能留住的呀。

小时候我喜欢收藏旧的东西，用过的杯子、橡皮，别人给的糖纸，这些看上去很没用的东西，我都当成宝贝放在盒子里。等到哪一天突然翻出来了，看一看，然后想起很多事来。好的、坏的，它们都是和我最最贴切的。不过，这只是个无聊的习惯。我可不是那种念旧长情的人，好多小学初中的同学，到现在连名字都忘了。像我这么凉薄的人,就该孤独一生的吧。

我不敢想太多,眼下最要紧的,还是怎么和妈妈交代。要知道她当初可是费了好大的劲才把我弄到那里。现在要再找一个,也不容易了。照她的意思,女孩子找个轻松点的工作,就差不多了。最要紧的,还是另一半的选择。这下我工作没了,又没有男朋友,连个搪塞的借口都想不出来。

我照着往常的步子朝公交车站走去,半路上还买了一袋橘子吃,把剥下来的橘皮都丢进塑料袋里。车子还没来,我先把耳机塞上了,听听过无数遍的歌,木木地看着眼前的一切。站台上人并不多,一个个缩着脖子,不然就是呆呆地看着街景,大概也和我一样,脑袋空空的什么都不想。这样的事我经常做,从读书的时候起,就整天看着黑板发呆,毕了业对着屏幕发呆,下班对着车流发呆。妈妈老说我不在状态,成天不知道在想什么。其实我哪有想什么,什么都不想,就发呆。我要是在状态了,一定会发现日子过得好无聊好无聊,所以还是不在的好。

我上了一辆人不多的车子,坐到最后面去,拿出塑料袋里的橘子继续剥,把上面白白的膜一条条撕下来。车子有点颠,我老捏不稳,有点气起来,干脆把橘子吃了,再把橘皮撕成一块块小小的,越来越心烦起来。

果然回到家里,妈妈就骂我了。她先是好吃惊地再四确认了几遍,又问我干吗要辞,又干吗连声招呼都不打,到底是怎么想的,一点都不懂得体谅父母的苦心。我是没什么好说的了,低着头听她念叨,时不时地附和一句。

"那你准备怎么办呢?"妈妈问。

她等了我半天,见我没反应,知道是没主意了,便又接着说起来。妈妈的话,虽然没多大的意思,不过要比某些人真心多了,她倒是替我着想的。我把两只脚缩起来两手圈住,把脑袋枕在膝盖上,呆呆地看着桌子上的一袋橘子皮,觉得有些无聊起来。

"我还以为你真要做什么大事呢。"一个多月后,妈妈在电话里这样和我说。

"这里的工资高。"我很不服气地应她。

"房租吃饭也贵!"妈妈这回说到点子上了。我在这里,光是月租一个月就要八百,还有水电物业,七七八八加起来,都够我半个月工资了,还有吃饭、坐车、买日用品。每次钱拿到手上,还没怎么花就差不多了。虽然她说得好像都很对,不过我不想听她的,原来的日子多没意思啊。我嘴上还是犟,反驳她说:

“这家公司比原来的大多了,以后还有升职的空间。”

妈妈不以为然,觉得这都是虚的。她没点破,其实像我这样的性格,是做不到多大位置的。有时候我真的好讨厌她这样,明明看出来了,又不直说,全写在眉梢眼角里。要是外人,我就当不知道算了,无所谓了,可是连她也这样,看不起我,真是叫人伤心。一个人,连至亲的肯定都没有,不是很悲哀的吗?虽然我知道,他们想得都没错。

我的老毛病又犯了,心里一急,话也说不清楚,正想着要怎么回答,妈妈话锋一转,说道:“算了算了,你自己喜欢的事情,我也劝不来你。自己在外面小心点就是,晚上出门,记得找个人一起。年纪也不小了,差不多该找男朋友了,重要的是脾气要好,小心点别被人骗!对了,你那里冷不冷?这几天家里冷得要命,该添衣服就添,别整天穿那么薄薄的几件,自己照顾着自己点,饭吃饱了,别舍不得花钱,反正你自己养自己了,我不管你!”

我敷衍着妈妈说知道了知道了,一边裹紧了围巾往公交车站走。虽然她的话听过无数次都快能背下来了,我却觉得心里酸酸的,有点想哭。其实我并不知道这样做的意义,离开家,一个人生活,靠自己的力量找到工作,最终的结果还是一样的啊。我现在在一家房地产公司上班,做的事情和原来差不多,只不过要求严格了点,也没有那么多空闲的时间了。每天从公司下班回来,去附近的几家小店吃完晚饭,挤公交,走一段长长的路,回去洗澡洗衣服。这样看来,好像又回到了原点。

不,不是,不是这样的。事情远比这些要复杂多了。

到福州的那天,丽珠来车站接我。自从毕业后,已经好久没到大城市来,刚下车的时候,我觉得自己连路都不大会走,跟着人群只管往前,心里却有点虚。周围的行人,一个个都走得很快,好像是在赶时间,就我还不慌不忙的,于是不断地有人从我身边借道先行了。

我在人群里找到丽珠,一下子放松不少,话也变得多起来,和她说前面坐车的情形。虽然胃里有些难受,还是忍住了没吐出来。

“怎么样,还好吧?”丽珠问。

“嗯,感觉不错。”

“要不要吃点什么?”

“不用了,我不饿。”

“那先回去，放好行李再下来吃饭。”

“可以啊。”

“有没有想好要做什么？”丽珠终于还是问了。

我回答她：“先去投投简历，剩下的事，等到时候再说。”

她好像觉得没什么不妥，轻轻地嗯了一声，到前面叫出租车去了。

和上次来福州不同，可能是阴天的缘故，榕树底下没有阳光照出的斑驳影子，一切都灰蒙蒙的。风吹在身上，又涩又湿，像在身上黏住了不肯走，直往骨子里钻。我最讨厌这样的天气了，一点都不清爽，衣服晾出去好几天都干不了。不过真要到了夏天，我又嫌热得难受。

下午我歪在丽珠的床上休息，睡了一觉，一边玩手机打发时间，等她下了班一起去吃饭。阿明打电话过来，问我到了没有，还开玩笑说他过段时间也要过来。不知道为什么，听到他这样说，我心里一下子变得很不舒服，真希望他只是说说而已，不要来才好。

我老是这样，明明很渴望别人的关注，同时又害怕亲近。

阿明对我倒是挺好的，不管我有什么要求，他都尽量满足我。有时候我乱发脾气，他也从来不和我抬杠。要说这样不是很好的吗？可是我会突然地觉得很无趣，就算吵架赢了，还是一点胜利的快感都没有。这样看来，我真是一点都不懂得满足。后来我就经常有意无意地招惹阿明，激他和我吵架。类似把东西挪个位置的事情，我也能说出一大箩筐的话来。偏偏阿明脾气好，一般都不大搭理我，反而显得我很无理取闹的样子，真是没趣。

那天晚上，我和阿明看完电影回来，去平时常去的那家摊子吃宵夜。他看起来心情很好的样子，点了份炒米粉，一边吃着，一边议论着电影里的情节。我肚子有点撑，随便夹了几筷子就放下了，又不大想说话，就托着下巴看他吃完。

这时候大概是九点多，比白天凉快了不少。街上还很热闹，不时有人结伴从路边走过。隔壁桌坐了四五个男的，大声地聊着天喝酒，已经干掉了快一箱的百威。我懒得动弹，便慢慢地呷着杯子里剩下的茶，认真地听着他们说话的内容。

“真好玩啊。”我和阿明说。

“什么好玩？”

“他们说的话。”我使个眼色给他，示意是隔壁桌的。

阿明点点头，和我一样竖起了耳朵，问道："他们说什么了？"

"那个男的，在说他女朋友的坏话。"

"哪个？"

"蓝衣服的。"

"说什么了？"

"说她很烦，太黏人，动不动就生气。"

"哦。"阿明好像不大感兴趣的样子。

"然后那个男的，白衣服戴眼镜那个。"我凑到阿明耳边说，"他说蓝衣服的女朋友确实有点公主病，很嗲，问蓝衣服怎么受得了。蓝衣服说习惯了，反正就这么回事。他们几个人，好像就蓝衣服谈恋爱了。"

阿明听完，只是点点头，敷衍着对我笑了一下。

"我在你眼里也是这样的吧。"过了一会儿，我笑着问他。

"想什么呢。"

"没有啊，多少会有点，是不是？"

阿明见我还带着笑，便打个哈哈说："有时候是会啦。"

"对嘛，我就说，男人都是这么想的。"

"呐，又开始钻牛角尖了。"阿明伸手捏一捏我的脸颊，逗着我说。

究竟是为了什么呢？我有点想不明白了，两个人因为恋爱而产生厌倦，那还不如孤孤单单的，更自在些。这一点，从我爸爸妈妈身上就可以看出来了。他们有时候争吵、冷战、甚至打架，看起来简直恨得不行，一副要吃掉对方的样子。结果却因为子女家庭的牵绊，勉强过下去。其实他们心里早就没有爱了。那些看起来很和睦的夫妻，恐怕也是一样的。

阿明见我半天不吭声，便喊了我一声说："差不多了，走吧？"

我把手里的茶杯搁到桌子上，咽下了嘴里含的最后一口茶。隔壁桌的几个看样子还没打算结束，他们大声地议论着，一点都不在乎被别人听到。我和阿明走出了好远，还能听到他们的声音。不过话题已经从蓝衣服的女朋友转到国家政策上，怪没意思的。

回去的路上，我还在想着刚才的事情，没怎么和阿明说话。他有点不放心，试着问道："你生气啦？"

"没有。"我不耐烦地说。阿明就是这样，每次我一不说话，他就以为我是在生气,连我伤心了、难过了,他都看不出来。

“别这样了,我刚才只是随便说说的。”他接着道。

我有些气起来,白了他一眼说:“真的没有!”

“还说没有,你看,你看。”

“看什么看!”

“真的生气了啊。”

“跟你说没有就是没有。”我加快了脚步,想马上就摆脱他。

阿明追上来,腆着笑脸说:“好了好了,没有就没有。”

他这么一说,反而弄得我更不想理他,便只管往前走去。

这条路并没有什么人,两旁商户的门也关得差不多了,只有几家还亮着灯,剩了一两个人在店里懒洋洋地撑着。地上照着的白色月光,被昏黄的路灯搅得浑浑的。阿明和我的脚步声,踢踢踏踏,显得夜特别的深,特别的静。

我突然在想:这世上,到底有没有爱呢?

结婚、生孩子、成家立业,这些都是别人说的,我并没有想要去做。一辈子都按着常理生活,而不是内心,那不是太可怕了?虽然活到现在我都是这么过来的,习惯这么过来了,但,不是永远吧?我真正想要的,不过是互相依偎取暖,摆脱那种孤独感。具体关系的维护,其实并不重要。我想人活着,是无论如何都逃不开孤独的,就算结婚也没有用。“冷暖自知”这句话,就说得很对。既然这样,就应该自由自在,时刻寻找着,期待着。

当然我这样想,未免是太幼稚了。

这段感情,我好早就想要放弃了,甚至是从第一天开始。只是一直期待着,才一直坚持着。和阿明在一起这么久,从来没有一天、一刻摆脱过孤独感。他一点都不懂我,虽然我也不懂我自己。然而越是这样,我就越深刻地体会到那种孤独感。阿明的出现,只会不断地提醒我这个事实的存在。

到底要什么,其实我并不清楚。

我和阿明,到现在还没有真正“在一起”过,这倒不是说我们哪个出了问题。事实上,人都是有需要的。不过我实在不能接受没有灵魂的爱,如果仅仅是为了满足身体,那和动物有什么区别,还不如躲到自己的世界里去。

“我们分手吧。”不知道怎么回事,我突然冒出这句话来,说完把阿明和我自己都吓住了。两个人一下子停住了脚步,站在了路中间。他很疑惑地看着我,有点怀疑是不是听错了。

“你说什么?”阿明问。

“我说,不然就分手吧,怪没意思的。”

阿明呆了半天,似乎不太明白,最后还是不落俗套地问了句:“为什么,就因为刚才的事?”

“不是,刚才根本就没什么。”

“既然没什么,为什么突然说分手。”

“就是想分手了。”这话说出来,连我自己都觉得有些牵强。

阿明还是呆呆的,支吾着说:“那,总得有个理由啊。”

“我不知道什么理由,就是不想再这样下去了。”

“什么叫不想再这样下去了,这样有什么不好的吗?你到底怎么了?无缘无故说出这些话来。”

“不是无缘无故的。”

“那你告诉我,为什么?”

阿明的追问,让我觉得好辛苦,为什么为什么为什么,我哪里知道为什么呢?根本我都不知道为什么要和他在一起,又哪里知道为什么要分开。

“你不喜欢我了,还是有了喜欢的人?”阿明好像觉得,这是最好的理由,他果然一点都不懂我。

“都不是。”

“那你总有个原因啊,这样不明不白的,叫我怎么接受得了。”

我心里一委屈,终于忍不住落下泪来,又不想当着他的面哭,便继续往前走去。一步一步,走着走着,觉得好凄凉。我突然想起家来,想快快回去,躲进被窝睡上一觉。也许明天醒来,一切都好了,就不会有人一直问我为什么了。

“既然都不是,为什么还要分手?”阿明不甘心,追上来接着问。

“我求求你不要问了,我不知道为什么,就是不想再这样下去了,我就想自己一个人,一个人,好不好。”说完这些,我不顾还站在街上,背过身去捂着脸哭了出来。

阿明不敢再问下去,只是转到我面前来,扶着我的肩膀说:“好了好了,你别哭了,我送你回去,咱们都冷静一下,嗯?”他这样说,似乎觉得事情还有希望。可是我不想理他了,伸手抹了把泪,抱住胳膊,低着头走回家去。

“这一次,无论如何都要下定决心,不能再动摇了。”我在心里告诉自己说。虽然在这样意外的情况下,说出了分手的话,不过我一点都不后悔,反而感到有些庆幸,心上一下子轻了好多。

然而阿明的样子,还是叫我觉得非常歉疚。不管我怎么做,都无法避免他的伤心,这是我最不想看到的。要是世上的事,可以说忘掉就忘掉,像电脑里的删除键一样,就好了。

后来阿明又找过我几次,说了好多言辞恳切的话。老实说,我真的很感动。一直以来,还没有人像他这样在乎过我,将来恐怕也不大会有了。想到这里,我心里一阵酸楚,竟然难过地流下泪来。

就这样放弃了？我闭上眼睛问自己,做了个长长长长的深呼吸。

或许是我伤透了阿明的心,叫他渐渐觉得失去了复合的可能,时间久了,他就不大来找我了。奇怪的是,有一段时间,我竟然又期待起阿明的联系来,真是矛盾。

明明不喜欢了啊。还喜欢吗？我问自己。

入秋后,我修了个平刘海,把头发剪短了一些。妈妈看到我说:“感觉你最近年轻了不少啊。”

“是吗？可能是换了发型的缘故。”

“女孩子就应该这样,清清爽爽的,干净。”

“妈妈很懂得看人哦。”

“我吃过的米比你吃过的盐都多。”

“那妈妈你告诉我,人活着是为了什么？”

“为什么,什么年纪就为什么,传宗接代,养儿育女,还能为什么。”

“这样多没意思啊。”

“要什么意思,做人不就这么回事。”

“既然这样,还不如死了呢,有什么分别？”

妈妈听我这样说,忙伸手拍了下我的嘴巴说:“年纪轻轻的,尽讲这些破话。”

我就知道,在妈妈这里,是找不到答案的。可是我不甘心,又问了爸爸。结果他的回答也和妈妈差不多,总之就是事业家庭这一类的老生常谈,根本就不在点上。

晚上吃饭的时候，妈妈做了我爱吃的糖醋排骨。

“要是我一辈子都不出嫁，待在家里，怎么样？”我在饭桌上问道。

妈妈说：“我肯定是希望你待在家里的啊，哪个做父母的会舍得把女儿嫁出去。”

妈妈的回答，让我觉得很意外，不过她又接着说道：“好是好，不过外人一定会说，这某人的孩子，都没人要。”

“人家爱说什么就说什么，我才不管呢。”

“哪里是那么容易的。”

“反正我不在乎。”

“现在是这么说，将来等我们死了，日子就不好过了，一个人孤孤单单的，都没人管你。”

“那我就和爸爸妈妈一起死。”

“这孩子，说什么呢。”

“那爸爸觉得呢？”

爸爸见我问他，愣了一下，突然笑起来说道：“可以叫男的来入赘嘛，干吗一定要嫁出去。”

“父女俩都尽讲这些乱七八糟的。”妈妈打断了我们的谈话说，“饭吃来，不要一直讲话。你不是喜欢糖醋排骨吗？都吃了，再热就不好吃了。”

妈妈这个人，一辈子都这么没趣。

吃完饭，爸爸走到门口去抽烟，我跟了出来，站在他边上看月亮。院子的墙角边，用砖头码了个很简陋的花圃，里面种着妈妈的地瓜叶。不久前，我还插了几枝月季，刚开始每天都浇水，看它活了没有。不过日子久了，干脆忘在了脑后，想不到现在竟然都已经分枝了，还长出了两个小花苞，红红的点在上头。和阿明分手，也有好几个月了。

“越来越冷了。”我念叨着，见爸爸回过头来，便问他：“爸爸，你觉得幸福吗？”

“啊，不知道。”

“怎么会不知道呢？”

爸爸没有再回答我，只是吐了口长长的烟圈，把这个问题糊弄过去了。

“我的花快开了。”

“哦。”

“不过等到花开的时候,估计我已经到福州了。”

爸爸沉默了好一阵,问:“这回真的要走了?”

“嗯,真的。”

我和爸爸之间的谈话就是这样,每次都说不了几句。“嗯”“啊”“唔”“哦”,是他最常有的回答了,他和别人说话好像不会这样的。

上一次和爸爸聊天是什么时候呢,我已经想不起来了。

我到福州后做的第一件事,就是照妈妈的吩咐,给她打电话报平安。不过那天她不知道跑哪里去了,电话响了好几声都没人接。我正准备挂掉,爸爸的声音从听筒里传了出来,“喂”了一下,就没有下文了,看样子是准备让我说话。

“是爸爸啊。”

“嗯。”

“我到了。”

“哦,到了啊。”

“刚到。”

“那快点去休息。”

“嗯。”

“那就这样。”

“好,再见。”

这样就结束了,电话里一阵嘟嘟的忙音。我觉得有些饿了。丽珠赶着去上班,早就已经走了。我趿了双拖鞋,懒洋洋地走到冰箱前,打开了柜门,一阵凉冰冰的气体跟着溢了出来。里面有酸奶、苹果、葡萄、面包、可乐、鸡蛋、蜂蜜。“真是丰富呀。”我自言自语地说了出来,心想丽珠还真会过日子。出于一种惩罚心理,最后我从橱柜里拿了方便面,直接用开水泡了吃。

洗完碗,我在屋里到处走了起来。这是一套12平米左右的单身公寓,里面什么都有。丽珠很认真地布置了一番,收拾得也很干净。不知道是不是请钟点工干的。我把门口的鞋柜打开,仔细地查看里面各式各样的鞋子,还偷偷拿出一双高跟鞋试了一下,颤巍巍地在屋里走了一圈,然后脱下来用手比了下,竟然足足有一丈长。我吓了一跳,又忙放回去了,认真地确定了一下角度、位置,才安心地关上了门。

我虽然没兴趣去了解别人的过去，却喜欢窥探他们的生活细节，特别是柜子、抽屉、储物箱这些，最能引起我的好奇。每次只要一有机会到别人家里，就算不能摸，我也要到处看看。

第一次去阿明家，我就趁他上厕所的时候，打开了他的抽屉。里面乱七八糟地放着剪刀、耳机、鼠标、笔、证书、数据线，还有一堆大大小小的纸，虽然一直关着，用手一摸，竟然脏兮兮的。

这习惯真是不好，不过我怎么都改不掉。

走到墙角边，我打开了衣橱，把每一件都拿到面前比了比，对着镜子摆出各种姿势。"这么多衣服，不知道要买多少钱。"我在心里暗暗算着，被自己预估的数字吓了一跳，朝着镜子里的我嘟起了嘴巴，又笑了起来。不过丽珠的衣服都太正式了，不是我喜欢的类型。衣橱旁放了张咖啡色的沙发，我歪着身子倒在上面，踢掉鞋子，把脚架到墙上。这样躺着还真舒服，可惜屋子里除了个用旧的行李箱，没有一件东西是我的。

这地方在五楼，下面临着一条马路。虽然关着窗子，还是能听到路上车辆来去的声音。这就是都市生活了。我挪到床上，和衣躺着，用被子蒙住了脑袋，轻轻地翻了个身子，耳边沙沙的全是枕头里荞麦摩擦的声音。动一动，又传了过来。

真是没完，我想，等老了以后，还是搬回乡下住吧。

来到这里的第二天，下起了雨。我躲在屋里，用丽珠的电脑在网上投简历，结果下午就收到了通知，叫我周五去面试。想不到会这么快，我心里又燃起了一点希望，去的时候还很认真地打扮了一番，偷偷拿丽珠的化妆品化了个淡妆。不过等我到了那边，才发现一切并没有我想象的那么好。这家公司的办公地点设在一个居民区里，隔壁就是人家的住处。我在那里，才看到六个人，规模实在小得可怜。

面试完，我直接就回绝了。从电梯里出来，才发现刚才出来得太匆忙，把丽珠的雨伞落在楼上了。外面的雨还不小，附近又没有卖伞的地方，可是我实在不想再上去了，只好沿着街边的商铺走一截跑一截，拿着手里的挎包做遮挡。等到了公交车站，身上已经淋湿了大半，冷得瑟瑟发抖。

上天难道是在惩罚我吗？

回到家里，我把身上的衣服换掉，站在镜子前，才知道刚才的自己有多难看。不仅脸上的妆全花掉了,刘海还糊在了额头上。要是被阿明看到,他肯定不会再喜欢我了吧?

“今天怎么样啊?”丽珠一进门就问我说,她上班到七点多,在回来的路上,还给我买了份豆腐泡。

“还有东西吃。”我接过她手里的袋子,用竹签撮了一个先丢进了嘴里。

“好吃吗?刚开的店我还没试过。”

我一边嚼着一边说:“好好吃。”

“好吃就多吃点。”

“你要不要?”

“我刚吃了晚饭,饱得很。”

丽珠脱下外套,扺在桌子边上,一下一下地梳着头发,问我说:“去面试了吗?”

“去了。”

“怎么样?”

我想了一下,把嘴里的东西吞下,告诉她说:“那家公司不大好,都没几个人,感觉没什么活力。”

“这样啊,那就再找找看。”

“嗯。”

过了半天,丽珠突然又捡起了刚才的话题说:“别太着急,慢慢来。”

我想不出话来回答她,只是一下一下地嚼着豆腐泡,鼻子酸酸的。我不习惯别人对我好,特别是在我最需要帮助的时候。那样的温存,就像在寒冬季节里泡脚,只会叫人难受。

我和丽珠从小就认识了,她是个老好人,干什么事都会先替别人着想,反正印象里从没有见过她发脾气、提意见。每次我一有别的想法,她都会顺从我。可是我不要她这样,只有这一点,这么多年了,她始终不懂。

雨连续下了四天还没停,阳台上晾着的衣服越来越多,屋子里暗暗的。一个下午,我睡完午觉起来,把最里面的一叠衣服搬进屋里,用电吹风吹着。暖烘烘的热气带着点洗衣粉的味道,在屋子里散开,很快又没了。其间有个汽车公司的打电话过来,问我要不要过去面试。看样子雨还没有要停的意思,我懒得出去,就骗他说已经找到工作了。

这样真是太差劲了呀，会一辈子都找不到工作的，我告诉自己说，接着又打开了电吹风，一件一件地把衣服吹干。到了四点多，我肚子饿了，不过离吃饭的时间还早。一整天都待在屋里，还真是有些无聊。我换了一身衣服，跑到楼下的超市里逛了一圈，买了些泡面、火腿肠、酸奶和鸡蛋，付完钱，发现来这里没多久，已经花了好多钱。

我一直都没有存钱的习惯，银行卡里最多的时候，不会超过四位数。虽然现在住在丽珠这里不用花什么钱，不过总不能一直住下去。无论如何，得尽快找到工作了。话是这么说，我却没多大动力，只知道在心里着急。新的工作，直到十一月底才找到。

丽珠邀我和她同住，说这样不仅可以省钱，两个人还能互相照顾着。我借口公司远拒绝了。说实话，我真的不想再和她待在一起了，不想再看到她什么都好好的样子。她的脾气好，人品好，工作好，吃得好，穿得好，用得好，一切的一切，都那么好。只有和她最亲近的我，是不好的。

我一直都想不明白，像她这样的人，干吗要和我做朋友呢。

之后我搬到一间旧房子里，和两个刚毕业的女孩子合租。新的居室在最顶楼，有现成的床铺桌椅，里面的布置还是八九十年代的老样子。不过窗外有棵大榕树，每天早晨都能听到鸟叫声。我把房间认真清洗了一遍，换上新的窗帘，铺了蓝底碎花的桌布。刚搬进去的那天，还去附近的花店里买了一束桔梗花插在瓶子里。上完班回来，看到这些白色的花朵好看地开着，虽然会有凋谢的一天，可是我只要现在就够了。

终于过上了一个人的生活啊。我躺在床上，静静地看着窗外的蓝天，耳边传来了远处汽车开过的声音，心里想着，不知道他们要到哪里去。

对岸

姐姐回来了。

去年夏天，高中刚毕业的她离开了这个家。那是一个刚下过雨的黄昏，热气还没有散尽，姐姐穿着一件白底黑线的格子衬衫，吹得半干的头发披在了肩上，就这样头也不回地从那条潮湿杂乱的街道快步走了出去。夕阳的余晖追着她的背影，光线刚刚好，整个画面美得可以当作电影的定格。

现在姐姐的头发已经留到了腰际，人瘦了一些，五官出落得比原来更精致了。她站在门口，微微地把头低着，吸了口气，抬起眼帘看向我说："棋薇，对不起。"

"终于结束了。"我想。

姐姐红着脸，看起来有点羞怯，两只手不安地搭在前面。我忍不住流了泪，上前抱住了她，像过去她安慰我那样，用脸轻轻地蹭着她的肩膀。姐姐怕痒，笑着往后面一躲，又嘤嘤地哭了起来。

那天晚上，我们躺在了一张床上，拉着彼此的手，漫无边际地聊到了半夜。窗外的脚步声慢慢少了，房间里就只剩了电风扇转动的声音。姐姐睡着了，她的脸被罩上了一层青灰色的薄壳，看起来凉凉的，不过这一点都不影响她的美丽。我一直觉得，姐姐的美不是那种唇红齿白、眉清目秀，没有内容的美。虽然这些她都有，然而她身上还带着一种美的精神，时刻发着光。我相信所有叫人觉得惊艳的女孩，都必须具备这点。反正那些追她的男孩，都是这么说的："棋楠最吸引人的地方，就是她老像个谜一样，叫人猜不透。"

我不知道姐姐在他们眼里，到底是以什么样的形象存在的。我甚至都搞不清楚，追求姐姐的，究竟有哪些人。可能她也糊涂着吧。我只记得小时候每次和姐姐出去，人家都要很惊讶地表示我一点都不像她妹妹，然后很偏心地摸摸她的头，捏捏她粉嫩的脸。还好我不是姐姐，不然我一定没法像她那样好脾气地微笑点头，说礼貌又客气的话。我发现姐姐她从小就好厉害，就算是不开心，脸上也还是笑笑的，从来不会像我一样扫别人的面子，虽然她也很讨厌这样。

可惜没有好的机会,不然姐姐一定会是一个好演员。她的笑是笑,愁是愁,脸上的表情永远那么精致,就算拉近景打个大特写都没有问题。最重要的是,别人是在表演,姐姐却是全身心地在做这些。对于生活,她过得比谁都要认真,绝不容许有半点差错发生。她自觉活在别人的眼里,事实也确是这样。

姐姐很清楚自己的美丽,并且一点都不浪费它。虽然妈妈给她买的,只是一些寻常的衣裳,不过姐姐总能穿出独特的味道来。就算是一件白衬衫,到她身上,都能成为白衣胜雪,衬着颀长脖颈,小小脸庞。我就没有姐姐的本事了,每次她的衣服套在我的身上,都要减上几分颜色。

我很讨厌穿姐姐的衣服,不过妈妈老说,衣服还新着呢,丢了太浪费了,她拿去改一改,洗干净了,还是好好的。我们家并不富裕,虽然经营着一家很小的杂货店,每个月除去衣食住行外,却只能剩下不多的一点钱。我的爸爸妈妈都是那种很老实的人,并没有什么不良的习性。他们踏踏实实地过着日子,本分做事,不去贪别人的小便宜,更不去幻想命运突然的眷顾。只是人生从来不会这么简单。

我老是想,要是没有我,或许他们会过得更好一些,至少不会再有这么多的悲伤吧。

从我的出生开始,就是一个错误。重男轻女的奶奶知道我是一个女孩后,就对我妈妈彻底失望了。她毫不掩饰对我的厌恶,甚至连看都不想看我,更别提伸手抱过我一次。从后来那些零星的描述里,奶奶被刻画成不近人情的样子。她用言语讽刺妈妈的无用,还向爸爸表示要把我拿去送人,然后再生一个。我亲爱的妈妈知道后,气得连饭都吃不下,月子还没做完,就拎着冷水洗衣做饭打扫卫生。不曾想就弄坏了身子,后来连奶水都没有了,只好花钱买奶粉给我喝。捉襟见肘的经济状况,却成了摆在眼前的最大难题。贫贱夫妻百事哀,那段时间爸爸妈妈日子并不好过。

毫无疑问的,这让奶奶更加不满。我不知道那时候她们俩究竟有过怎样的矛盾冲突,只是从后来妈妈的只言片语里,体会到漫长的岁月里,这两个女人是怎样地摩擦拉锯,消磨彼此的心力。妈妈外柔内刚,一点都不肯在人前低头。她发誓要把我养大成人,并且不要任何人的帮助。我想她在作下这个决定的时候,身上一定闪闪地发着光,或许比我的姐姐还要美丽一些。只是我从小体弱多病,在成年以前,一直没有摆脱过病痛的折磨。

我出生没多久,因为着了风,好几天肚子都鼓得跟球一样,一直哭个没完。爸爸妈妈带着我到处寻医问药,试了许多办法都没用。眼看就要死了。姐姐拉着我的小手,哀哀地哭着,生怕一松手妹妹就这样消失不见。小小年纪的她,根本就没有想过,这个可怜的小姑娘,可是会把她爸爸妈妈的爱给抢走的。

最后的最后,连倔强的妈妈都要绝望了,她抱着仅存的一丝希望,找到一个隐退多年的老医生。在一栋偏僻冷清的宅子里,沉默寡言的老医生眯着双眼,借着式微的天光,用针扎破了我的指尖、脚尖,就这样,救了我一命。听妈妈说,那天我稀里哗啦便了她一手,肚子像只放了气的皮球,一下子瘪了下来。她抱着我,扑通一声就跪下了。"大难不死,必有后福。"老医生面不改色,神秘得像个世外高人。只是他不知道,就因为这句话,竟然支撑着妈妈在后来的日子里,度过了无数次的绝望和挣扎。

然而到了奶奶这里,事情却成了另一种样子。她长长地叹息着,感动得自己都泛出了泪光,摇着头对我姑姑说:"这小娃子体质这么差,怕是不好养呀。你大哥他不听我的,将来他的苦可有的受。我说是没用了,孩子养这么大,讨了老婆,就由不得娘啦!"

奶奶的话就像预言一样,印证着我的成长。那些年里,几乎每个月,爸爸妈妈都要带我跑一次医院,调制各种药粉给我吃。他们为了不让我生病,还给我制定了一系列不能做的事,家里的活,更是碰都不让我碰。只是所有的努力并没有起到太大的成效,我还是和原来一样,三天两头地生病,不舒服。我想妈妈至少会有那么一次,一个瞬间吧,闪现过放弃的念头。每当她忙完所有的事情,拖着疲惫的身躯倒在床上时,脸上的表情就像纸张一样,苍白而没有形状。我靠在她的怀里,看着她,猜不透她到底在想什么。只是隐隐地觉得有些心悸,两只手抓着她的衣襟,想要和她靠得更近一些。

家里的积蓄越来越少。爸爸出去找了一份工作,每天早出晚归,挣着不多的一点钱。他的脾气越来越坏,变得更加不爱说话,总是沉着脸面对陌生的、熟悉的一切。即便这样,我还是觉得,爸爸他是爱我们的,他只是有些累了。

姐姐虽然只大了我三岁,却比我要独立多了。小时候,爸爸妈妈为了照顾我而忙不过来,常把姐姐寄养在奶奶那里。奶奶虽然不喜欢我,却很疼她的大孙女。每次姐姐去她那,她都会很开心地张罗这张罗那,忙得不亦乐乎。然而我知道,姐姐不喜欢奶奶,更不喜欢待在她那里。或许是因为这样,姐姐从小就不怎么依赖大人。她也不大和附近的小孩玩,老是一个人到处乱跑,要不就待在家里看书。

只有一次,妈妈刚把姐姐接回来,结果她到家还没多久,我又发起了烧。妈妈一边准备着送我去医院,一边吩咐爸爸把姐姐送去奶奶那。一向很懂事的姐姐却突然哭了起来,闹着不肯离开。妈妈耐着性子哄她劝她,她也不听。终于,原本就被我弄得很烦的妈妈忍不住发起火来,抓着姐姐的手把她从地上一路拖到了家门口。姐姐号叫着,哀求着,疯狂地把身边可以依傍的东西乱抓一气。爸爸看不下去了,过来拉走了妈妈,劝她说算了。寂静的夜里,姐姐的哭声一阵又一阵的,像流动的江水波澜,永远都不会停。她蹲在地上,两只手紧紧地抱着膝盖,小小的身子抽搐着,眼泪啪啪地往下掉。其实她只是不想离开父母的怀抱,然而这小小的愿望,对于我们家来说,却是难以实现的。

后来妈妈也哭了,她的哭泣是安静的,无声的。泪水从她的脸上一路滑下来,慢慢地断了,消失了,又泛起了。后来我才明白,那些不能倾诉的痛苦。有些事积着积着,就成了身体里的一部分,出不来,抹不掉。言语无法表达的悲哀,根本就不会有释怀的一天。

我不记得那是什么时候的事情了,然而印象里,那似乎是个寒冷的冬天,又或是一个凄清的雨天。

最后姐姐还是被送走了。不是因为妈妈的坚持,也不是因为姐姐的妥协。和过去许多个寻常的某一天一样,爸爸骑着摩托车,载着姐姐和她的小背包,又到奶奶家去了。“过几天就接你回来。”爸爸安慰着哭泣的姐姐,过几天,再过几天。姐姐除了数着日子等待,并没有别的路能走。

我的奶奶知道姐姐的反抗后,却很不高兴。她不能理解为什么她对姐姐那么好,那么爱她,姐姐还是和她亲不起来。第一次,她在姐姐的面前毫不掩饰地表达对妈妈的不满。没错,她觉得一切都是因为妈妈。如果不是妈妈,她一定能赢得姐姐的心。她已经输掉了爸爸,不能再输一次了。

只是奶奶不知道,妈妈整天忙着带我到处看病,根本就顾不上姐姐,反而是要她帮忙料理家里的事情。洗衣做饭这些,对姐姐来说,早已是家常便饭,虽然她一直做得很不好,不是忘了这,就是落了那。每次妈妈回到家,看到姐姐把事情弄得乱七八糟的,就会一边忙活,一边骂她。不过姐姐看起来并不大在乎这些,她总是没有表情地站在边上,等妈妈说得差不多了,就钻个空子走开,做自己的事去了。

姐姐虽然不大和同龄的小孩玩,却经常混在比她年纪稍大些的男孩堆里,跟着他们满世界地晃荡。有一回她还骗爸爸妈妈去同学家,结果坐大巴跑到一个偏僻的小地方,在那里过了一整天。经常是这样的,她一个人坐着发呆,一句话都不说,好几次我还发现她掉了泪。姐姐这种痴痴的性格,随着年岁的增长,越明显了起来。不过在人前,她又成了另一种样子。有时候我真猜不透姐姐的心思,虽然她从来不对我隐瞒什么。

上了初中的姐姐出落得更加美丽,她有着同龄人没有的细腻表情和不经意表现出的淡淡哀愁。有时候甚至连我都觉得,她很特别,怎么说……有点性感。我清楚地记得一个夏末的午后,姐姐靠在窗边,头轻轻地仰着,侧脸的线条就这样一路滑了下来,一直到白衬衫的领口那边,半隐半露的锁骨随着呼吸轻轻起伏。我跪在一条凳子上,两只手枕着脑袋,歪着头呆呆地看她。姐姐面无表情地看着窗外,指尖在窗棂上漫无目的地画着圈说:"今年的秋天来得真快,夏天就这样结束了。你有没有发现,这树都没怎么长,人却一天一个样。"

我们住的这条街前面是市场,后面有一个废弃的篮球场,边上种着几棵白桦树。就在姐姐说这话的时候,楼下有个高高大大的男生骑着辆自行车大声喊她的名字,招手唤她下去。姐姐问他要干吗,那男生也不回答,只说你下来就知道了。

姐姐回头招呼我一声说去去就回,一转身便跑到楼下去了。他们站在原来的地方,不知道聊什么聊得很开心的样子,姐姐的白衬衫不停地摇来晃去。那个男生递给她一盒东西,还伸手搭了一下她的肩膀,被她一屈膝躲开了。他笑了笑,招手做了个再见的动作,便骑上自行车一阵风去了。

很快姐姐回到楼上来,笑着拆开了盒子,拿着里面的一支颜料管说:"棋薇你看。"我问她这是要干吗,姐姐告诉我说,过段时间他们学校里会有个画画比赛,一等奖的奖金有八百块之多,而且还可以参加市区举办的画展。

"你要参加?"我问姐姐。

她点点头,冲着我笑了。

"你又没学过,怎么突然想参加比赛了?"

"这你就不用管了。你信不信,我会画得比他们好。"

我不知道姐姐口中的他们是谁,只是秋天来了,她变得忙碌起来,每天吃完饭就把自己关进房里，开始忙她的画作。她画了一张又一张，撕了一张又一张，还一直叮嘱我不要告诉爸妈。我很少见到姐姐这么认真地做一件事，虽然她总是热情满满的，不过每次都坚持不了多久就放弃了，还说是因为觉得没意思。“我发现要找到自己真正喜欢做的事，真的挺难的。”她总是这样说，就像她身边来来去去的那些朋友、“男朋友们”，她从来不承认他们，只说是玩得来的朋友。刚认识他们的时候，姐姐都会很惊喜地告诉我他们怎样怎样的好玩，用不了多久，她又换了另一种口气说他们原来无聊得要命一点意思都没有。

那天姐姐像往常一样，一声不吭地坐了两个多小时，只是她的手一动不动，半仰着头，目光看向墙壁眼里却没有任何内容。我忍不住叫了她一声。姐姐回过神来，很认真地看着我问道：“棋薇，你说人活着要干吗啊？”

我没有回答姐姐，只是下意识地反问了她，毕竟这个问题对当时的我来说还太遥远太不能理解了。

姐姐轻笑着，把头摇了摇。灯光把她的脸晕成了橘黄色，看上去就像泛着一层迷雾，可以一吹就散。我从床上爬下来，站在姐姐边上看她的画。那上面同样有一轮橘黄色的，发着光的太阳。再底下，一个穿着白衣服的女孩站在旷野里，如果形容得更清晰点，那是一个面目模糊甚至看不清眉眼的女孩。她背对着太阳，从步伐的形态看去，应该是在向后退的。除此之外，画上就再没有别的了。我搞不懂姐姐为什么要画这样一幅画，至少在我看来，它实在太单调了。

“怎么样？”姐姐回过头来，一脸期待地问道。我很为难地躲过她的目光，盯着画看了半天，突然指着那个女孩说：“怎么没有影子啊？”

姐姐愣了一下，脸上的表情渐渐淡开了，终于化成了笑容。她冲着我说道：“我知道要怎么做了。”只见她拿起了画笔，略微思考了一下，很快地抹出一个黑色的人影来，确切地说，那是一个张开双手准备拥抱的影子，和画中女孩的手势有点对不上号。

我越来越看不懂姐姐的这幅画，不过看着她好高兴的样子，我也跟着松了口气。我已经太久没有见到姐姐的笑容了，我指的是，那种真正发自内心很轻松的笑容。

“这幅画叫什么呀？”我问姐姐说。

“不知道，我还没想好呢。”姐姐想了一阵摇摇头说，“其实叫什么都好，大太阳、小女孩、影子、无题……都无所谓，一幅画最重要的，还是它要表达的东西，就像一个人要有心，要有灵魂一样。”

我发现每次姐姐一说起这些话，我都接不上话来。她沉默地看着画，像是在想着画的名字。我呆呆地看着，没注意到门锁一响，妈妈突然推开门进来了。

我和姐姐都吓了一跳，两个人笑容冻在了脸上。我这才想起来，刚才出去上厕所的时候忘了把门反锁了。

“妈。”姐姐先站了起来，用身体挡住了画板，两只手垂着的样子看起来怯生生的。

“这么晚了还在干吗？”妈妈问。

“没什么。”姐姐的口气听起来有点慌张，一点都不像她平时的样子。

“早点睡觉。”妈妈把手扶在门把上说，临关门前又不放心地交代了一句，“认真点读书，别净做些有的没的。”

我朝姐姐吐吐舌头，向她笑了一下，走过去把门重新反锁了起来。

那天晚上睡觉前，姐姐问了我一个很难回答的问题，她说：“棋薇你觉得我的画能得奖吗？”我不知道应该说能还是不能，毕竟在我看来，她的画实在是有点，不太“好看”了？如果她不是我的姐姐，恐怕我还会觉得，这是一幅让人喜欢不起来的画。我说不清那种感觉，很难受的，就像下了很多很多天的雨，一直待在光线不足的老房子里。可是她明明画的是阳光，橘黄的浓厚的光，那么重地压在画上。

不过我还是点点头，告诉她一定会的。我相信我美丽的姐姐，她一直都是人群中的焦点，不管是内在还是外在，她都足够优秀。而且她一点都不像那些漂亮却肤浅的女孩，她比她们要有想法多了。

我还是猜对了，姐姐的画得奖了，虽然是二等奖。她错过了那份八百块的奖金。不过姐姐还是很开心，因为二等奖的奖品是一套十二色的 COPIC 马克笔。那天中午姐姐一回来就拿着奖品奖状，跑去厨房告诉了妈妈这个好消息，还说过几天她的画就会在市美术馆展出了。不过妈妈正在切着一颗洋葱，她被熏得直流眼泪，根本就顾不上看姐姐的东西，只是很快地瞄了一眼表示知道了，一边叫姐姐快去给她拿张纸来擦擦。

失望的姐姐一直到了晚上，才等到爸爸回来，向他报告了这个好消息。姐姐兴奋的语调在饭桌上跳跃着，她的眼里放着光。那时候的她就像个没见过世面的小女孩在诉说着一件平常得不能再平常的事。妈妈和我都听过一遍了，而爸爸还是和往常一样，简短地回应了几句，然后这个话题就被很快地带过了。我抬头看了看姐姐，她的脸上已经没有了喜悦的表情，只是淡淡的，像什么都没有发生过。

后来我们全家人都没有去看那个听说很热闹的画展。我又生病了，妈妈带着我在医院里待了大半天，回来的时候已经是下午四点，差不多可以煮饭了。爸爸去做事了，不过就算有空我想他也不会对这样的场合有兴趣。而姐姐在家里看了一整天的店，无聊地看着街上行人来来又去去，很久了才会有个客人向她买一包烟或鱼皮花生。他们中的某一个，看上去就很猥琐的样子，或许还会不知趣地和她搭讪几句，说一些很没有营养的话。姐姐虽然很讨厌这样的对话，却从来不会表现出来，她总有办法不露痕迹地让他们闭嘴离开。不知道在那许多个漫长的分钟小时里，姐姐是不是会不时地想起她那个不能到达的画展，在心里默默描绘当时的画面。那应该是个热闹多彩的图景吧，而不是像她的画一样。

不知道为什么，一直到那盒 COPIC 快干掉了，姐姐都没有再拿起过画笔。虽然这中间曾出现过一个在市里小有名气的画家，特意找到了妈妈的联系方式，表示希望姐姐跟他学习画画。不过妈妈在没有征求姐姐意见的情况下就婉拒了。家里负担不起是一个原因，更重要的，还是妈妈觉得画画这种事情并不是什么正道，姐姐还是应该用心读书才对。

后来一次偶然的机会，我问起姐姐这件事来。她看起来倒是不大在乎的样子，淡淡地笑了下说："都过去的事了，还说它干吗。反正我早就知道妈妈会这么想的，也没什么好失望不失望的。而且真正习画的人，有没有老师其实区别不大，没天赋的话，再努力都没用，有天赋，拿起笔来就能出师。"

"那你还画吗？"我问姐姐。

她想了好一阵，摇摇头对我说："说实话，我发现这个圈子并不像我想的那样，怎么说，明明艺术应该是很纯粹的东西，名气啊，市场啊，甚至好坏这些，都没有关系，喜欢就去做好了。不过现在好像不是这样，一个个就知道争来争去，根本就不是用心在画画，当然我也是其中之一。我想或许我们爱的，并不是画画这件事。"

不过对姐姐来说，不再画画却没有让她的生活变得单调半分，因为很快地，她又喜欢上了别的东西，就像她身边从来不缺乏追求者一样。姐姐经常很认真地跟我说："棋薇你知道吗？能找到一件自己喜欢做的事，实在是太幸运了。每次当我在做这些的时候，都会有一种好满足好满足的感觉，真的，它们把我的空虚、寂寞，统统都赶跑了。"说完这些话没多久，她又会很失望地告诉我原来自己并没有像想象中的那么喜欢它们。在这之后，姐姐玩过一阵子的吉他，刚开始也是兴致勃勃地整天练个没完，还被妈妈骂了好几次，不知怎么的，又突然放下了。

我发现这些年，姐姐这里弄弄，那里玩玩，虽然都没有坚持下来，不过不得不承认，在这些事上，她确实是很有天分的。说真的，我蛮羡慕姐姐的，她总是可以很轻易地得到那些看起来很难得到的东西，又任性地说丢就丢。和她比起来，我就显得吃力多了。有时候甚至所有的努力，都只是徒劳无功，像只飞蛾追逐着火焰。我常常在想，要是我能像姐姐一样，那该有多好啊。

不过在读书这件事，姐姐却有些后劲不足，她后来只考上了一所还算可以的高中，虽然这已经是她初三以来的超水平发挥，不过妈妈还是大失所望。她可以接受我一直在班里保持中下游水平，还总是安慰我说"棋薇你身体不好，不要读得太累了"，却无法接受姐姐从原来的前三掉到前十、前一百。

其实姐姐挺努力的，她和我说将来要出国去看看外面的世界，而家里的经济状况根本无法为她提供这些，除了好好读书没有别的办法。不过她在读书上实在没什么天赋。许多个夜晚，我躺在床上，看着姐姐在书桌前沉思的身影，那么无力那么脆弱。我清楚地听着她翻书、写字、移动凳子、沉沉叹息的声音，总是要到很晚很晚了，她才关了灯去睡觉。静默的夜里，她的呼吸浅浅的，不带任何修饰。只有这时候的姐姐才是放松的。我听着，数着，继续失眠着。许多个夜里，我就这样一动不动地躺到了天亮，熬过无数个一秒钟又一秒钟。

姐姐终究没能做到像初中时那样优秀，在妈妈看来，这是她还不够用心的原因。她承认姐姐是努力的，不过她的诱惑实在太多了。我想妈妈大概指的是姐姐收到的那些情书，它们一封接着一封地被姐姐收在一个盒子里，压在了妈妈的心上。她开始想办法控制姐姐的美丽，甚至不让姐姐留太长的头发穿太好看的衣服，还一次又一次地告诫她女孩子要朴素一点，不要太张扬了。我已经不止一次地听到妈妈在私下里和爸爸评论姐姐，她说："棋楠这孩子，说来说去，都怪她长得太好了，从小心就野。将来就怕她走错了路。"的确我也听说过姐姐的许多个"男朋友"，不过我相信她说的那些都只是好朋友，因为我从来不曾见过她对他们其中的任何一个动过心。

而在我的姑姑阿姨嘴里，姐姐就成了一个不太老实的孩子。她们都觉得姐姐的美丽不是一件好事，甚至会影响她的品行。我不知道她们为什么要这么说，明明每次见到姐姐，她们都表现出很开心的样子，而且人前人后都对她赞不绝口的呀。只是她们私下里聊天的时候，还是语重心长摇头叹息看起来好有道理的样子，说出了这些话。

姐姐读高二的那年，爱上了一个男孩。现在看来，这件事发生得实在是有些太荒唐了。我想不明白，一向很优秀很难追的姐姐，怎么会对一个不读书整天吊儿郎当无所事事的男孩动心。用他们大人的话说，实在是太不上道了。

只是我美丽的姐姐爱得甜蜜，爱得无法自拔，爱得连书都不肯读了，当然这是在被爸妈发现以后了。他们严厉制止姐姐和那个男孩来往，并且爸爸还把她打了一顿，原因是姐姐倔强地在他面前摇了头。她的做法在我看来，实在是太傻了，她大可以撒个谎骗过爸妈，先把眼前的这关过了再说。我实在不能理解，一直很听话的姐姐怎么会和爸妈起这么大的冲突。她不是从小就听话懂事会替人着想的吗？难道这就是所谓的爱情，会把我的姐姐变成这个样子，那么这也太、太不是个好东西了。

"棋薇，你不懂。"姐姐靠在墙上认真说话的表情，叫我觉得我真的不懂。其实我比爸妈更早知道这个男孩的存在，只是一直没敢告诉他们。那阵子姐姐几乎每天回来都会用"棋薇你知道吗？"开头，然后告诉我许多关于他的事。比如他名叫苏浩，比姐姐还高一个年级，人长得清清秀秀，笑起来的样子很阳光很好看；比如他追了姐姐很久，一直很关心姐姐对姐姐很好；比如他会花一个月的时间为姐姐准备生日礼物给她一个大惊喜……最重要的是，他爱姐姐。

我从来没有见过这样的姐姐。她沉浸在喜悦中，不带任何保留地诉说着自己的心情。她竟然还用了"爱"这个词，难怪他们都说她不害臊呀。"棋薇你一定觉得很奇怪吧，其实我也是这样觉得。我不知道自己为什么会变成这样，这一点都不像原来的我。只是我没有办法，他的笑、他的怒、他的沉默，不管别人怎么看，我都觉得是好的。也许有一天你会明白的。那种感觉，我说不上来。"姐姐叹了口气，沉默了一阵又接着道，"其实有时候我觉得，也许我喜欢他，只是因为他可以给我很多很多的温暖，很多很多的爱，我真的太需要这些了。或许你不会明白的，棋薇。"

姐姐说这些话的时候，脸上始终带着一丝浅浅的笑容。要是那个叫苏浩的男孩看到她此刻的表情，一定会爱死她的。只是我不喜欢这样的姐姐，我不喜欢她为了另一个不相干的男人动心。于是我冷冷对她说："有什么了不起的。"

姐姐听了我的话，却没有生气，反而很温柔地笑了起来，像对待小孩子似的拿手摸了摸我的脑袋。说实话，我很讨厌她这样。她的眼神就像妈妈一样。她们老以为我什么都不懂，不需要懂。

不过即便这样，我还是帮姐姐保密了。一直到她的班主任找上妈妈，我都没有透露过一句。包括后来他们对苏浩作出了那样的评价，我也没有把姐姐的话说出来。我始终沉默着，看着事情发生、经过，然后消逝。

妈妈被倔强的姐姐气得没有办法，说她也不听，劝她也不听。其实她大可以不用这样的。"棋薇，要是妈妈没有反对得这么厉害的话，也许我也不会这么坚定。"后来姐姐这样对我说，"回头想想，我好像并没有那么喜欢他，而他也并没有那么喜欢我，至少，还没有那么深。我不知道，是不是我故意把自己关进自己编造的迷梦里了。"我的姐姐，有时候还真挺傻的。不过在当时的情况下，妈妈搞不定她，只好跑到学校去找苏浩的麻烦了。她当着他同学的面把他骂了一顿，把事情闹到了段长那里。这让苏浩觉得实在是太没面子了。我承认妈妈做得确实是太过分了些，她一直没养成替别人考虑的习惯。

这件事在学校里传得沸沸扬扬，姐姐和苏浩两个人的日子都不大好过。特别是苏浩，他烦得要死，身边的同学老开他的玩笑，每个人看他的眼神都和原来不一样。听说有一次他还差点动手了。这倒像他平时的作风。不过比起他来，姐姐就坦荡多了。不管别人说她什么，问她什么，她都可以很真诚地回应他们。因为在她看来，这件事再正常不过。有时候，她真是天真得直冒傻气。只是当她很认真地告诉苏浩，不管未来是什么她都不怕的时候，这个男孩却狠狠地伤了她的心。他告诉她他怕了，不想再这样下去了，谁知道他妈的还会有什么事情发生。当初他追姐姐，可没想过事情会这么麻烦的。

姐姐流着泪，断断续续地诉说着她的第一次失恋。奇怪我一点要听的心情都没有，反而觉得有些失望。这不应该是我印象里优秀美丽的姐姐，她的脆弱、眼泪都太陌生了。但我还是紧紧地抱住了她，像过去她抱着哭泣的我一样。

姐姐又回到了她的书桌前，连我都看出来了，她只是在用学习来麻木自己。不过这一次，她的努力却成了徒劳。整个高三一年，她都没有再回到原来的名次上。

姐姐并没有抓住高考这个最后的机会，她失利了，连本科线都没有上。记得一整个暑假快过去了，她的脸上始终是同一种表情，看不出失望或悲伤。她像是被生活抽空了灵魂，木着身子度过一天又一天。就算是在店里帮忙，也总是一副冷冰冰的样子，对人爱理不理的。这让我讨厌的街坊邻居又有了新的谈资，他们开始用很刻薄的词汇议论着姐姐的种种，并且添油加醋地描绘着可能的细节，她的失恋、失败，甚至失贞。

话风渐渐传到了妈妈那，她气得要命，却反过来骂起了姐姐。那天在饭桌上，她就借着一个话题说了起来："你自己去外面听听人家是怎么说的，现在叫我们怎么抬得起头来。一个个嘴巴跟烂了一样，什么难听的话都说得出来。女孩子家的，搞成了这个样子，你不丢人，我都替你丢人！"

妈妈说完这一通，见姐姐没有反应，停了一阵，又接着道："自己细细想一想，整天就知道摆着一张臭脸，给谁看？真是越大越没用了。"

"够了，不要再说了。"妈妈被我的叫声吓了一跳，她的话冻在了嘴边。我看了眼姐姐，她埋着头，拨着碗里的饭安静地吃着，像什么都没听到。而爸爸仍旧和往常一样木着脸，置身在三个女人的战争之外。我感到鼻子里酸酸的，眼里的泪就快掉下来了。我的声音有点沙哑："妈你怎么能这么说，外面的人心肠有多坏你又不是不知道。"

"棋薇这事和你没关系。"妈妈说，在她看来，什么事都和我没关系。

"他们说我姐姐的坏话，怎么和我没关系，总有一天我要教训他们一顿！"我恶狠狠地说。

这时候，姐姐放下了筷子，冷冷地道："我的事不用你管。"

我有点不能相信地看着姐姐，迟疑地叫了她一声，脑海里早已经把她的话重复了一遍又一遍。

"我的事不用你管。"姐姐又说了一遍，她脸上的表情冰冷地让我觉得害怕。

这时候，妈妈不失时机地喝住了她道："怎么说话呢，妹妹也是关心你。"

"我不用她关心。"姐姐的声音里，还是一点温度都没有。

妈妈火了起来，重重地把碗筷压在了桌上说："女孩子家脾气不要学太坏，一句话都说不得，还得了了！"

"没错没错！我脾气坏，我活该。在你们眼里，棋薇做什么都可以，我做什么都是错的。你们那么讨厌我,当初就不应该把我生下来,早早掐死我完事。反正你们只认棋薇是女儿,我算什么!”姐姐哭着从位子上站了起来,终于还是说不下去了。

“姐……”我拉了拉她的衣角。姐姐回过头来,甩开了我的手,看着我的眼睛说:“不要在我面前装可怜!”

“你自己听听,这说的什么话,说你一句,顶十句过来。书都读到粪坑里去了,也不想想家里的情况怎样。做给你吃做给你穿,反过来倒得罪你了。自己将来有了子女,看你怎么做父母!”妈妈气得连声音都变了。

姐姐止住哭声反击道:“你就是偏心!”

一直没吭声的爸爸用行动宣告了他的存在,他顺手抄起了手里的筷子,猛地抽在了姐姐的脸上,喝住她道:“说够了没有。”姐姐吃痛叫了起来,立刻用手捂住了脸,整个身子都蜷曲了起来。爸爸还要伸手打她,不过被妈妈及时拦住了。

很久以后,当我再次回想起这个画面,脑海里最先浮现的,总是姐姐那双带着恨意的眼睛在她美丽的脸上发着光,像一朵寒风中的恶之花凄厉地绽放着。那天晚上,姐姐逃离了这个家。她说她再也不要回来了。

八月将尽的时候,姐姐到了另一个城市。她辗转找到一家服装店,和老板预支了一个月的工资,又兼了几份工作,艰难地生活了下来。我不知道这中间她有过怎样的心绪起伏,过得快乐还是哀伤。从小到大,姐姐从来不向我隐瞒什么。只是那天她离家前说的话,陌生得让我觉得我一点都不懂姐姐。

妈妈四下打听姐姐的消息,终于在半年后要到了她的联系方式。那时候姐姐已经辞去了服装店的工作,找了家咖啡馆,利用空闲的时间学习英语。电话打过去的时候,姐姐听到是妈妈声音就变了。她没有告诉妈妈这些日子到底吃了多少苦,也没有说什么时候回来,只是简短地汇报了一下近况,说还有事情要忙回头再说,便匆匆挂断了。我听得出来,电话那头的姐姐,早已是落泪了。

我回过头去,紧紧地抓住了妈妈的手说:“让姐姐回来吧。”

平衡木

冬天的时候，我回到了潭川。

十二月的天气忽然更冷了些。客车颠顿在弯折的山道上，穿过一片树荫紧密的山林，扬起的枯黄叶子在身后很快地又落了下来。车窗外，淡墨绿的富春溪向着东边缓缓流去。我抓紧手里的行李袋子，深吸了口气，用力驱散这单调的旅程带来的一股倦意，或是，逃脱汹涌的记忆冲击，小心不掉下泪来。胸口上不觉沉重难熬，随之而来的却是一阵反胃，嘴里一酸，捂住口，急忙拉了个塑料袋吐了起来。

到达三角坪的时候，已经是下午四点。远远的一轮土黄色夕阳吊在山头，露出一点黄昏的意思，天气却非常冷。我从车上下来，顺道去边上的小店买了瓶水漱口，倚着桌子问老板四季饭店在哪儿。他歪着头，很快地把下巴一抬，道声前面四十米，又恢复了原来的坐姿。

我从店里出来，站在路边，有些无聊地看着街景。不知道是不是坐车太累的缘故，突然很想睡一觉，像过去许多个放学的下午，熟门熟路地不需要半点意识就能晃荡回家里去，然后倒在床上什么都不用想。自从父亲去世后，大概有四五年没回来过了吧。原来的房子早就卖给了别人，亲戚们也差不多都搬走了，现在连个住的地方都没有，到底是把故乡变成了他乡。有时候我真的好感激那些始终不变的——像说好了一样，用力地保持着原来的样子，一直都不肯变。

好多事，我已经不大去想了，忘不忘得掉是另外一回事。如果这次不是他们催得太紧，恐怕也不会再回来了。虽然事情已经过去了这么久，不过见面的话，多少还是会有些尴尬的。特别是这样的聚会，难免要喝酒，一喝酒，就不太好说了。

康子知道我的禁忌，事先告诉我说："张思雨不会来。"

电话这边，我马上搪塞过去："不是因为她啦，到时候看看有没有空。"

听他们说，班上的同学，差不多都在这几年陆续结婚了，连一向老实木讷的阿忠，都娶了玲珑的妻。思雨的那个，在政府机构里上班，是个很普通的公务员。没什么不好的，当然也没有很好。两个人的家庭都不是很富足，因为要还房贷，会稍微辛苦一些，加上小孩子才刚上幼儿园，有点忙不开。这次她说正好有事，就不过来了。不知道为什么，听到这个消息，我的第一反应竟然是松了一口气。虽然一直想找个机会约她出来见一面。

数一数，该是初中毕业后第十年的聚会了——这么长，也还是弹指一挥间的事。这中间见过思雨几次，在各种不期而遇的场合，几乎都是打声招呼就走。虽然想过要和她正式地聊一聊，把事情做个好一点的了结，不过每次都是拖着，拖着，然后过了时候。慢慢的就好像彼此都已经释怀、忘记，或许吧。

是谁说过的？所有的往事都会被时间的尘埃覆盖，直至消失。

“青桐会不会来？”最后关头，我忍不住问。

“她啊，正常情况是不来的啦，反正也玩不开。”

是啊，她怎么会来呢。

我走到四季饭店，在大堂处坐了片刻，并不见有其他人来。看看时候还早，便把行李寄在前台，一个人到河边闲逛了起来。想不到才几年的工夫，小镇已经变了好多。记得原来这附近有一片油菜花田，到了春天就黄澄澄的一片，现在全都推翻建起了新的房子，铺了柏油路。我从河堤过来，又转到了老街上，一眼望去就看到了成排的木芙蓉树，这时候已经凋谢尽了。几户人家门前的竹竿上稀拉晾着好几条咸鱼，迎风摇晃着。红砖墙上挂着的三角梅，为这清冷的季节添上了些许热闹的生气。

怎么会是这样？

很多时候，我会这样问自己。

第四年了，没有再见过青桐，就连她的消息都很少听到。我们都很有默契地不留彼此的联系方式。

前段时间，从小姑那里知道，她和她老公前两年移民到英国去了，没什么特殊情况是不会回来的，再见的机会，更不会有了。英国啊英国，对我来说，就是另一个世界，那个青桐的世界，太远了。

二

其实我不大能想起来了，第一次见到青桐是什么时候，七岁，八岁，还是更早一些？她小我几个月，同是家里的超生儿，在那个举国计划生育的年代里，是一群特殊而普遍的存在，几乎每一户人家都要经历一次躲避“抓结扎”的逃亡。

青桐上头还有一个姐姐，作为老二，她从小被寄养在外婆家里长大，到她弟弟青杭出生好几年了才接回来。记得刚开始的时候，青桐很羞怯，在镇上同龄的一堆孩子里，不大能玩得开。个性温和的她，即使站在人群中也很少说话。每次大家结伴都很容易地就忽略了她，只有凑不上人头了，才会拐弯抹角地想起她来，然后互相推卸着派出一个代表去叫人。通常这个任务，都会落在更好说话的我身上，渐渐地就习惯成自然了。可是青桐和我的关系，并没有因为这样而变得比别人更亲密些。

青桐家在离医院不远的云中路上，是镇上老房子最多的一条街。那条路是青石板铺的，走起来十分硌脚，下雨天的时候还很容易滑。街道两边种了好几棵木芙蓉，看起来有些年头了，一到秋天，开熟的花落得满地都是，行人来去，没几下子就踩得稀烂。青桐家的房子稍靠后些，有个很旧的大门楼，旁边的台阶上胡乱种了几棵月季、海棠、韭莲和仙人球，不分季节地开着好看的花。墙根底下常年坐着一个晒太阳的老头子，看起来半死不活的，后来才知道是阿园的爷爷。印象里，他总是拿着搪瓷杯喝开水，脸上很苍白，一副病殃殃的样子撑了好多年。

我一般都不进屋去，站在大门口前扯了嗓子喊两声青桐，然后听她趿着塑料凉鞋，脚步踢踏嘴里还答应着一路跑出来。明明不大想去的，却不懂找借口拒绝，只好乖乖地点个头，很安静地跟在我屁股后面不吭声地走啊走，走到我都以为她是不是太笨跟丢了，还是已经折回去了。忍不住回过头去，看着她眼睛眨眨露出好奇怪的目光。于是继续循着巷子走去，一步一个石头地忘了要去干吗，怎么她跟在后面，就这样跟啊跟的跟了好几年，直到我的玩伴圈里突然一夜之间消失了女孩这种生物。同样一夜之间消失的，还有我玩过快散了架仍舍不得丢的小赛车，积攒了快半年的玻璃弹珠，家里养的猫，压岁钱……统统，一起没了。和小时候玩过的捉迷藏不一样，一切都找不回来了。只是不知道这些消失的东西，都去了哪里。

上了小学，我和青桐被分在同一个班。她成绩好，每次都能排在班上第一第二的位置，是所有老师眼里的得意门生，一到六一儿童节就能抱一大堆的奖品回家。她读书算不上刻苦，但也不像我们三天打鱼两天晒网，只要作业没完成是一定不肯出去玩的。有时候路过她家门口，经常能看到她拿着凳子当书桌，埋头写字的样子。她弟弟青杭偶尔混在我们大一些的孩子堆里玩，到了饭点,青桐来喊他吃饭,声音细细地叫两声“青杭”,大家就起哄说:“书呆子来了。”然后她的脸就刷一下红到了耳根,有点生气地向着别处张望起来。

我们的学校建在一个小山包下面,一到春天,桃花开了,透过窗子就能看到树梢上泛的红色,像起了雾一样。不管晴雨,总是能看到远处的山地上几个农民在干活。教室里的我们跟着老师念“一去二三里,烟村四五家……”声音大得能传到山那边。

过去镇上的路还没有像现在这样都铺上柏油,基础设施也不齐全,有些地方连路灯都没装。像教学楼的不远处,有条小溪,冬天的时候倒都没水,过完年,春雨一下却成了半条河。附近的居民图方便架了个木桥,算是捷径,从这里过去可以省许多路程。学生们一半是为了好玩,一半是跟风,每次一群人挨着在桥上走,两只手张着,小心保持着平衡不掉到溪里去。说是桥,其实只不过是根大木桩,很随意地架在石头上,人一多,走起来就直摇晃。青桐是少数几个走得好的女孩,因为我们男生都喜欢大呼小叫地来吓她们,猛一跺脚,或是突然回个头,这时候准保有人要一不小心掉到溪里去,然后湿了鞋袜一身狼狈。作为男生就只是觉得这样很好玩,看人家摔了还站在一边笑个不停。青桐胆子大不怕,平时看到毛毛虫之类的也不会大惊小怪,每次她总能很平稳地走完,然后带着几分得意,鄙夷地白你一眼。那样子,简直是个最刁蛮任性的臭丫头。童年时代的她还没有后来那么安静,兴致好的时候照样在外面玩得满头大汗,喘着粗气赶在上课铃响完前跑回来。脸上虽然没有笑意,整个人却都是喜悦的。

有一年镇上请神办庙会,排场极大,几乎每户人家适龄的小孩都被叫去扮神仙,穿着戏服“行城”。当天早上五点多,天还没亮,妈妈就把我叫起来赶去祠堂化妆穿衣服,扮一个天兵小配角。等大人们弄好交代完事情,让我们在边上坐着等出发。

那一天厅堂里的人实在是多,挤得身子都快挪不动,加上烧香烟雾缭绕,现场一片混乱,几乎每个人说话都是在喊。我坐了一会儿,觉得有些无聊,看几个年纪更小的已经在祠堂里玩闹起来,心痒痒的,便跟着到各处晃荡。很快就碰到同样偷闲的“乌龟”,不过这时候他已经是“齐天大圣”孙悟空了,腰上系了一条豹纹的三角巾,一身黄衣服,脸涂成了黄土色。两个人看着对方都大笑起来,捉弄着彼此的装束。晃过几个地方,“乌龟”拉我一把说:“喂,咱们去看观音。”我早就听说这一天的观音是青桐扮的,只是刚才在人群中转了一圈都没看到,又拉不下脸来去问,觉得太丢份了。

于是跟着"乌龟"爬到二楼,才发现原来这边还有一片天地。从人群中穿过,走进右边游廊的小房间,隔着攒动的身影,在式微的天光中看到青桐,莫名地觉得一阵感动。她一身素白,盘起的发髻上披着一条薄纱,衬得唇红齿白。这时候已经化好了妆,腮帮子和别人一样涂得红红的,眉心上还点了一粒朱砂痣,正坐在窗下的一张小板凳上和一个女孩说话。她抱着膝,脸上的表情像风中的一朵柳絮,随时要飘到别的地方。旁边的女孩大概是扮哪个小仙女吧,穿着一身湖青色的纱衣,梳了两个乖巧的丫髻,头上的发带直垂到肩上。两个人坐在一起,倒像是思凡到人间的白素贞和小青。

第一次看到这样的青桐,隔得这么远,竟生出几分陌生来,快认不得了。不过当时我们男生和女生已经开始水火不两立,见了面是从来不打招呼的。我和"乌龟"伸着脖子,大声地评论着每个人的装扮,不时发出轻狂的笑声。我很好奇,不知道"乌龟"是不是和我想的一样,觉得今天的青桐很漂亮,甚至是全部人里最好看的一个了。但是我们都在嘴上说:"跟妖精一样,脸红得像猴屁股。"然后得意地大声笑了起来。可是后来我在人堆里到处乱撞着,还是忍不住几次回头向青桐那边偷看,她却装作没看到我。虽然她一直微低着头,但我知道,她一定也看到我了。"有什么了不起的。"我心里想。

等到队伍快出发的时候,大家走到祠堂外面的空地上排队。我在自己的位置上站好,无聊地撑着道具枪发呆。虽然事先已经安排好了先后顺序,不过实在是人太多了,站错的,跑没影的,找不到地方的,现场陷入一片混乱。熙熙攘攘的人群中再次遇见青桐,看她白衣素履,像从世外走来,不自觉地就对她扬起笑容来。谁知道她却把头一扭,眼睛一瞪,嘟着嘴就走过去了。"哼,有病吧!"我气起来,对着她的背影骂了一句"书呆子"。转念一想,一定是刚才和"乌龟"说话被她听到了,不禁后悔!

如果不算上后来的事,我和青桐的关系,应该是都处在这样非敌半友的状态中:见面不打招呼,说话没有人称,迫不得已了,才会连名带姓地迅速叫上一声。青桐的爸爸姓阮,却因为计划生育要跟着外婆家单身的舅舅姓郑,每次有人问起这些,她都会很尴尬不好解释,连带着讨厌起郑字来。看得出来,她不喜欢别人连名带姓地叫她。不过青桐气呼呼又要装得没所谓的样子,实在是太好玩了,儿时的我还是经常以捉弄人为乐趣的。

对于男孩子来说，我的心智成熟得并不算早。不过和他们一样的是，我在相同的年纪里，经历了懵懂中度过的无数个不安日子。幼稚天真的我，把虚幻当作真实，去追逐那些不能把握的影子，错过生命中应该珍惜的，需要珍惜的人事。这一切，是后来的我再怎么遗憾悔恨都难以改变的，更不要说是回去。

二

很多事情没有办法从头说起，甚至连开始，都不知道是什么时候。回忆起来的话，也只是一些零星的片段。

如果没有记错的话，那应该是小学毕业暑假的事了。南方的夏天一向很热，到了中午，外面基本上就没什么人了。一个大热天，气温高到了四十多度。我在二楼热得发昏，竹床上翻来覆去，终于挺不住起来关了风扇，轻手轻脚地溜了出来，怕被爸爸发现还特意往门缝里倒了些水，小心地跑去“乌龟”家找他一起下河游泳。真是热死了啊！街道两边的商铺都关起了半边门扉，遮阳布被电风扇吹得拂着拂着。远远的，河边榕树下卖豆腐花的在敲着碗，声音一串一串的。我和“乌龟”人字拖吧唧吧唧响着，净挑人家屋檐底下走。大概是太热了吧，两个人一路低着头，话都懒得多说一句。只是在想，快啊快啊怎么还不到，他妈的要热死了啊！怎么会这么热！

结果那天的运气偏不好，半路上竟然碰到“乌龟”他妈，一点没商量地把他骂回家去了。留下很不爽的我，不甘心地一个人接着往前走，怕被人发现，还特意赶远路找个没人的地方好避过家人的耳目，免得回去又是一顿打。心里忍不住又骂了一句，“他妈的”，真是每次都有人跑去告状闲着没事干！我知道镇上的这些阿姨们，街上碰到几分钟的工夫也会说上一大通，结果是一定有个小孩要完蛋。天啊她们真像蚂蚁，平日里默默劳作，忙里偷闲碰个触角就把该说的都说了，不该说的也说了。

于是我沿着柏油路往桥头走去，四下张望着看哪里偏僻没有人烟，身上已经热得要泛起油来。这一带离附近村子渔溪洋不远了，前面正好有个水位监测塔很方便下水的。我懒得再走，一路狂奔，跳下台阶，光着上身在野芒草丛里扒出路来。面前的蚊子被惊得四下乱飞，阳光里变成一片大颗的尘埃。我急忙捂起口鼻，免得不小心把它们吸进肚子里。随后手脚利索地攀上一块大石头，正准备下水时，发现远远的一个女孩站在水里，一身杏黄色的衣服波光中格外夺目。认出青桐,不禁有些意外地愣了一下,确定是她后很欣喜地连名带姓叫了她一声。脚下的大石头烫得烧人,不知该怎么反应的我却这样一直呆站着。

她一定先听到动静了,挽着裤腿看向我,手上还牵着漂在水面上的红色塑料桶,一双白脚丫在波光里不住荡漾。这一处庇荫,岸边的大柳树的枝条垂在水面,微风一吹,时不时地荡到青桐身上,她浅浅地笑了一下,说:“原来是你啊。”然后伸手把汗湿的头发抿了抿,接着做自己的事去了。被太阳晒得发昏的我语无伦次地胡乱解释了一通,嘴巴里干得不行,只好脸红红的看着她俯下腰捡了几只田螺丢进桶里,一下,再一下,松垮的衣领底下一对小小的乳房在眼前不断地起伏着,连那蜜合色的胸口上被蚊子叮的几处红点都看得清楚。

不知道是不是太热的缘故,身上越发烧了起来,心里乱乱地想起一些古怪的事来。如果没记错的话,或许是某个春天下雨的黄昏吧,我和阿钟,还是阿毛?要不就叫他小A好了。总是爱装得一副老大神气的小A,领着我走进他家阴暗的阁楼顶上,两个人像地下作业般风声鹤唳地瞒着家里人翻他大哥藏在旧床垫底下的黄色杂志,紧张得心都要跳出来。其实哪里有什么啊,除了一些夸张的人物线条,和旁边看不大懂的人物对白。至少是比那次去喊爸爸吃饭,不小心(哪里是不小心)在牌桌上看到的比基尼美女扑克牌要逊色多了。快要上初中的我,已经从这里那里知道了许多关于身体的秘密,但真正亲眼所见这才算是第一次。不管怎样,是从来没有过这样的经历和心情了。在想什么吗?不,不,不,什么也没想,只是觉得好热啊要下河去了,冲冲凉也好啊。

于是胡乱套好了T恤,很有底气地爬下石头,涉水走到青桐面前声音涩涩地问:“要不要我帮你捡?”她听到,有些不大相信地抬起头来看看我,很不好意思地哦了一声,然后弯腰继续找起田螺来。大概是因为拘谨吧,青桐小心地把水桶移到我面前,低着头,垂到胸前的两条马尾也忘了甩到肩后,阳光下轻轻地荡啊荡的。她虽然和我同岁还小了几个月,但是女孩子发育早,胳膊小腿已经长了好多,站起来比我都高了。

我有些恍惚起来,感觉不大认识她,虽然一起长大玩了这么多年,却从来没有好好地看一看她,说一说话。可是要问点什么好呢,家里有几口人?兄弟姐妹的名字?爸妈的工作?这些我都是知道的,别的,别的好像也没有问的必要。

这样沉默了老半天,气氛变得有些奇怪起来,倒是青桐先和我说道:“这么热你怎么跑出来了?”

“出来游泳啊。”我看着她说，有点不放心地交代道，“喂，不要告诉我妈。”

她嗤一声，含着笑说：“谁那么无聊啊，没事还特意跑去和你妈说这些。”

“哦。”我附和着答应一声，看面前的田螺捡得差不多了，跟着青桐往前挪了一步。可能是要下雨的缘故，天气变得异常闷热，耳边的蝉鸣声把夏日都叫老了，一切像没有了尽头。一阵短暂的沉默后，我问她道：“怎么不傍晚的时候来，中午这么热。”

“都一样，中午没人正好都让我捡，到了傍晚，肯定要下雨了。”青桐站起身来，大人样地叉着腰望了一眼天色说。

“多无聊啊，一个人一直捡啊捡的。”

“这样才捡得快捡得多。”

“都被你捡光了。”

“我可没这本事，再说了，田螺发得很快呀。”青桐把手里的一只田螺往空中一抛，接住了说，“就这一个，至少发二十只！”

“那怎么不叫你弟一起来，两个人更快。”

“他，来游泳摸鱼还差不多呢。”

“一个人小心被山妖抓走。”我吓唬她道。

青桐一甩头发说：“我才不怕呢。”然后掂一掂水桶，抹了一把汗，问我要不要一起走，“看样子要下雨了。”

我本来还打算要游泳的，听她这样一说，马上点个头，手脚利落地踩着人字拖在前面开路。结果那天才走到轮渡头，就开始打起雷来，闪电一卜一卜的。青桐家离得近，和我道声再见，便提着水桶跑了起来，肩上的两条马尾在风里翩翩欲度，不知道后来淋雨了没。

读初二的那年，青桐的父母在亲友的鼓动下出省到广州打工去，带着年幼的小儿子，去寻找一点可能的财富，留下三间旧屋、两个女儿和一个老人。那时候，有许多这样的人家，抱着不大明晰的目的，尝试为生活创造另一种可能，他们最大的资本，便是身体里所有的力气。先出去的人赚了钱回来穿新衣服、买家电、甚至建起了砖瓦房，诉说着异乡的种种奇闻异事，是那样地精彩，不同。没有人能知道他们在外面的日日夜夜，更看不到他们的汗水，或是泪水。

青桐的奶奶已年届六十，身体不大灵光了，吃力地应付着两个女孩的一日三餐。放学回家的路上，经常看到青桐和她姐姐蹲在路边买菜，很认真地把坏掉的叶子择去。腼腆的她，开始学会在菜贩子面前讨价还价，拿着钱包一副当家做主的模样。不过每次被同学撞见，还是要脸红上好半天。后来她姐姐高中毕业出去打工，剩下青桐一个人，每天在学校家里穿梭忙碌，倒是变外向了不少。其实看得出来，青桐不是那种文静柔弱的女孩，反而有着一股子硬脾气。

上了中学的青桐，成绩还在班上名列前茅，一直是老师同学眼里的好学生，连一向不大关心我学习的爸爸，都几次拿了她来比我。无非就是青桐多乖，多懂事，多会读书，这一类，说了又说的话。每每被罚跪头顶一盆水，听妈妈把镇上几个模范小孩包括青桐在内一一列举表彰夸耀的时候，都在心里恨恨地想："我也想做别人家的孩子呢！ 酓他妈的！"结果第二天上课，发着呆小心把青桐瞟上一眼，看她正咬着笔头一脸虔诚地看着黑板，在那个漫着尘埃的阳光里是多么圣洁。不禁闪过一个念头，觉得她确实很好很优秀，然后马上又否定掉了，还不是书呆子一个！

其实青桐除了成绩比较好外，并没有什么特别的，她不像一般的女生喜欢聚在一起聊天说笑，做什么事也多是一个人，属于班上最不引人注目的那几个。平时我们后排的几个讨论女生，也几乎没有提到过她。青桐长得倒不难看，眉目清淡，一双细细长长的丹凤眼，五官柔和，脸型略有些生硬，说不上好看，却有着一种美的精神，让人看着舒服。不知道为什么，每次听他们把那些狂妄青春的放肆言语用在她的身上，我都觉得是一种亵渎，又不好直接反驳，只能拐弯抹角地把话题岔开去。我的想法，他们是无论如何都不懂的，也不会知道。可是即使认识了这么多年，在一个镇上一起淘玩长大，我却始终有着一种离她很远的感觉。说不清的，觉得她心里装了很多的事，都是我愚笨简单的脑袋所不能理解的。可能是像她这样的好学生，书读得透，想得太高深了吧。有时老妈迷信唠叨说人的命都是天生的，该扛锄头的注定要扛锄头，该过好日子的就是要过好日子，我总是嘴硬不肯承认，其实想来是没错的。有些人，一看就是和别人不一样的，不管他生处怎样的环境，只要还有一口气，就一定会走到原来的人生轨迹上。我想青桐就是这样的人。

在那个懵懂无知的年纪里，有时我也立起志向，想明天开始要好好读书了，不然将来真的会扛一辈子锄头，晒一辈子的太阳！ 可是每次要从被窝里爬出来，又是多么困难的一件事。尤其想不明白的是，那些无聊乏味的历史、政治课，到底该怎么熬下去。现在想起来，都不知道那时候怎么就一点都读不进书，只是一天又一天的,在课上打着瞌睡,把日子挥霍过去。

上到初三,学校里重新分班,把一些成绩好的挑出来组成了一个重点班,教室设在了走廊的尽头,成为差生们心中的圣地,轻易不会过去。这以后,我就不大能见到青桐了,只是偶尔遇见,然后没声息地从她旁边走过。

一个秋天的黄昏,学校里大扫除提前放学,正好轮到平时结伴的几个做卫生,剩了我一人落单回家,便先在校门口外先转了一圈。一路的小摊过去,卖煎包的,卖烧烤的,卖糖葫芦的,百般的热闹喧嚣。十几个外村的寄宿生挤在路边等车,手里提着书包和行李。从人群里出来,走到小岔口,见青桐远远地在前面荡着,到了小岔口,却并不回家,一拐弯倒往田埂上去了。没来由的,脚步慢慢便跟在她后面顺路走去。

这时候的水稻还没有收,一大片一大片的金黄穗子在风里翻腾着,浓浓的颜色重得要压下来,把青桐的白色校服也染上了一层光辉。田野的尽头,是一片荒地,再往外些,种着挺拔高壮的水杉,夕阳里更添了几分青气。青桐的步伐较平时快了些,半跑着在窄小的阡陌间轻盈游走。很快她下到树林里,跳入没膝的野草落叶间。大概是有些跑累了,青桐的速度渐慢了下来,喘着气跳上一棵横倒在路边的水杉上,张着双臂,小心地,一步一步沿着树桩走去,好几次几乎要掉下来,但最后还是让她给稳住了。那样小心的背影,像是在做着一件世上最重要的事,连我在后面跟了很久都没有注意到。

虽然离日落还早,林子里却已经有些日暮的意思了,零落的几声鸟叫在静默中显得分外凄凉。我突然冒出一个念头来,往前几步,在青桐身后二十来米处猛地大喝了一声。不出意料地,把她吓了一跳,脚下一个不稳从树桩上摔了下来,护着脑袋一脸惊恐地大叫了起来。等反应过来是我,登时气得满脸通红,骂了一句“神经病”,怒气冲冲地站起来急急直往前走,连叫了她好几声都不回头。

我追上前去,嬉皮笑脸地说:“开个玩笑嘛,谁知道你这么胆小。”

青桐却理也不理我,板着脸只顾低头走路,扶着书包背带的手也渐渐握成了拳头。只见她鼻翼翕动着,两个腮帮子涨得通红,咬着唇,突然地,滚出眼泪憋着声哭了起来。那委屈无助的神态让我觉得十分罪恶,却不知该怎么办,心里一急,忙伸手拉住了她的胳膊。青桐扭过头来,气鼓鼓地看了我一眼,挣开了我。我突然地有些不敢,脚下的步子跟着慢了下来,忐忑不安地望着她一路远去变小的背影,心里感到一阵莫名的难熬。

这之后的几天里,不知道是青桐避着我还是怎样,即使上下学的路上,都没有再见过她,虽然好几次想鼓起勇气来和她说声对不起,临到头却觉得这样未免太娘们太没有男子气概了。而且仔细想想,又不是什么大事,哪里值得发这样大的火,爱生气就让她生气去好了。虽然这样,心里还是有点憋得慌。

想不到后来会是在那样的情况下,化解了和青桐的这一场矛盾。

那天是个周末,我在家里看了一个晚上的电视,觉得有些无聊,便跑下楼,准备骑自行车到街上去闲晃一圈。结果妈妈在楼上听到动静,又开始唠叨个不停。我顶了她几句,火起来,噼噼啪啪推了车出门。"简直烦得要死!"

入秋以后,镇上的小店很早就关门了,晚上在外面玩的小孩也少了许多。天气转冷了些,风吹得地上的落叶到处打滚,像一个人拖沓地走着。车子骑到了云中路上,只见满地都是败落的木芙蓉花,有些都开始烂了。可能是吹了凉风的缘故,心里畅快了许多。路过青桐家门口,我不禁回头向她房间的窗户看了一眼,见还亮着灯,心里想她应该是还在复习了。"真是个书呆子。"

我小心保持着平衡,让自行车的速度降到最慢,终于驶过了青桐家门前。或许那时候,我就清楚地明白自己对于青桐的感情,远不是青梅竹马的友谊这样简单了。只是年少轻狂,一直不愿承认。许多次,当我无意识地路过这里,等待青桐的突然出现,不知道怎么就违背了前几天才刚立下的誓言。结果无非是又一次的自欺欺人,只好努力不再去想这些了。

就在我快离开云中路时,听到身后一阵很重的门户开阖声,不禁回过头去,借着昏暗的路灯,见青桐一脸慌张地跑了过来。我没多想,喊了声她的名字叫住道:"怎么了?"

青桐回过头,带着哭腔道:"我奶奶从楼梯上摔下来了。"这时候才发现她一张脸上爬满了泪痕,紧张得整个人都有些发抖了。

她说完又跑了起来,脚上的拖鞋一路响着,击得深夜更静。我不太放心,踩着自行车跟在她身后到了医院。谁知道周末的晚上,镇上的医院通常是没有人坐班的,平时有急病都要到医生家里去找。青桐跑得上气不接下气,着急地问:"怎么办?怎么办?"

我想起镇上的与明医生就住在这附近,忙告诉她说:"坐后面来,我带你去。"

青桐也顾不上客气,点个头,抓着我的衣角跳上了车。待她坐稳,我深吸一口气，俯着身一路狂踩着踏板，热得连汗都来不及擦。只听她在后面吸着鼻子一直抽泣个不停，看样子是吓坏了，又不时地抽空安慰她别害怕。

那晚的月色格外清亮，风凉凉的，吹得人头昏。途中青桐哭哭啼啼地告诉我，原来她奶奶一直患有高血压，平时身体就不大好。按理说这样的老人最要小心照顾的，不然会很容易得中风，可是她爸妈要忙着赚钱准备盖新房子，一年四季都在外面。之前她姐姐在的时候两个人还有个照应，壮一下胆。现在姐姐出去打工了，她怕奶奶出什么意外，平时都不敢去学校上晚自习。今天是她在复习功课，奶奶怕她肚子饿了下去煮点心，结果就在下楼梯的时候不小心摔倒了。说到这里，青桐懊悔地哭了起来："都怪我。"

我累得顾不上说什么，赶到与明医生家里，先下去拍门喊人，青桐站在边上焦急地等待着。不久听到楼上有人下来了，我拍拍她肩膀说："别担心。"她很感激地朝我点了点头，大概是想说谢谢又不好意思，支吾了半天还是把话咽下去了。这边与明医生开了门，我和他简单说了下情况，又载他到青桐家里，下车的时候已经累得快喘不上气来。隔壁家的忠树大伯已经帮忙着把老人抬到床上，庆幸的是伤还不算太重，等青桐跑回来的时候，已经处理得差不多了。

我看时间已经很晚，怕回去爸妈要唠叨，忙趁乱拉住青桐说要回去了，也不等她把话说完，就招个手从前门出去了。回到家，已经是午夜十二点，还好家里人都睡了没发现我晚回来。

第二天下午在学校里碰到青桐，问起她奶奶的情况，才知道她姐姐已经请了假回家，过几天妈妈也会从广州回来。我点头说那就好，正准备离开，青桐叫着我名字，又追了上来，脸上有些羞态，微低着头，吞吞吐吐了老半天才冒出句谢谢你，然后忸怩地笑着，两腮都红了起来。

我忙打着哈哈说："小事一桩，谢个屁啊。"

她微笑着站在走廊，偏着头看我，夕阳下，整个人都镀上了一层金色的光芒。

三

十一月底，学校举行中考前的模拟考试。爸爸在饭桌上突然问起我的成绩，在得到失望的结果后，沉默了一阵，长叹了口气对我说："不读书，你以后是要出去打工，还是和我一样在田里扛锄头？整天就知道在外面玩，能玩一辈子？做人不是这样的。"第一次，我在爸爸面前没有顶嘴，只是埋下头去接着扒饭，嘴里却再吃不出什么味道来。

两个姐姐虽然从小因为我不怎么被父母关注，反而认真读书比我强了不知道有多少，大姐已经考上大学，就算不是什么特别好的学校，不过将来好歹是个坐办公室的命，二姐应该也是的吧。想想就只有我，唉，都是咎由自取。

那天下午，在和“乌龟”去上课的路上，我问他将来想要干什么。他想了很久，最后还是摇着头和我说：“不知道，到时候再说吧。反正都是打工，到哪里都一样。”

他见我没有接话，就继续说道：“我爸叫我好好读书，学点会计什么的将来好跟他做生意，办茶厂。唉，我是真的一碰到书就想睡，没办法啊。不过我想就我爸那个小茶厂用不着多大文化吧，是个人不傻就能搞定的。再说了，这地方我实在是待腻了，没意思，还是出去混两年，见见世面也好。”

我有点脑袋发麻，不知道为什么，“乌龟”的一席话我听得很难受。不禁想起过去妈妈常在我耳边念叨的那些话来，虽然都快要能倒着背下来了，却一直没有听懂。只是一味地嫌她啰唆老古董，根本没放在心上过。我突然很想问“乌龟”，如果他爸没有茶厂该怎么办，像我这样该怎么办，是不是真的和爸爸说的一样扛锄头打工吃苦，这个苦，是什么样的？

“乌龟”踢着脚下的石子说：“真是超想开一家超市的，当老板，指挥小弟，一定超爽！”顿了一会儿，又补充道：“最爽的是不用干活，每天坐在家里，钱就哗啦啦地流进来，数都数不完。”

“少做梦了。”我打断他说，“你又不是皇帝。”

“随便说说嘛，这么认真干吗。”

我叹了口气对“乌龟”道：“有时候想想还觉得真挺可怕的，像我这样的人，又没什么本事，只能干点跑腿的活，要是哪天老板骂我，怒起来摔门走人，就完蛋了。”

“乌龟”哈哈大笑起来，打手一挥道：“怕他，老子不干了！”

两个人仰头笑了半天，“乌龟”一只手搭到我肩膀上，懒洋洋地说：“随便啦，还不就是这么回事，想那么多干吗，想了也没用。”

是这样的吧，我安慰自己说。

七月中考结束，乌龟出省到上海一带打工。几个月后回来了一趟，从他爸爸那里磨了一笔钱，赶去厦门转了一圈，最后弄了个烧烤摊做点小生意。听他妈妈说，不过是在闹着玩，白天睡到十一二点，有时候连午饭都不用吃，晚上出去摆完摊回来又打游戏到一二点。“年纪轻轻的，尽是这样。”每次一说起来，“乌龟”他妈都又气又心疼，要我劝他，要不干脆就回家来。

我没有考上普高的学校，只是辗转到了一所职业高中读书，一样地混日子，甚至比原来还玩得更厉害。爸爸自从那次以后，没有再问过我关于学业方面的事。大概是有过失望的，中考成绩出来看他不高兴了好几天，虽然没有明说，我知道他还是希望我能走读书这条路。

偶尔我会觉得有些不忍，刚开学的时候，乖乖地去班上应个卯，听一两节课，后来实在是没兴趣，加上学校的氛围不好，就又恢复了原样。职业高中虽然不乏有用心读书的，但大部分还是像我这样漫无目的的游客，在这里待久了，就变得无所谓起来，成天跟着一群人到处闲逛。特别是刚从小镇来到一个勉强能算得上城市的地方，有网吧有轿车有商店，热闹得两只眼睛都看不过来。反正坐不住，又不知道能干什么，每天一有空就到街上去闲晃，把各处都走遍了。那段时间，跟着几个刚认识玩得不错的朋友到处招惹女生，写过几封情真意切的信，却没有一个敢说得上是真心对待的。我想，一切都是因为青春的无聊。

上了高中以后，已经不大能经常见到青桐，就算仅有的几次也都是放假在路上偶然碰到，匆匆说一两句话就道别了。不知觉间，发现她开始变得不再像一个小女孩，虽然还是瘦，下巴却比原来尖了更见出脸上的轮廓来，身上的衣服大概是她姐姐买的，有了一个固定的风格，连不大注意这些的我都觉出来了。放国庆假的那次在街上散步看到她，一起走了一程，问起各自的生活，知道她很好很快乐，一下子放心了不少。她爸爸在广州的几年赚了些钱，自上回她奶奶的事发生后，可能是怕人说道，加上青杭考高中要在省内，夫妻俩就回来了，建了新房子并把楼下做成店面，卖起谷物干货来。

事实上像青桐父母这样出去后再回来的并不多，即使在外面只能租房子干苦工，运气好的话会赚得比别人多一些，但还是一辈子的农村户口，除非真的发大财了定居在外，让下一辈有个更好的开始。不过那毕竟只是少数，甚至没有。读高中的这几年，每每往返于城乡之间，最大的体会莫过于此。不得不承认命运对人的影响实在很大，要改变却太难太辛苦。像和我同桌的陈阅，他爸爸是90年代第一批抓住机遇发起家来的，走南闯北地做过不少事情，最后靠着电机生意，成就了一番事业。陈阅作为家里的独生子，从小被他奶奶捧在手里，打架闹事换过不少学校，不过凭着家里的财力，并没有多大影响。

我和陈阅算不上交心的朋友，却一直玩得很好。在城里读书的这几年，他经常邀我到他家里去玩，然后半夜起来去网吧里打通宵游戏。夜里的街道灯光依旧，行人却不甚多。从他家的豪华别墅出来，要沿着马路走上十几分钟才到目的地。路边的商店一致关门大吉，偶有货车开过，呼的一阵风扫过行道树，落叶要跟着车轮跑上好一程。人在边上走着，只觉世事苍茫，没有什么能留得住。

网吧里的空气混沌、陈腐，混杂着浓重的烟味，不过才坐上没几分钟，就没有太大的感觉了。在那边通宵的都是一群常客，有几张面孔见得多了，后来都熟了起来。几个人约好了打DOTA，每次战完一场，无论输赢，往椅子上一靠，脑袋里都会放空一阵。这时候，陈阅就会递过一支烟来给我，两个人坐着抽完，然后去楼下的小摊上买点吃的，再上来继续奋斗。到了清晨四五点的时候，出网吧大门，走在路上，凉风吹过泛油的头脸，突然困意全失清醒起来，不敢起别的念头，只好两只眼睛到处乱看，和陈阅拖着步子在街上走。网吧一个小时的消费要两块钱，我每个月在这上面的花费近百，奇怪却从来都不觉得罪过。

这样的日子过得很快，直到后来陈阅转去另一所普高的学校，虽然他偶尔还会约我一起出去，不过已经没有之前那么频繁了。这中间“乌龟”回来找过我一次。一年不见，他变了很多。原来一头干净利落的短发留得老长，烫成了街上正流行的电卷，一低头连眼睛都看不到。见面那天他穿着一件泛黄的T恤，裤子低得吊在胯上，底下裤脚松松垮垮地拖着地面。问他怎么习惯这么穿，“乌龟”大呼一声：“流行啊，满大街都是这种裤子！”我认真看他一眼，有点明白他妈妈怎么老是要我劝他回来了。不过很快地，真的就如他所说，开始了新一轮的服装浪潮——其时所谓的非主流还刚盛行，并没有沦为一个贬义词。

我走过熙熙攘攘的人群，站在车水马龙的街边望着远处没入尘嚣的马路，第一次想起家来。

这之后的几个月里，我把心收回一些，不再整日地出去通宵玩游戏，每周还回去一趟。我和思雨就是在那时候熟起来的。她是潭川附近村的，家里有三个兄弟姐妹。初中我们同班，不过没怎么说过话，只能算是认识。开学我帮她搬过一次行李，之后又一起坐车回家过几次。两个人都离家在外的特别有话聊，一来二去，就热络起来了。她女孩子变化大，加上来城里学会了穿衣打扮，突然好看了不少。走得近了，没多久班上就有人起哄我和她的事。

其实我不是没有动过和她在一起的念头,甚至有好几次,两个人并肩走在路上,阳光里风和日暖,我都冲动地想要一把抓起她的手来牢牢牵住。青春萌动的季节里,爱情可以简单到仅仅出于喜欢一个人的样子。思雨比一般的女孩子要开朗率真得多,在她面前,不用小心说话,甚至说错了也没有关系,她至多打你一拳或野野地骂上一句,然后又乐呵呵地笑开了。不过她好像对谁都这个样子,叫我抓不准她的意思。

一个周末的晚上,吃过晚饭后在附近的商店溜了一圈,沿着南大门一路走回来,发现原来摆在显示屏下的白百合已经被撤掉了,换上了新开的绣球花。想起好几天没和妈妈联系了,不知道家里怎样。于是我走到电话亭边上,准备打电话回去。拿起听筒,才发现 IC 卡上早就没有钱了。我往前走了两步,探出脑袋看教室里还亮着灯,心想应该还有人在。其实好早前就和家里说过要买部手机的,再不行小灵通也可以,还不是妈妈,各种理由一大堆,简直气死! 想到这里,不禁又悲哀起来,果然还是有钱好啊。

教室里正巧只有思雨一个人在,坐在讲台底下,手里拿着一幅很大的十字绣,正一针一针地来回绣着。她穿着一件米白色的衬衫,肩上头发可能是刚洗的半湿还没扎上,听到脚步声,便抬起头来打了声招呼问:“你没回家啊?”

“嗯。”我答应道,“你有没有 IC 卡,借我打一下电话。”思雨一听,倒很爽快地放下手里的活计走到课桌上,拿出一个墨绿色的小包抽出卡来递给我。

我赶到外面拨电话,听妈妈唠叨了一遍育儿经,无非是叫我多吃点,认真读书,然后大表姐下个月要结婚了有时间就回来。我很好奇地问怎么她突然要结婚了。妈妈惊呼一声说:“她都二十五岁了,再不结婚就成老姑娘了。”心里笑笑没说出口,可能在他们看来这样的年纪已经算很大了吧。问起爸爸,才知道他这几天腰疼没去地里,不过最近农闲还好能忙得过来。“认真点读书啊。”妈妈强调说。我嘴里先答应着,告诉她卡里快没钱了先这样。

挂了电话回来,摸出一块钱放在卡上还给思雨,并向她道了谢。她眼角一飞,表情很轻松地笑了一下说:“神经病,那么客气干吗。”仍旧对着教程图看着没理桌上的钱。

我把手在桌上僵了片刻,想一想,最后还是收了回来,压低了声音说了句“应该的”,正准备离开,思雨就在身后喊了一声我的名字道:“喂,再不拿走我生气了啊。”

我转过身去尴尬地笑笑，伸手摸回了桌子上的钱，呆一呆，问她要不要出去走走，手心里已经紧张得冒了汗出来。思雨笑开了，点点头答应我，很快地把桌上的东西都塞到一个包里，下了讲台跟在我后面往外走。

夜晚的校园很静，平时看起来败落陈旧的教学楼在夜色的笼罩下多了几分古意，轮廓异常地清晰。虽然已经是冬天了，不过好在没有风并不太冷。思雨把手插在衣兜里走着，不时低头看一下路。从走廊下来，有一段青石板路正好坏了几盏灯很不好走，两个人只好都把脚步都放慢了。这时候思雨才冒出第一句话说："感觉又回到乡下了，你知道我们那个村，到现在还没把路灯弄好，每次出去都要打手电筒！"黑暗中看不大清她的脸，但从口气中听起来明显是愉快的。

我附和着她把话接下去，说起之前在外婆家住的一些事情，那时候只有一台破电视机，信号不好还收不到几台节目，每天七八点钟就上床了，经常在睡前央外婆讲鬼故事听，然后怕得要死用被子蒙着头睡。不过最好玩的还是夏天的夜里，吃完饭去溪边捉萤火虫，一抬头满天都是星星，多得怎么也数不清。天啊都是好久以前的事了，算起来要有十几年，时间过得真快！说起原来在乡下的日子，两个人都很有感触，思雨把头一抬，望一眼天空说："都不记得上次看到星星是什么时候了。其实我蛮讨厌在城里生活的，很吵，而且空气也不大好。不过，怎么说呢，可能是人在年轻的时候，都喜欢过得热闹一点，所以真的要我选的话，还是会在这里吧。挺矛盾的。"

"太年轻了？"我回头看着她说。

思雨笑起来，摇着头道："不知道啊，或许。"灯光下，一张溢满稚气的脸变得异常清晰，没等我回答，她又把话接了下去："毕业后，我还想再去得远一点，像北京、上海那么远的地方，不过听说那边的消费很高，赚得多花得也多。算了，如果真的活不下去了，就回这边来吧，反正我是女孩子没那么大的目标啦。"说完很轻松地笑笑。她不是第一个和我这么说的人，关于未来，我还没有认真想过，不知道自己这样吊儿郎当的可以做什么，以后会怎么样，像街上人潮来往的这一群吗？太陌生了，还是再说吧！

这时候我们已经走到校门口，隔着铁栅栏，望见灯火里照出摆在路边的各色小摊，卖饺子的、卖关东煮的、卖面条的，冬夜里蒸起白色的雾气。思雨兴致很好地对我说："你饿不饿，我想去吃点东西，要不要一起。"我点个头，她便很得意地敲一竹杠说:“你请客!”然后把眼睛一眯,笑了起来。

于是走出校门,沿路逛了一圈,最后很有默契地在一个粉扣摊前停下。思雨爱吃辣,往里面加了大半勺辣粉,不顾形象地捧在手里边走边吃,嘴里不住地吸着气,脸也红了。

两个人沿路走着,一边认真地把塑料杯里的粉扣吃完。饱腹感中,突然领会到一阵幸福的满足。或许对于每一颗不安的心来说,都有着一个稳妥的向往,像走在狭小的独木桥上,张开双臂,努力保持着平衡不掉下去,最后抵达安全的目的地。只是这样的路程,不知道还要再走多久。

看着身边同样浑噩度日的一群,我越来越不能明白,到底应该怎么做才是对的。生活并不像我玩的那些游戏,可以很明确地认定一个目标,然后一遍又一遍地尝试、战胜、突破。

现实面前,我一点都做不得主。

四

上高二的这年春节前夕,大姐带了她的男友刘柯回家,看样子是准备结婚的那种。妈妈紧张兮兮地老早就交代了要有礼貌这样那样的,拉拉杂杂讲了一大通,搞得我很不耐烦。听她说刘柯是大姐的高中同学,同济大学土木系出身,家里还是做汽车配件的,貌似经济状况也不赖,婚房男方那边都准备好了,酒席什么的也不用操心,总之这回是捡到宝了。

大姐告诉我他们其实高三的时候就在一起了,算起来要有四五年,不过一直没敢让妈妈知道,只说是高中毕业那会开始的。大姐虽然闷闷沉沉地看上去有点呆,不过私底下却是个很精明的人,像我们这样的家庭,又不是长得国色天香,除了读书没别的出路了。她女孩子早熟,从小就很听话乖乖读书,没走偏过一次。其实想想挺为她感到高兴的,刘柯虽然不是什么大帅哥,不过人高高大大的很阳光,脾气也好,重要的是对大姐好。他在家里住了几天,一直客客气气的,看得出家教很好不是装出来的。我们虽然年纪差了几岁,不过男孩子在一起聊聊篮球游戏什么的,并没有太生疏的感觉。

祭灶节那晚,爸爸出去打牌,我们就坐在一起聊天,刘柯虽然还有些生疏,却也能搭上几句。话题渐渐扯到我的身上,妈妈又开始拿别人家的小孩来和我比。真是!每次都是这样,我最讨厌的就是她这点,人家怎样关我鸟事啊!比、比、比，比了又怎样，有个屁的意思。我有些不高兴起来，半低了头抠着脚不搭腔，结果妈妈倒来了劲，开始“审判”起我来。无非就是说的那些：“你自己看看，再过几年都二十岁的人了，还这样，没有一点自己的想法，书也不好好读，整天不知道跟着什么乱七八糟的人混，我看你以后要怎么办。”

我很不耐烦地应了妈妈一句：“知道啦！”

其实早就习惯被她这样说了，又不是第一次，但我顶烦的是妈妈老是喜欢当着外人的面说我，要不就是拿到外面去说，像今天这样，我真的想就这样一怒之下摔了门走人，只是碍于客人的脸面。

想不到大姐也附和着说起来，跟妈妈一唱一和地唠叨个没完。我终于忍不住发起火来，顶嘴道：“真是烦死了，我读不来书有什么办法，世界上又不是每个人都是天才。”

“你自己想想你有没有认真去读？”妈妈把嗓门亮了起来。

我便也开大了音量吼道：“你知道我没认真。”

“是喽，你这叫认真，天天都在玩。”

“我不读书关你们什么事？”

“你以后不要后悔！”

“谁后悔谁是狗！不是人！”

这样一来一去，倒真的和妈妈吵了起来。这时坐在一旁一直不吭声的刘柯起来拉住我道：“小弟，不可以和妈妈这样说话的。”

我也是气坏了，用力甩开他的手说：“我们家的事不要你管！”话一出口，气氛变得尴尬起来，倒是刘柯很有风度地笑了笑，打了个圆场，又去宽慰起妈妈来。第二天起来见到刘柯，觉得非常不好意思，却还是一脸倔强不肯服输，后来还是他先和我打的招呼，一点都不把事情放在心上。

许多年后想起这件事来，不禁讶异当初的自己是那么的幼稚可笑，做的事，说的话，从来都不经过大脑。也许生命中最无奈的并不是那些无法把握的未来，而是不能改变的过去，有些伤害一旦造成了，就再也没有办法弥补。

次年夏初，在一次很偶然的机会中，抱着一种罪恶、好奇，又极度疯狂的复杂心情，我和思雨有了第一次的接触，尝了禁果。虽然在此之前，也曾有过多次午夜梦回的幻想，甚至某种难以启齿的尝试，却从来都不知道，人的身上，会有如此动物性的一面。一切远没有我想象的那样简单。过去我在家中每和爸爸发生口角,冲动之下说出一些伤人的话,做出极端的行为。那时候总觉得人被情绪所奴役实在是一件很可耻的事,可是现在才意识到,在某些事上,竟然低级到仅仅出于身体里的需要,这和兽类有什么两样?我几乎不能肯定自己是个怎样的人,好或者坏?彼时的我看待事物的方式尚还停留在是非对错的二元世界,不知道人其实是个极复杂极多面的动物。还有就是青桐,有时联想到她都觉得羞愧,她如果知道的话一定会很看不起我的吧。

事情到了这个地步,已经远远超出了我的控制。虽然之后思雨并没有再提起这件事情,我不知道她怎么想,是不是和我一样的后悔,还是根本就不在乎。她那样豁达的性子,应该无所谓的吧?我有点后悔,之前和“乌龟”他们谈论这些的时候,没有问问作为女性是怎么想的,是不是都一样?

说起“乌龟”,在这之前他就告诉我有过同样的经历,而且还不止一次了。他在外面待了一两年,接触到的比我要更多更复杂。听他说,那些女孩子都很疯很爱玩,总之听他的描述,是件很正常很普通的事,没有什么大不了的。是这样的吧,我想。

五月底的一个寻常夏日,我疾步走在阴香树密布的柏油路上,准备回趟宿舍再出来吃饭。正走到操场边上,就听到有人在身后大声喊着我的名字,回头一看,竟是陈阅跑了过来,忙问他怎么会在这里。

“有个同学约我来打球,结果自己倒先跑了,靠!”陈阅一只手搭到我肩上说,“你刚才去哪里了,去宿舍找你都不在,阿坤也不知道去哪里了,剩一个明仔在床上睡大觉,死猪叫他起来怎么都不肯。”

我大笑一声说:“他今天早上六点才从外面回来,身上臭得跟狗一样,中午饭还是打包的,你能叫得起他才叫怪了。”

“靠,干吗去了?”

“还能干吗去了。”我意味深长地看他一眼。

陈阅点个头,推我一把说:“一起出去买个水,晚上我请你吃饭,然后再去干一场怎么样?”

虽然我不是很想去,不过一时又想不到什么好的理由拒绝他,只好满口答应着一起走出校门。毕竟是很久没见了,便问他新学校里的生活怎样。这一下倒激起了他的话匣子,开始抱怨起来,说没想到普高的学校会这么没意思,一整天下来都要上课,卷子多得做不完。最气人的是老师管得太严,连上课睡觉都不行，隔三岔五地就做思想教育。

我笑说："这下真是虎落平阳被犬欺了。"

陈阅听到，把头一歪，竖起中指，眼角一飞，露出一个满不在意的笑容说："无所谓，上有政策下有对策。读书我是不行，小聪明还是有一点的，只要不是太影响别人，老师也不会拿你怎样，反正都是拖后腿。"

我不知道该怎么回答他，只好应付着笑了一下。

从街尾的佳世多吃完晚饭出来，才六点多钟，夏季的夜来得晚，这时候天还不算太暗。陈阅提议先转上一圈，消个食，迟点再去网吧。街边的商店已经亮起了各色的灯饰，拥挤的车流中不断响起喇叭声。虽然天气还不是很热，年轻的女孩们已经穿起了吊带装，裙子短得只遮住臀部，一路大声嬉笑着从身边走过。

走到冠后路，想起青桐的学校就在这附近，上次见面还是开学初的事情，便回头和陈阅说去一中逛逛，顺便找个同学。

"什么同学？男的女的？"他很自然地就问。

我答女的，并解释是同村的，很小的时候就认识了，既然去她学校了不能不找她吧，就是不知道周六他们有没有上课，还在不在。拉拉杂杂地说了一大通。

陈阅无所谓地笑一笑，倒没有再问什么。

沿路问了几个学生，找到青桐的班级，很巧的是那天她正好在班上自习没回去。教室里灯开得通亮，四散坐了几个复习功课的男女学生，只有后黑板处两个女孩，站在课桌上拿着颜料板在画墙报，不时交头谈论一句。青桐扎着清爽的马尾，身上是清一色的白色校服，蜷着腿坐在位子上，手里拿着一张纸在念念有词地读着。我站在窗户边上叫了两声，她抬起头来，怔一怔，有些意外地露出一个笑容，然后搁下手里的纸出来，问我怎么突然来了。

我答刚在这附近吃完饭，顺便过来逛逛，并指着站在边上走廊的陈阅介绍给她。两个人微笑着扬手打个招呼，然后陈阅回过头去吹着口哨继续看风景。我告诉青桐，没什么特别的事，就是来这边看看。她笑笑问："是第一次来吗？"

我把头摇摇道："去年来过一次，来找你你不在。"

她好奇地扬了下眉毛说："是什么时候？"

"好像是三月份的时候吧，不大记得了。"其实那回青桐生日，我犹豫了好几天才决定要买礼物送她，不知道她女孩子喜欢什么还特意拐弯抹角地问了几个人，最后在饰品店里挑了只旋转木马式的八音盒。在学校转了快一整天，不好意思一直问人就找了个偏僻能看到教室的地方，结果有个老头大概是保安之类的还过来问话，总之费了很多周折。后来才知道青桐是去她城里的小姨家了，玩得很开心还去吃了龙虾刺身。过年时听青杭说起的，对她来说一定比八音盒更美好更奇妙了。后来八音盒没送出去，拿回家放在房里没多久就被小弟拿去玩坏了。

“最近过得怎么样？”我问青桐。

“还好，和原来没什么两样，前几天才考完月考。本来这周想回去的，临时学校里把演讲比赛的时间提前了。对了，你明天有没有空？”我点个头，青桐笑着说，“这样吧，我还要背一下稿子，你先回去，明天早上九点到学校大礼堂来看我比赛，好不好？”

有些意外青桐会邀请我去看比赛，兴奋下忙点个头答应她，说明天一定去。道完别招呼陈阅回去，才走了没几步，他就意味深长地笑了笑说：“不错啊，挺正的。”我骂了句神经病，挥拳捶他一记，痛得他嗷嗷大叫，追上来干了一脚大骂重色轻友。

第二天一大早，我就起来洗脸刷牙，换上才穿过几次的格子衬衫，坐了公交车去青桐学校。天气很好，阳光透过白桦树的叶子落在地上，风一吹，数不清的白色光点流转闪现。篱笆墙外的操场上，几个大男生闲闲地打着篮球，不时地玩出一个花样。一中的校龄是全市最大的，教学楼便很旧很古老。最远的一栋在大樟树旁，青灰色的砖墙外面爬满了开红花的三角梅，屋顶上还盖着瓦片，听青桐说是民国时候的建筑了，现在只有高三的在这边上课。近一点的都是十几年前翻修新建的，外墙刷着土黄色的水泥灰，又高又大的看起来很气派。校园里最多的是树，南洋水杉、木棉、红枫、阴香，底下的灌木种假连翘或小叶女贞，看上去清新又活泼。

在会场门口等到八点半，才见青桐从教学楼的那条林荫道上走了过来，看到我，伸手打个招呼，跑过来笑：“这么快，什么时候过来的？”

“刚到不久。”我认真看一眼青桐，她穿着一件水蓝色的印花连衣裙，梳高高的马尾，鬓角上两缕碎发不安分地半贴在腮边。我突然想起十三岁那年夏天，在富春溪里，阳光下和青桐一起捡着田螺。还有更远一些的请神庙会上，杨柳枝白纱衣扮观音的那个倔强女孩。原来那时的心情并不只是情思萌动这样简单,面对美好的事物,没有人能够抗拒。我有点明白了……

“想什么呢。”青桐推推一旁发呆的我,解释道,“今天的比赛是市级的,场地设在我们学校,所以还有别的中学的学生。等一下我是第七个上场,好像总共有二十个人,每个人五分钟,差不多要两个半小时吧,而且选手席和观众席是分开的,我刚才才听说,你如果有事可以往后门走掉。唉,早知道就不叫你来了,其实挺无聊的。”

我进了会场才知道青桐说的无聊是什么意思。原来那天的是场英语演讲比赛,以珍惜时间为主题,连 Cherish 这个词都是青桐翻译给我的,不禁惭愧!就在我抬头看着大横幅上的英文单词,用心默记下来的时候,青桐已经在前台做好签到,跑过来领我到靠边的椅子上坐好,很抱歉地叹了口气说:“唉,中国的官场文化真是无处不在,领导没来就开不了席,不知道还要等到什么时候。先坐在这里等着吧,要不要听音乐?我带 MP3 了。”

我笑着摇摇头:“不用了,你先去准备吧,稿子背熟了没?”说完心里大大地一阵失落,真是不明白我为什么要到这里来,明明就是两个世界,太远了,不管英语,还是青桐。我又看了一眼横幅上的 Cherish,“C-H-E-R-I-S-H”我只能这样一个字母一个字母地死记下来,真是够难的!

青桐很无奈地耸了下肩,还是从书包里拿出 MP3 来递给我:“那我先过去了。”

我没有听音乐,虽然坐在位子上够无聊的,旁边还都是一堆穿着校服不认识的学生凑着脑袋在讲话,我在中间像个异类一样,没几分钟就有人借过让道麻烦得要死。青桐的 MP3 里有很多英文歌,大概是用来练听力的。我拼了老半天,还是没猜到一个意思,简直失望透了。时间过得真慢,已经九点半了,青桐不时回头看一下我这边,很抱歉地笑笑。我真想就这样走掉的,连再见都不说,不是因为等得不耐烦,曾经我在云中路上走过无数次,等待一个没有目的的结果,那些我熟悉的人物风景,不像这里陌生得连空气都不对。

九点四十,主持人宣布比赛开始。我坐在台下看着这样一群同龄人,黄皮肤黑头发,说着我一句都听不懂的英语。其实我很羡慕他们,不知道自己还有没有机会去了解那个世界,看起来很精彩的。

十点半,青桐上场了。我鼓着掌,伸长脖子望向她走上舞台的身影,脑子里突然跳出一首歌来,道路又远又长,没有错了,她在水的中央,绿草苍苍,白雾茫茫,绿草萋萋,白雾迷离。耳边却是青桐明亮的声音放大了盖过来,“Youcan' tclingtothepast, becausenomatterhowtightlyyouholdon, it' salreadygone.”就在刚刚,她拿着稿纸向我解释这句话的意思,目光中满是期许:你不能对过去念念不忘,因为无论你把记忆抓得多紧,一切早已过去。

我没有看完整场比赛,明知道这样直接走掉实在是太没礼貌,毕竟再没几分钟就会结束了。但我还是选择离去。就在主持人宣布成绩听到青桐排在前头后,我拍了下前面人的肩膀,把 MP3 传了过去。青桐回头不解地看了我一眼,有些茫然地皱了下眉头,然后走到边上排队上台领奖。

我避开人群,径直朝前走去,临到大门口,终于还是忍不住回过头去。隔着熙熙攘攘的人海茫茫,很清楚地看到青桐向着台下开心地笑着,不禁松了口气。两只脚踏出礼堂,清风吹过,外面的空气真好。

我想起很久以前看过的一部电视剧,剧情其实很烂俗。里面的女主人公从小在贫穷的生活中长大,后来却因为机缘巧合邂逅了一位富家子弟,经过种种周折两人结合,最后过上了幸福的日子。我一点都不相信这样的事情会在现实中发生,尤其是两个背景全然不同的人,要耗掉多大的精力才能抹去彼此不相融合的部分,这个过程一定不会是快乐的,却还是有人会这么傻!

再见面已经是盛夏,那天从家里出发去学校,在车站遇见青桐。她看上去有点累兴致并不大好,甚至都没有问我上次怎么突然走了,只是淡淡地聊了一些近况,然后看似漫不经心地问我和思雨怎么样了。脸上的表情像冻住了,阳光下随时要化掉。

我吃了好大一惊,奇怪她是从哪里知道的,知道了多少?不禁心虚起来,和思雨的事情,连最要好的“乌龟”都没有告诉,更不要说是别人了。如果青桐听到的只是一些流言蜚语,情况还稍微好一点,只是我不确定思雨那边是怎样的,她有说出去吗?说了多少?有没有包括那件事情?虽然我已经够后悔了,每次想起来都恨得心痛。

接下来我慌慌张张地说了一大通,解释我和思雨只是平时玩得比较好,除此之外并没有别的,不然可以去问她。再就是学校里的同学平时就爱八卦以讹传讹的,千万不要相信他们,上次就有人说谁谁谁的后来才发现是个误会……

青桐打断我说:“我也是听别人说的,不过这样的事,其实对女孩子的名声更不好,以后还是注意点吧。”

一句话噎得我半天开不了口，在很不确定的情况下，只能试着问青桐是哪里听来的。谁知她很不耐烦地唉了一声道："反正都是道听途说，就当是个误会吧，说太多了也不好。"

一上车，青桐就戴上耳塞，把头歪向车窗闭着眼睛假寐，大概是不想再谈下去了。虽然好几次想叫她，话到嘴边，还是咽了下去。

回到学校后的几天，我把事情颠来倒去地想了无数遍，好几次都冲动地想要拉出思雨来做个一刀两断，临到头却什么都不敢说，不敢做。上次的事情发生后，虽然还是经常见面，却再也没有认真地交过心。关于她的想法，我一直弄不大懂，是和我一样当成一个失误吗？才发现她的心思其实和所有女孩子一样实在太细太难揣摩。虽然发生过那样的事情，我却没有更进一步的表示，她也好像无所谓的样子只当是没有这回事，谁知道是怎么想的！

终于到了期末考结束，我这才鼓起勇气来，决定找个机会好好地和思雨说一说。然而选择这个时间点，仅仅是为了不管事情怎样都可以借口回家躲开不去面对。如果世上的事真可以像天黑了看不到就当做什么都没发生过该有多好，要不就让我回到过去悬崖勒马该有多好。想到这，心里真真难言。

和思雨的见面约在宿舍楼附近的空地上，刚下过一场雨，烈日暴晒过的草木烘起一团沉重的热气，脚下很快就湿了。两个人并肩走着，隔了有一丈长的距离，我开不了口，思雨也半天不说话，低着头光顾走路。时间一长，气氛有些尴尬起来。

我努力吸一口气，出了声："什么时候回家？"

"明天。"

"暑假干什么呢？"

这样一个简单的问题，思雨竟想了老半天，最后摇摇头，叹了口气说："不知道。"

站了半天，脑子里突然闪过一个念头，我有点不敢看她，走到栏杆边上，扶住栅栏抓得紧紧地说："算起来，我们认识要有五年了，虽然刚开始的时候还不是很熟，不过我一直觉得你是一个很好的女孩。这样说有点奇怪……我没有别的意思，就是觉得应该要把话说清楚点。之前的事情……是我太糊涂了，没有想清楚就……反正都是我的错，也不知道该怎么弥补……其实挺后悔的，一直没有和你说对不起，真的，很对不起。"

我把这几分钟里打过许多遍腹稿的话断断续续地说完，发现早已忍不住流下泪来，然后看到思雨也哭了。她比我哭得更凶，虽然两只手掩着脸面，眼泪还是从指尖上一颗一颗地滴落下来。我有点怕起来，鼓起勇气叫了她一声。

思雨并不理我，只是蹲到地上继续哭着，一句话都没说。我走到她边上，站了好几分钟，最后迟疑着蹲下来拍一拍她肩膀。谁知道她突然抬起涨红的脸大叫了声“走开！”脸上的表情因为哭泣都有些扭曲了，见我没有反应，又痛苦地叫道：“走开啊！”

我只好挪到边上，看着她这样埋头哭了好久，到后来声音都哑了。我怎么都想不到，那时候的思雨因为怀孕两个多月怕得寝食难安，不敢回去，不敢告诉家里人。身边没有一个商量的人，又找不到解决的办法，听到我的话时该有多无助多痛苦。

我只是站着，在这个闷热的夏日午后，等待着黑夜的降临。

在家的两个月里，虽然会经常想起那个下午哭泣的思雨，却从来没有过要去找她的念头，或许是不敢吧，我真的不知道该怎样面对她，只是安慰自己，时间会把一切都冲淡的，毕竟她乐观开朗，应该很快就能好起来的。

出乎我意料的是，思雨却没有再来学校，虽然那时候职业高中里有很多人都是中途退学的，特别是像她这样的女孩子。我却怎么都说服不了自己，即使她很有可能只是单纯地不想念了，然后我的话不小心激到了她。抱着这样的歉疚我过了许多年，直到后来从别人口中辗转知道，才明白原来长久以来的怀疑并没有错，事情甚至要更糟得多。

思雨高二暑假回家，终于没有瞒过她妈妈被发现怀了孕。那些诘问、责骂的细节我听到的并不太多，但是可以猜到一定是很难熬的了。她在一家小诊所里堕胎后，回家休养了一个多月就出去打工了。不同于她早前所设想的，只是去了一个小城市，在那里待了近三年才回来。我几乎可以想象她独在异乡，在每个难眠的夜里回首过去，心里该有多痛！我发现每个人都只能参与到别人的故事中去，却从来不能体会一点相同的心情。

还有我一直放不下的青桐，她毫无意外地考上了一所国内知名的重点大学，之后被派去英国当交换生，在那里认识了一个同样去留学的中国人，听说人很好家里也很富裕，没有什么周折地在毕业后就结婚了。其实这是最好的结局了，曾经那个会害羞会生气会流泪的小小女孩，终于得到了属于她的幸福。知道她笑着欢喜着，就已经足够，不管这一切离我有多远。

那年春天在街上碰到她，站在喧闹的人群中真是有些茫然不敢相信，最后招呼都没打就直接问她："你去哪里？"像还在潭川两个人都年纪小小，路上轻易的一个问候很快就各自走开，简单得再没别的。青桐把头发剪短了一些披在肩上，眉眼还是原来的样子，除了身上的衣服并没大变。还好，还是我熟悉的样子。我们在富春路上走了一程，闲闲地说着别后各自的历程，之后她说还有事要赶时间，下次有机会再聚，截了一辆的士就走了。我几乎不敢回过头去看那辆车离开，不知道下次见面会是什么时候，还会不会再见面，有的话也一定是要很久很久以后了。

毕业后我没有再读下去，在一家商场里当了一段时间的店员后，跳槽到电机厂做轴承，在那里干了两年。后来凭借舅舅的关系在电力公司找到一份工作，很稳定不会太累，升了几次，就一直待到现在。这中间通过函授拿到了大专文凭，开始断断续续地读了点书，试图把原来丢下的捡回一些，只是，很多事却再也没有办法弥补了。

我只能张开双臂，很小心地，保持着平衡，不掉下去。

老姑娘

智贤用微信告诉两个姐妹，今天他抽空回家，发现爸妈又吵架，看样子已经冷战了好几天。他闷葫芦不会打圆场，更别提安慰人，送完东西，还是兜着心事离开了家。大姐淑燕倒是一点都不意外，回复说他们经常这样，过几天就会好。小妹淑曼猜是老爸又去赌，不会再有别的事。

其实两个女儿说的都没错，郑保义和黄菱月结婚快三十年了，两个人的岁数加起来一百多，却还是一样的孩子脾气，隔三岔五就要闹一场。前几年淑燕在镇上的邮政局上班，还没嫁出去，她住家里凡事关照着，两个人吵架过阵子就能好。现在淑燕不在家，淑曼到外地上大学，连智贤都搬到单位去住。他们的冷战期，就开始逐步拉长、频繁，有几次还闹得要离婚，连本子都翻出来了。不过三个儿女都没拿这话当真过。“老妈这是更年期到了，”淑曼笑着和智贤说，“让他们闹闹也好，不然两个老人实在是太无聊了。”

保义怎么想不好说，菱月在气头上倒是认真考虑过离婚这事的，有时候她真是气得不行，手里抓到什么就能砸下去，虽然事后心疼得不行。想来年纪大了脾气变坏，家里又早没有了公婆，她就不想继续忍受老公一如既往的不听话。只是离婚的事，等她平静下来，才发现不大可能。外人笑话不说，儿女们是一定要闹的，最要紧的是，她不知道这样做还有多大意义，太晚了啊。

她的青春早没有了。

菱月是1965年出生的，赶上了家里最困难的时候，连温饱都成问题。她在家里排行老三，上下各一双哥姐弟妹，这样夹在中间，除了干活什么事都没她的份。不过她虽然没读过几年书，却仍充分地领会了那个年代的精神，把“劳动最光荣”当成第一要义，每每冲在前头，还从不喊苦说累。大太阳底下，来了月事照样泡在水田里插秧，流的汗都快够洗一次澡的。

家里头阿爹是大主事，靠着双手养活了一大家子的人，自然就成了权威，谁都不敢在他面前大声说话，顶他的嘴。阿爹喜欢吃螺，菱月每天得用钳子剪下一大盘，用井水一遍又一遍地搓洗干净。等到太阳落了山，兄弟姐妹估摸着时候差不多了，立马停止了吵闹，恭恭敬敬地打好洗脸水等阿爹回来。有一回轮到菱月当差，偏她手上有事没关照到，不巧那天阿爹正好淋了雨回来，脸色很不好看，用嫌恶的口气骂他们："就知道吃，家里人做得再苦再累都看不到。"几个人站边上噤声低头，连阿娘也没敢说什么。菱月倒不觉得委屈，听得心里很服气。她对当家人的敬畏，大概就是从那时候培养起来的了。

菱月这辈子只一次没听过阿爹的话，结果到现在她想起来还觉得后悔。她十一岁那年，大姐出了嫁，家里一下子少了个帮衬的人。家里穷是穷，却打算好了要让几个子女至少把小学读完。只是他们家的都不是拿笔杆子的料，没一个成绩好的。菱月读到三年级，身边几个玩得好的姐妹都退学了，她便死活不肯再到学校去，还借口说要接大姐的班给家里帮忙。阿爹说她："你将来不要后悔啊。"菱月点点头，很肯定地说："不后悔。"

从学校里脱离出来，菱月就开始了砍柴打猪草的生活。她年纪轻能干，百来斤的柴火一个人从山上担下来，只有在上肩的时候要人搭把手。村里几个一起干活的小伙子，经常还比她不上，私底下给她个诨名叫"担大妹"。菱月知道了，也不怎么生气，只是在他们面前不敢再表现得那么有力气，叫声阿哥帮个忙，山坳里走不动了替一下。

十三四岁的菱月，正值青春年少，虽然那个年代的人都是清一色的粗布旧衣裳，不过"十八少女一枝花"，没几个能算得上是真的丑。菱月眼睛长长细细，腮帮子粉得能掐出水来，最难得的是整天大太阳底下晒出来的还不见半点雀斑。她喜欢打两个麻花辫子垂到胸前，额前一点薄薄的刘海，不说话的时候样子乖乖的，在村里算得上是半个美人。穷乡僻壤的地方，大伙表达感情的方式还很原始，菱月记得她还听过几个真诚的"赞美"，不是那种没人搭理的女孩。不过现在她一提起当年勇，保义就很不屑地住了口，意思是她不要脸，叫菱月气得想骂人，却没人肯接她的茬。

有一阵子她常想，要是当年没嫁给保义，不知道现在会是怎样。

菱月十七岁那年暮秋，有一天家里突然来人提亲。做媒的夸口不害臊，说男方家祖上是大地主，房子连起来有一个晒谷场那么大，改朝换代后虽然是败落了，不过瘦死的骆驼比马大，老一辈的人都爱往地下埋金砖，说不定哪天就发了笔大财。

她在隔壁厢房里听得好笑起来，绞着辫子和身旁的幺妹说："这个媒婆真够没谱,哪里有这么说话的。”两个人叽叽歪歪地讲了一大通,差点没笑出声来,连这时候该有的害臊都忘了。

菱月阿爹是老实人,坐在他的太师椅上含笑听完不作声。

媒婆问:“您看怎样?”

“姑娘还小,不急。”

“那这是?”

“再说吧。”

菱月松口大气,她还没想好要嫁人呢!

结果她还没和姐妹们说几天的笑话,阿爹这边却改了主意,决定把她许给人家了。原来男方听人说了媒婆的话,第二天就由当家人带了儿子亲自赶到她家来,把情况坦诚说了一遍。她阿爹虽然没有什么表示,却看保义在边上站着一脸老实相,是个正经过日子的样子。他心里有了谱,没多久就从几家说媒的里头选定了这姓郑的。

“你听我一句,没错。”阿爹这样说,菱月只能把百般心事都放平了,就连后来嫁到保义那里,穷得向人家借粮打秋风,她都没抱怨过。“也就我傻,嫁给了你爸。”后来她这样和两个女儿说,却被保义抢白了一句:“我肯娶你就算不错了。”真是气得她心里直恨,差点没掉下泪来。

不过说真的,保义年轻的时候哪里能配得上她,脸晒得像只没煮过的虾,一说话就红得半熟。他人又瘦,几根骨头撑起的空架子,衣服穿在身上没个样子,简直毫无风度可言。不过那时候的人是最不以貌取人的,好不好还是得看人品性格。保义看上去憨憨厚厚的,是个老实人,和菱月定了亲后,隔个十来天的翻座山到她家里,攀在墙头上压低声音喊她的名字。她在房里急急地抓两下头发,抽空往桌上的镜子瞥上一眼。结果保义见了面却连声招呼都不打,转身就走。他一双大脚踩得飞快,一点都不顾念走在后面的菱月跟不上。她反正也是不叫的,横竖认得路。有几回保义回过头,发现人不在了,就站在路边扯两根野草咬着玩,等她呼哧着大气爬上来,两个人又一句话不说,接着往前走。古道苍苍,山谷里吹过一阵长风,树上的叶子哗啦啦响成了一片,漫空嗅去,都是青青草香。菱月走累了,就一屁股坐在大石头上,望着远处的村子,找她的家。“原来这么小啊。”她想,没注意身后的保义高高站着看她的背影,已经吹起了口哨。等她起来,他又很快地往前去了。

他们出去通常是看电影，铁道游击队、地雷战、地道战这些，一角钱一张票，都不止看过一遍了。到了晚上，放电影的空地上摆满了小板凳，黑压压全是人，一抬头，满天都是星辰密密。人多口杂，保义正好闷声不吭，菱月身边等于没有这个人。她把手搭在膝盖上，样子乖乖地像到别人家里去做客，心里却紧张得不行，老觉得有人在朝她看。人群中间或传出一两声叫唤，一定是哪个女的又被摸了。两个人都很有默契地不作反应，继续看眼前快能背下台词的电影。菱月已经不大记得，保义第一次碰她是不是像这样在人群中，叫她心里害怕。那只大手，带了电一样地击中她，要不是她反应快，差点没叫出声来。

菱月这辈子除了保义，再没有过别的男人，不知道什么叫"男人本色"。后来年纪稍大一些，她和那些老姐妹们私下里说荤段子，半推半就地交流闺房秘事，一群人才恍然大悟。她恍惚想起十五六岁那会儿刚发育，大夏天的穿件旧衬衣去山上摘杨梅吃。那天特别闷热，山里头挤满了蝉叫声，一点风的影子都见不着。菱月贪凉快去找泉眼洗脚，在小溪边耽误了时候，回来的路上下起了大雨。她没处躲一路跑回家，碰上同村的信华哥。两个人在山神庙屋檐下躲雨，她衣服湿透了贴在身上，连鬓边的胎发沾到了脸上，显出一张小小的脸。奇怪今天信华哥怎么老向她看，眼睛里热热的像烧着一团火。菱月还以为是哪里蹭到弄花了脸，怯怯地拿手背擦了好几下。后来也有人这么看过她，同样的目光，叫她一触到就会脸红。

她和保义的第一次不是在结婚前，不过快了。那天端午节，菱月很应景地用红头绳扎着两条麻花辫，还换了件簇新的红底白花衬衫，底下黑直裙。连保义见到都夸了句好看，倒把她弄得怪不好意思的。

本来他们打算一起去镇上看赛龙舟，不过菱月走到半路有点发闷想吐，保义就带她先回了家，还破天荒地下厨房给她做了碗姜汤喝下。家里人都出去了，屋子里只剩了呼吸声，和外面的蝉声聒噪。菱月解了辫子躺在床上，让保义在边上用蒲扇给她扇风。静了有一刻钟，保义的扇子懒懒地慢下来，菱月也快要睡着了。只是他扇子啪一下打在床边，醒了过来问："要不要抓痧。"菱月把头点点，伸手解了两颗扣子，忍着痛让保义左右各抓了四个大红点，整个人登时畅快了不少。他停下动作，手却还是原来的姿势停在她肩上，一双眼睛热热得要烧起来，叫她不敢再看。于是闭上眼装睡，不自觉地把头偏到里面去了。

不说话的时候最难熬，她的身子热起来，背上也已经汗湿了一大片，只觉得这屋子闷得快憋死人。保义却没有再继续摇起扇子，只是拿起了那只停在她肩上的手，轻轻地移到她胸前，解开了扣子，一颗，两颗，三颗……“这一天迟早要来的呀。”她想，突然鼻子一酸快掉下泪来，觉得很委屈。“要是痛你就叫。”保义在她耳边说。菱月把头轻轻地摇了摇，手里的拳头攥得更紧了些，身子僵得直直的，最后实在忍不住了才哼了一声，脸上的水不知是汗还是泪。

“人生难得几回醉，不欢更何待……”

她这辈子没有做过比这更大胆的事，都没想房门没关只垂着布帘子随时可能会有人进来，真是这样，那她就不要活了。

“这一生只有一次。”某天下午菱月在水槽边给全家人洗衣服的时候，突然想起那个下午的一切，事情隔得远了，反而越发清明起来。她的心里空落落的，突然明白之前认定的想法，原来是错的。“太晚了啊。”她想，水面上晃动着一张发皱的脸，一下子停住了。她把手动了动，继续洗起了衣服。

夫妻生活过了几十年，现在保义已经好久没有再碰过她，连菱月都快忘了，他们的最后一次，是在什么时候。夜里躺在床上，身边的保义鼾声越打越响，她睁眼看这黑暗里的房间，突然觉得好伟大，这里的一草一木，都是她一双手拼下来的，实实在在，对得起天地良心。

菱月刚嫁给保义那年，郑家除了对门一片荒山，连只犁田的牛都没有，外面还欠着一笔陈年旧账没还。公公年纪大了，只能干点不费力气的活。保义底下还有一双弟妹，都才十二三岁出头要靠他养，还好两个挺懂事，平时能帮上点小忙。只是婆婆身子骨不大爽利，隔三岔五要到卫生所去一趟。

保义年轻肯干，一个人开垦田地，下大雷雨了还照样披着蓑衣在山上忙活，每天要干到天黑透了才回来。郑家成分不好，当年分到的都是人家不要了的坷垃地，山高路远，来回就得花上好几个小时。不过撇开这些不说，地倒是好地，荒了许多年，抓起一搓土都是肥黑肥黑的，上面的野草长得快比人高。几年下来，就被保义拾掇成了个聚宝盆，萝卜籽撒下去长得肿肿大大，味道特别甜。

菱月这边也没闲着，操持一家人的吃穿用度，养了好几头的猪，还要帮衬着山上的活。三天两头的，再陪婆婆和隔壁三婶吵上一架。两家人为了一间分不清到底归谁的柴房争了几十年，隔阵子就要闹一闹。

菱月还在娘家做女儿的时候，可从来没和人红过脸，顶多就是几个兄弟姐妹间拌个嘴，性子是最老实不过了。结果嫁到这里，不是叉了腰站天井边上吵吵嚷嚷,就是骂孩子打孩子。奇怪竟一点都不觉得惭愧,时常还觉得心里痛快得很,虽然说不清是在哪里受了气,可就是想撒火忍不住。后来保义开玩笑叫她泼妇,菱月想想就委屈,她从前不是这样的啊,哪里知道会变成这个样子。

有一天菱月在卫生间里,脱了胸罩,瞥见镜子里的那个她,腰线已经没有了,皮肤粗糙,肚子上堆着一团肥肉,她不禁拿手托住两只乳房,冷眼看着,试图删减出一个年轻的躯体。但最后她打开热水器,让氤氲的水汽湮没了眼前的景象。

她想想很不甘心起来,就这样?就这样?

千金难买早知道,现在说什么都太晚啦。那年菱月刚满三十,两个小孩都生完了。保义的一双弟妹都各自成家立业了好几年,不用再靠他们过活。不知道是过去太忙没空还是怎样,家里的日子宽裕了不少,夫妻间却开始拌起了嘴,经常为了点小事大动肝火。保义虽然是暴脾气撒过就好,火起时却着实可怕,说的话做的事,简直叫菱月寒心。

那天两个人在屋里,为着洗床单的事情争了起来,保义一生气出手打了她。菱月气不过,带了几身衣服立刻要走,淑燕和智贤在边上哭岔了气,她掉一把泪,一狠心转身出了门。到了村口她才想起没地方去,这样回娘家不是第一次了,每每保义都在事后笑她,“除了娘家你还能去哪?”他笑里轻蔑的目光叫她太觉委屈。

菱月滚出两行泪,心里又一阵酸楚,抱着胳膊蹲在河边大哭了一场。心里一个念头闪过,差点没迎着浪涛跳下去,一了百了!只是她想到家里的一双儿女,智贤那年才四五岁正调皮,没娘的孩子该有多可怜。她把手绢在河里绞了绞,擦干了泪,打定主意坐车去一个姐妹那。“过了今天再说。”她想,没料到会有后来的一段奇遇。

柴三机开得震天响,淹没了她不断吸鼻子的声音。颠顿中,菱月突然有种身在世外的感觉,好像车子把她的灵魂都震了出来。她什么都没想地坐了有一刻钟,心情却慢慢平复了下来。车上的人两排面对坐着,互相扯着嗓子说些闲话,根本没人理会她哭红的眼眶。绿皮车厢外面是大山和流水,灰尘在车后一路漫漫扬起。菱月一直低着头,连到了娘家村口都没敢抬起来看一眼,怕鼻子一酸又要掉眼泪。

这一站上来个高高大大的男青年,他一坐定,菱月就用余光发现他在看她,心里正奇怪,便听那人喊了一声她的名字。才见她眼里汪着水,满脸我见犹怜的表情。他把重逢的喜悦都僵在了脸上,一下子反应不过来。倒是菱月先收起泪光,强挤出笑来说道:“信华哥是你,真巧。”她虽然心里难受,却还是知道家丑不可外扬这个道理,更何况是在老乡面前。

信华是她堂爷爷那一支的亲戚,拐弯抹角算得上是半个表哥,小时候和她玩得挺好。他十八岁上和叔叔一起出去闯荡,做蛋糕、开货车、修电器、摆地摊,几乎能想到的活他都干过。在外面混了几年,虽然没赚到什么大钱,却把人练机灵了不少。信华后来和朋友凑钱开了家小炒店,没多久翻了本,撤出来自立门户,生意倒比原来的还要好。

那阵子刚改革开放不久,有点头脑的都抓住机会捞了钱。信华算不上个中好手,却也捡了便宜,发了笔小财。几年下来,做成了万元大户,回来给老家父母建了新房子。除了终身大事耽误了没解决,在村里凑合能排个前十。

这次他小妹结婚,做大哥的回来送嫁,顺便包一份好礼。今天他要去镇上买点东西,想不到会在这里碰到菱月,觉得有些意外。信华平复一下紧张的心情,不着边际地拿些琐事问她,觉得很不在状态。他在外面摸爬滚打了这么多年,这时候不知怎么连话都说不清楚,拉拉杂杂地讲了一大堆还没到点上。面前的这个女人,不管怎么看都不是他记忆里的黄菱月了,只是他仍旧心跳个不停,手里头已经抓出汗来,脑子里很久没再出现过的画面突然又跳了出来。

大概十四五岁吧,他去山上干活,回来的路上下起了大雨,漫山水汽如雾起,远处的村落都湮没在了青烟里。他扯了根大芋头叶当伞撑,跑到山神庙屋檐下躲雨,还没喘过气来,就看到菱月从田埂上跑过来,肩上的两只辫子不停地扬起又落下。她没东西遮雨,鬓边的胎发湿透了贴在脸上,勾出尖尖的下巴,水汪汪的眼睛眨啊眨地朝他笑,两片樱红的薄唇叫他好想上去亲一口。那时候的菱月真好看啊,就这一次了,他一辈子都忘不了。

再见她的事,他想过不止一次了,从来没料到会是现在这个样子,不过好像就应该是这样的。不然呢,她风韵犹存甚至一点没变,然后离了婚,等着他的出现?想到这里,他不禁有些动情,呆呆地看着菱月道:“好几年不见了,原来结伴一起砍柴的几个生孩子的生孩子,成家的成家,就剩了我还打光棍。过去是一点都想不到的啊,人的命运真是挺奇怪的。”说到这里,他有些无聊地笑了起来,向着车外看了一阵,回头又接着把话说下去:“一起吃顿午饭,好不好?”

菱月没拒绝他，是因为不知道要怎么拒绝，呆了一阵，淡淡地朝他微笑了一下，两个人都无话可说起来。

下了车，他们进了一家名叫“小合春”的饭店，里面只坐了一两桌人。信华挑了个角落的位置，要菱月点菜。她看了几眼，仍旧把菜单推给他，说：“你点就好了。”

信华于是随便点了几道菜，又要了瓶惠泉啤酒，菜还没上来，先斟了一杯喝起来，并不和菱月说话。

她迟迟地问：“你什么时候回来的？”

“上个月。”杯子落桌，又补充道：“前几年回来过几次，不过都没碰上你。”

菱月有些不知道该怎么接下去，只好合掌看着桌面，好在这时候菜上来了，她就拿起筷子慢慢地夹一点吃起来。

“那时候听说你嫁人了，我心里真觉得挺可惜的。”静了有几分钟，信华突然说出这句话来，然后拿起酒瓶又倒满了一杯，仰头一干而尽，并没有再说什么。她想了一下，才明白过他的意思来，还没喝酒，脸先烧红了。然后他别过头去，没注意菱月已经流下两行清泪，心里头好一阵委屈。

花儿谢，花儿开
谁能明白
时光不停地流
一去不回来
你曾经告诉我
光阴不再来

有什么可以重来的，没有，没有啊。

这时候想起保义来，菱月心里真是又痛又恨，身为丈夫，他甚至连个外人都不如了。记得有一年她感冒发烧，半夜里难受得不行，好不容易把保义推醒了，叫他去外头卫生所包点药回来，他还支支吾吾的不肯去。她灰透了心，后来就干脆赌气连病都不肯去看了，拖成了急性肺炎。菱月从小身子板就硬，结果第一次生大病竟为的这样的原因，真是想想就不甘心。

即便是这样，那天菱月和信华还是什么都没发生就分手了，虽然有些遗憾，不过她知道,她很快就会忘记的,至少活到现在还没有遇到一个人能叫她牵肠挂肚一直放不下的。没人告诉过她什么是爱情,她没爱过,她不懂。

后来菱月想起来就恨,这辈子最有可能出轨的一次,她都全身而退了,结果保义竟然还是背叛了她。要不是为着膝下的几个儿女,她真有可能火起来闹离婚的。现在说这些当然是太迟了,她都已经是望五十抱孙子的年纪,这些事早和她没关系了。

不过菱月有时候想起来,还是觉得有些遗憾,说不清为什么。

蓝花楹

亲爱的,你好吗?

窗外不断的雨声,我听了一晚,想你在车上,不知睡得好不好?身上穿的衣服,还够不够?一个人,会不会觉得很孤单?

没有你,我心里好难过。

刚才妈妈打电话来,说他们在上海有事耽搁了,要明天才回来。我一个人,没有事情做,电视也不想看。窝在床上,把灯也关了,躺了很长一段时间都不能睡着。也不知道什么时候就下起了雨,水珠落在窗外阳台的栏杆上,一声一声的分明。黑暗里独自想着心事,听墙上的时钟不断在走着,一圈,又一圈。

最近我变得很爱哭,无缘无故地,看到一些寻常的场景也会落下泪来。

分别的事,我想过很多次了,只是不知道会是这样,这样地和我想过的都不同。从前一起看电影时,我每每会为一些离别的镜头伤感,甚或流泪,那时你就笑我,还说将来若是分开,也绝不让我去送你。

“相逢是美好的,那就不要让记忆里还有离别吧。”你说。

终于你的话也成了谶语,这次分开,我没有去送你,更没有和你一起走。

虽然我曾经想过,有一天若是你走了,我一定会像旧时的女子那样守在家里,日日望着海边,化作一块凝望不动的石头死在风中,永远都不会变。也许会有一场重逢让你来到我的身边,让你记住我用心等待的样子。我要的,也只是你的一个回头。如此而已。

我这样笃信传说中的故事,常常会忘记现实沉沦在幻想中构筑今生与你有关的一切,不曾得到,也不曾失去。但为何我又如此失落,仅仅是因为我把曾经和你一起的日子都当作盟誓?去期待一个不能拥有的未来?那毕竟是我错了。但是为了能留住一切,我只能像保罗克利笔下的新天使一般,面对过去,在风暴中退向未来。

至今我不能放下。

但是我放弃了。

你会不会给我写一封信，寄一张小纸条，告诉我为什么？

过去我们常常这样交流。

你说你有时是不善于表达自己的，常常言不及义。好多话你便都不和我说，可能我们之间的误会也因于此，最终成了遗憾。你记得吧，有一次我因为什么事情和你赌气，一整天都不愿理你。你和我说话，我也不听。后来你只好在桌上留了一封信给我，解释整个事情的经过。我看着你的辩白，觉得好气又好笑，但还是原谅了你。其实我又何尝没错，但你总是愿意这样地迁就我。你对我这么好。有时候，我会在书里、本子上，发现你写的一句话，一首诗，我就觉得很幸福。一直以来，我都喜欢这样传纸条的，很孩子气的行为。我以为在这世上，始终有一个人是懂我的，即使我不说。

这就够了。

可是我失去了。

我因为出生于感情不睦的家庭，性格孤僻，从小就习惯了一个人，有什么心事也从来不和别人说，更没有人能说。童年的记忆总是父母争吵的情景，我眼里的世界是残缺而破碎的。我曾经想象死后的世界，甚至尝试过以自杀的方式来结束生命，但每次都因为自身的畏惧而放弃。那些无疑都是年少可笑的行为。人死后，真的可以忘掉一切吗？

至少现在我还清楚地记得。

十六岁那年，我的母亲改嫁给你的父亲，我也因此而进入你的家庭。年少的我尚是青春无赖，对于眼前的生活充满了不安和怀疑。生父早在离婚不久之后就组建了新的家庭，带着年长的哥哥，和一个没有血缘关系的小弟弟。突然的变故让我对世间人情产生了厌恶，加上妈妈的改嫁，我一度无法接受这一切。大概是一个人孤独惯了，也会贪恋这样的感觉，任何轻微的变化都是伤害，像一只破碎的杯子黏合后落满的伤痕。我曾经问你为什么要对我好，你说没有理由，只是想。难道是因为缘分，冥冥之中我也无法拒绝你，愿意接受你的一切，像你说的那样没有理由。一直我都渴望看到生命最纯粹本真的面目，像你看到我时的样子。

很多事我都一直放在心里。

我刚搬来你家的那天，正是初夏时候，天气还不是很热。你因为什么原因很晚才回来，到家时，已经八点多了。妈妈给你留了晚饭，听说你吃过了，就拿了西瓜给你解渴。我一个人待在房里收拾着行李，一边听你们在客厅里寒暄，说些不着边际的话。一开始，我好像很讨厌你似的，就算收拾完东西也不愿下去。

我走到阳台吹风，在夜里看屋外的风景。这一带有很多旧式的老洋房，多半是清末民初时的建筑，看上去很有风情。我们住的这栋在复园路上，不远处有个外国领事馆，听说很好看的，但我还没有去过。这里的每间屋子前都有个小阳台，底下是庭院，种了许多杜鹃月季木槿之类的花，墙角有棵很大的蓝花楹树，压在围墙边上，落了一地的花。这间屋子前几天就彻底清洗了一遍，换了窗帘，还在阳台上养了一缸小小的白莲花，夜里含苞立在水中。我贪凉快把窗户前后门皆开了通风，散着发吹着，一时又想起你经过时可能要进来，就过去把门掩上了。

你的房间其实就在我的隔壁，也是一样的大小。和一般男孩子的房间比起来，明显是整洁多了。门口进去的墙上有一幅字画，字迹很潦草，大概写的是一些励志的话。左手边上是床，靠墙摆着桌子床头柜的几样家具，一把吉他，然后就是好几张明星的放大海报。其中一张我记得很清楚的，是个美国大男孩，仰着头嘴里叼着一支烟，用很不羁的目光看人。你后来告诉我说是著名的破锣嗓BobDylan，他是你很喜欢的一个音乐人。

在这之前我也曾见过你几次，但还没怎么说过话，只记得你眉目清秀和你父亲不是很像，大概是遗传了你的母亲。她应该是个很美的女子吧。我还隐约知道你成绩很好很爱看书，并且兴趣广泛，不是那种只会埋头苦读的书呆子。这一点，在我第一次见你时，就从你的言谈中看出来了。

“好学生。”我想。

当时我还在读初三，成绩不好不坏，却已经有些吃力了。对于将要到来的高中生活，可以说是充满了畏惧，如果不是因为这样的关系，我可能还会大胆地向你问问情况。但那时的我羞于一切主动的行为，甚至产生一些无知的古怪想法，那无疑都是可笑的。

你比我年长一岁，却老练多了。大概觉得很有必要来和我打声招呼，上了楼，就径直走到我房前敲门，问我能不能进来。那是你第一次叫我的名字，我不知道该怎样回答你。我开了门，站着看了你一眼却没有说话。你穿着白衬衫，一头黑黑密密的碎发，看起来比上次又高了一些。我不吭声，你也有些拘谨，微笑着和我说：“你来啦。”你这样说，好像是等了我很久似的。我却没有回答你，只是轻轻地点了点头。你又对我笑了笑。

门因为半张着，被风一吹关上了，很大的一声。你很抱歉地过去开了门，还搬了椅子顶住，和我解释晚归的原因。“大家说着说着就忘了时间。”你说，早上你和几个玩得很好的同学约在学校里复习，做完作业，大家又骑车去了较远的鼓山，顺路就爬了上去，坐在山里聊了一下午的天，结果就回来迟了。你说你事先并不知道我们今天搬来，不然说什么也不出去了。

“今天一定很累吧。”你笑着说。

我站在窗边听你说着这些，手里随意地翻着一本书，用很简短的话回答你的问题。你又问我热不热，我说还好。你说这样的老房子住着是很凉快的，虽然看起来很破，不过不用担心，建筑本身是很坚固的。

“你怕不怕老鼠？如果怕晚上千万不要把吃的放在房间里。”你很细心地嘱咐我。

我以为你该出去了，你却走到阳台，问我喜不喜欢那缸白莲花。我点点头，觉得你很体贴似的，像个大哥哥。

你说：“我看你的名字里有个莲字，应该是很喜欢莲花的吧。正好有个同学家里种了一些，就问他要了两株，刚移来的还没长好，偶尔要关照一下。还有就是水缸，破了点，放在家里很久没用了，不过不会漏水。”你这样说了一大通，自己也不好意思了，低头笑了起来。我想你这样用心，反而不好拆穿你了，只和你说我很喜欢莲花，但我的名字并不是那样写的：“没有草头的那个连。”

你很不好意思地笑了笑，问我说：“很特别的名字啊，一般人都是用莲花的莲。是不是有什么典故？”

我不知道自己名字的缘由，就和你摇摇头说：“是我爷爷取的，我也不知道是什么意思。”

你把我的名字含在嘴边念了念，说很好听，突然想起来，又给我念了一句陆游的诗，那里面果然有我的名字。你说小时候你爷爷教过你的，就记得这句了。

“我拿给你看。”你说完很快地回到自己的房间，找了笔记本来给我看，还和我解释是什么意思。我看你的字虽然写得不是很好看，但都整齐端正。我想你应该是个很认真的人。我虽然爱看一些小说，但对于古典文学却没有很大兴趣，也读得很少。这首诗在课本上没有，我以前也从来没听说过，但因为你那样解释我的名字，让我觉得那是一个很美的词。遇见你之后，我看到了一个不一样的自己。分开后,这样的我便渐渐消失了。我这样怀念你,有时也是怀念过去的自己。

我觉得在你身上有一种力量,看不到,但感受得到。

然后你又问我还习不习惯福州的天气,到各处玩过了没有。我摇头和你说还没有。你就笑着说:“过两天考完试了,带你出去转转。”

我觉得无法拒绝你,只低着头小声嗯了一声。

那天晚上我躺在床上,并没有很快睡着,心里乱乱的,不知该如何面对未来的生活。临搬来之前,我都以为自己不会再对任何的人事发生感情,因为我是早已不信了的,可是新的家庭所带来的温暖,又让我难以抗拒。

我走到阳台,用手轻轻地拨弄着白莲花的花瓣,又掬了一捧水在手上,就这样,做着一些无聊的事。这一带远离闹市区,月光照着,就像住在乡下,四周虫声不断夜色寂寂的。路上回家的人,留下隐约一点孤单的步伐渐渐远去。蓝花楹树的轮廓,也变成了夜的影子。我看你房里还有灯光,从这里望去,还隐约分辨地出书桌、椅子、衣橱和一点放大的人影。我猜你可能还在用功,不知道是不是还在看那本笔记,你应该是记了很久的,那么厚。这样的场景,让我有一种不真实的感觉。或许世事真的只是一场不能想象的邂逅,本来毫不相干的人,因为什么原因,总会相遇,然后发生许多故事。

第二天,我起来时家里就只有你在,父母都出去上班了。我下楼时看你坐在沙发上看一本杂志,低着头很认真的样子。听到声音,你抬头和我打招呼说:“起来啦,一起出去吃饭?”

我点点头,你有些意外地笑了。

出了门,我还是不大说话地跟在你的后面,无聊地看着街景。一般的男孩子走路都是很快的,你没有回头,却一直很好地控制着速度,不紧不慢的。遇到熟人,你很亲热地和他们打招呼,有人问我是谁,你说我是你的妹妹。我常常这样想象,如果我们不成为兄妹却可以相遇,那该多好。

早晨的路上阳光满地。有的人家把衣服晾在电线上,有男人的,也有女人的,风吹时微微地飘动。你说他们用一种很长的撑衣杆,或者两段绑在一起。但我原来所在的地方都没有人这样做过,因为女人的衣服不能挂在男人头上,这样会长不高。我看你在下面走过时毫无避讳,很想提醒你一声,但终于没有开口。

你问我喜欢吃什么,有没有忌口,我说都可以啊。你好像很为难的样子,想了想,带我走到一家包子店前,买了一个梅干菜肉包。你说:“每一样都尝一点,试试这边的味道,好不好?”我点点头,你就把包子掰开分了一半给我,自己吃较小的那一份。菜肉包里有很多油,你弄了一手,很不好意思地对我笑了笑。我忍不住也笑了。

“你笑起来的时候有酒窝哦。”你说,“是不是很会喝酒?”

我摇着头说只喝过啤酒,“不好喝,味道有点苦。”

“我也觉得不好喝,就是不知道为什么有的人那么喜欢喝。”

“大概喝酒可以忘记烦恼吧。”

你说你小时候去外婆家里,和表兄妹偷喝酒醉倒在粮仓里,后来什么都忘了,只记得一觉醒来头痛得要命,就再也不敢喝酒了。

我淡淡地说:“小孩子都喜欢做这样的事吧。”

“是吗?你也做过这样的事吗?”

我笑了笑没有回答你。

“你小时候应该是很乖的吧?”你又问。

“嗯,还可以。”说完我回头一想,倒有些不好意思地笑了。

接下来,你又问了我一大串问题。喜欢喝什么饮料啊,爱吃什么啊,有没有特别讨厌的东西……我都一一回答了,也顺便问了一些你的喜好。

我们并肩散步说着话,渐渐地也没有原来那么拘谨了。你和我谈起学校里的情况,读书的风气,历史,和一些有趣的老师。通过你描绘的校园风光,石径小路,大枫树和每年开着红色花的三角梅,变得异常动人,以致我后来去了学校,反而觉得没有想象中的美丽。在你眼中,总是充满了对于人世的欢喜,你以为一切都是很好的。同样来自单亲家庭,你却比我乐观得多。

我想你的心一定是鲜亮赤色的。

走到一家面馆,我们进去点了粉干和拌面。等待之际,你看到邻座有人在吃沙县小吃,就和我说:“我觉得沙县小吃很难吃哦,都是花生酱,不知道怎么会那么有名。”你因为怕被老板听到,微微向前俯着身子,声音压得很低。我想当时我们说话的样子,看起来一定是很亲密的。

“我也不太喜欢拿花生酱去拌面。”我笑着说。

你握着筷子抵在桌上,好像很高兴我和你一样不喜欢沙县小吃。你微笑着，用手指在桌上玩着一些小把戏。后来我渐渐发现，不知不觉中我也变得和你一样，不喜欢吃辣，爱喝蜜水柠檬汁，讨厌香菜，看书时总扶着额头等等，我成了你的影子。

拌面上桌时，你又另要了一只碗，把面分了一半给我说："你尝尝，这家的面挺好吃的。"我看看自己的粉干，觉得吃不了那么多，又不好意思和你说，很为难地抿着嘴看。你只好再向老板要了一只碗，也把我的粉干拨了一半出来。吃完结账时，我看老板很不高兴的样子，想必是不满意我们多用了他两只碗。我们心里都有些幸灾乐祸，出店门时不觉相视笑起来。

回去的路上，你让我走在前头，教我认路。我不时回头看你，问对不对。

你给我介绍这些老洋房的历史，指着远处说："这里的建筑都挺有特色的，要不要过去看看，前面就有个英国教堂。"

你告诉我，鸦片战争后，由于福州被开辟为通商口岸的影响，仓山区一带吸引了一大批洋人来这里经商创业。辛亥革命时这里更是成为外国人的居留区，有许多洋行、教会、领事馆都建在这边。美式的、哥特式的、维多利亚式的，风格多样，无一不是西方文化在近代中国的反映。而本地人也因此建了许多具有西方特色的民居，以主人的喜好冠以雅号。新中国成立以后拆了一些，有的收归公用，有的是私人住宅稍加修缮，但基本上保留了原来的风貌。

我惊叹于你的博学，你说这都是你已故的爷爷告诉你的。他当了一辈子的老师，最会讲这些故事了。

我随你沿着小巷穿行，从公园路一路出来上了斜坡走到槐荫里。你问我累不累，和我坐在路旁的石头上休息。在这寂静的路上，听着远处偶尔的车声，有一种虚无错落之感。

这条路没什么人，旁边的水泥围墙半遮着小巷人家的门扉窗扇，几枝花树探了一半身子出来。路边的蓝花楹树，高高地向着天空生长，没有叶子，树梢上却开满了蓝紫色的花朵，浓得一塌糊涂。风吹时，树上的蓝花楹轻轻荡了下来，落在头上，衣上。这些蓝色的花，在绝望中静静地等待爱情……我拂去一些，又向你指指。你笑着晃晃脑袋，突然说道："完了完了。"

"怎么了？"

"你知道吗，蓝花楹在澳洲又被称作'毕业树'，如果考试期间落花飘落头顶，这个人今年就毕不了业啦。"你很认真地说。

我看着你的表情,也有些担心起来:“那怎么办啊。”

你两手交叉着,想了想,笑着安慰我说:“没关系啦,又不是考试期间,应该就没事的。”

“真的吗?”

“真的。”

我还是很不放心地站起身来,走到一边去了:“这么好看的花,怎么有个这么坏的传说。”

你笑着说:“都是人家乱说的啦,考不考得好,主要还是看实力吧。”

“这倒也是。”

路上你又问我:“哎,你信什么教?”

我想了想说:“怎么说呢,勉强算是一个不大虔诚的佛教徒吧。”

“为什么是勉强呢?”你向我笑了笑说。

“我妈信,每年都要陪她去烧香的。你呢。”

“我? 邪门歪教。”

我笑了起来,说:“骗人。”

你说你并没有明确的宗教信仰,无论基督伊斯兰或者佛教,理论上都有不足。但你相信善的力量,以为人是应该有信仰的。

我羡慕地说:“你知道得真多。”

你很不好意思地笑了笑,说是瞎扯的,要我听一听就算了。

顿了一会儿,你突然说道:“刚开始我还以为你很讨厌我呢。”

“是吗?”你突然说起这些,我都不知道该怎么回答你了。

你看着我说:“第一次见面的时候,你就一直低着头,话也不肯说,后来的几次,也总是沉默。”

“我都不敢和你说话。”你轻声地说,像在自言自语。我很不好意思地微笑着低了头。

“嗯,我只是觉得……以后就是一家人了,可以……”你有些语无伦次地解释着说,突然笑了起来,“我也不知道要怎么说……”

我望着你着急的表情,忍不住也对着你笑。

这样说着话,不知不觉就已经来到了教堂门前。这是座由花岗岩砌成的仿哥特式建筑,外墙青灰色,上面是木桁架的屋顶,双层小青瓦的通风屋面。大门虽然关着,但透过栅栏,可以看到里面荒芜一片,像是很久没人到过的样子。你过去把铁门上的一根竹竿移开,先钻了进去,然后拿手指比比示意我。我不大肯定地看着你,不敢进去。“进来吧,没事的。”你向我点点头。

我也大着胆子钻进去了。

从外面看去,这座教堂少说也有百来年的历史了,玻璃窗上结满了蜘蛛网,尘埃厚厚,踩在落叶上有一种很厚实的沉重感。你一点不怕地推开虚掩着的门,和我说:“里面什么都没有的。”黑暗中的穿堂真的什么也看不到,我跟在后面,心里不免害怕得直跳。走进教堂,眼前渐渐亮了起来,才发现这里连椅子也没有,只是一个空壳而已。你突然大叫一声,转过身做出奇怪的样子来吓我。我闭着眼睛大叫,听到笑声,才知道是你在吓唬我。整个教堂里空落落的,一时装满了我的声音。

我发现你也是个很调皮的人,和我原来想的并不太一样。到底你是一个怎样的人呢?心理学上说,人往往是在没有戒备的状态下才会表现出最真实的自己,不知道是不是像现在这样的你。

窗外的阳光透过彩绘玻璃照在地上,有风时,树影斑斑,像是荡在水中。你走到窗下,用脚踏着地板,扬起尘埃纷纷,然后指给我看说:“这就是丁达尔现象,灰尘飘在空中对阳光形成散射,朦胧得好像是梦一样。”

“真好看。”

“以后你们化学课上会学的。”

我觉得你好像很厉害的样子,一些无聊的事,被你一说,也变得有趣起来。

你告诉我这里原来主要用于侨居福州的英国人举行宗教活动,并不向中国人开放的。后来十年“文革”,教堂被挪作他用,有很多纪念物都陆续遭到破坏,如今已失落不寻了。你也是偶然才发现大门上的缺口,有时会来这里看书,一坐就是一个下午。天晴的时候,屋顶上会飞来很多别处的白鸽,能听到咕咕的叫声……

你到底,也是一个寂寞的人。很久以后我才知道,你母亲在你很小的时候就因病去世了。她生前对你很好,温柔贤惠,教你认字背诗,给你做好吃的。邻里之间,她从未和人发生过争执。她和你父亲相敬如宾,夫妻两个从来没红过脸。但即便是这样,你也知道,父母的感情在你成长的岁月中一点一点地变了,再也不是当初的样子。

“文革”时，你父亲被下放到农村，就住在她家里。他们在最美好的年纪里，相遇相知相爱，一起度过了那段不安的岁月。后来你父亲回城，也一直忘不了她。两个人终于还是在父母的反对下毅然携手了，成就了一段不被祝福的婚姻。你爷爷一直不满于你母亲的乡下人身份，始终不肯承认她为儿媳妇。你母亲更是因此而抱憾终生，在后来的日子里渐渐对自己的决定产生怀疑。但这只是他们感情变质的导火索，真正的原因，恐怕只有他们彼此才知道。少年时的那份执著，最后还是耐不过蹉跎岁月，也许什么都没变，只是周遭的一切已不复当初，不能承载过去或未来。所以你宁愿只是曾经拥有。最美好的，总是因为不能得到，你说。

分开之后，我才渐渐明白。在我们的人生际遇当中，即便可以和相爱的人面对同样的风雨辛酸、颠沛流离，一同走过时光匆匆，可以相互牵挂，彼此系念，但根本上，每个人永远都只能孤独地面对生命，面对自己的心，体会属于自己的那份最私密的情感——那样的孤独。

在这世上，到底什么才是永久的呢？

“我们总是这样地一个人，孤独、寂寞。”你常常和我说。

在和你相处的几天里，我渐渐对你有了一些了解，发现自己和你很像。

我越来越喜欢和你在一起的日子。

你对我很照顾，放了暑假，就经常带着我到这座城市有名的景点观光，或是去一些很远的地方买好吃的，坐公交车，穿越大街小巷平常人家的住处，在路边摊上买串鱼丸边走边吃。太阳底下，热的风和树影花香，到处都是你走过的痕迹。你偶尔教我说一些简单的方言，“你好”“吃了吗？”“干什么”……这一类的话，一点点画出你生活的面目。

尚在大兴土木中的古城，每天都能见到挖山运土的拖拉机来来去去，留下一地的尘土，站在街边，会让人有盛衰兴亡之感。你说你很不认同于当今的城市发展模式，那些所谓的发展其实都只是在破坏中的重建和模仿，不能给未来留下任何有价值的东西。类比于欧美一些国家的例子，中国的城市建设其实是一个经济、文化、政治和历史的博弈场，而最终的胜利者往往都是政治。这里没有继承和发展，只剩了背叛，是不能长远的。

我听了只是愣愣的。

你说现在的城市不能给人以家的温暖，你很怕有一天这一片的老洋房也会被拆迁重建。但是,你什么也做不了。

有一次我们在路上看一座很老的楼房引爆,只是一瞬间,所有的屋瓦砖墙都化作尘埃,烟消云散。谁都不知道这里曾经发生过什么,有过怎样的故事。也许一切都不该有开始,因为到头来,什么也留不住,像我们这样的。

你很喜欢臧克家的一句话:"人生不过是在追求幻光,但是谁若把这幻光当作幻光,谁便陷入了无边的苦海。"不知觉间,是否我也把你当作生命中的幻光,深陷其中,不能自拔。

和你在一起时,我会觉得你是一个很不一样的人——虽然离我很远。

一生中,有多少次的感情用事,都是注定了没有结果的。面对生命,每个人都会有过这样的茫然迷惘,但终于顺其自然。都说人到中年时,想得更多的是现实的问题,我有时觉得,或许,这样也好。

分辨梦与现实,是件很残酷的事。

我常常这样看你,像站在岸边看一朵开在水中的白莲花。

开学报到的前一天,你把楼下那辆停了很久的自行车搬出来重新洗了一遍,还到附近修车店里换了一些零件,一个人蹲在地上弄了很久。从家里到学校的距离并不是很远,你平时骑自行车的话也只要十来分钟。出发前,你拍拍后座问我会跳车不会。

我摇了摇头,你就让我先坐好,待我坐稳了才踩了踏板。你说你以前从来都没载过女生的,这是第一次。你不知道为什么突然笑起来。

"你怕不怕?"你问我说。

"不怕。"

你在前面笑笑,很稳地避过行人,和我聊昨晚刚听到的一个故事。骑到一段斜坡,我看你很吃力的样子,就让你停下来一起走。我说:"是不是很重?"

你打量了我一番说:"有点儿,看起来倒不胖。"

"我骨头重。"

说完你也笑了。

骑到一家文具店时,遇见一个你的同学钟,远远地就先大声喊你的名字,用很好奇的眼光看我。他和你打招呼,开玩笑说:"难怪今天没见到你,原来还带了个姑娘……"你打断他说:"去你的,不是和你说过了,我妹啦。"我不好意思地低了头,手里紧紧地抓着车杠杆。

钟在一边哼着歌，故意在你面前装腔作势地说笑话。你骂他神经病，和我说不要理他。我也只是低头笑笑。

钟是你的好朋友，几乎和亲兄弟一样。想必你已经和他说过家里的事，但是他们当时的那个年纪，总是爱开一些这样的玩笑的。

到了学校，你和钟先去停车。我就站在门口楼梯边上等你，随意读着墙上的学生守则。那个楼梯旁的石缝里向上生出一株弯曲的木芙蓉树，枝干直伸到围墙上。我踮起脚看围墙后的一栋旧式民居，窗台上摆着一盆盆的海棠，已经开花了。旁边的吊兰垂到遮雨的铁板上，潮湿的墙壁上布满了绿色的青苔。果然都和你说过的一样。

随后钟和你一起出来，对我笑了笑。你就给我们作介绍，说他是你的同桌兼死党，“一个大坏蛋”。他笑着和我打招呼，又回头骂了你一句什么。你挥拳打他一下。我看着你们说了一些玩笑话，觉得很好玩。在你的同学面前，你又有些不一样了，就连说话的声音也大了点。

我们一起走到前面的教学楼，一路上都是你和钟在聊着暑假的事，篮球比赛、新来的老师，还有几个要好同学的种种八卦。钟一副阳光大男孩的样子，说起话来也很直爽，还一直指手画脚地比划着。偶尔触到我的目光，就很热情地笑笑。走到楼梯口时，你和他说好再见，带我到大厅处看分班名单。我们这一届有七百多人，分了十四个班级。你先找到了，在人群中大声喊我的名字，笑着和我挥挥手。

“十　班，教化学的是你们班主任。”你向我介绍说。然后我们找到教室。你吩咐我先拿出通知书、户口簿，拿了材料一个人挤到前面去办注册手续。门口已有几位学生在报名，带着各自的家长。我在窗前看着教室里的几个同学聚在一处，已经有了新的朋友。突然觉得，除了你，我在这座城市中竟再没有同龄的友人。面对全新的一切，我感到无所适从。

你喊我过去签名，和我说先在教室里等着，一会儿还有班会，要发新书。临走前你拍拍我的肩膀说：“胆子大点，等一下我就过来找你。”

我站在门口看你离去，心里空空的。每一次，和你分别时我都会怕你不会再回来。在这世上，我最不愿失去的就是你，我把你当作是失散多年的亲人。

你走到转角，回头笑着看我，轻轻地招手，然后走了。

整个上午，我都处于一种不知所措的状态中。班主任在台上训话，介绍学校的情况和一些规章制度，我也没听进去多少。前后桌的同学在小声地聊着天，我偶尔淡淡地回答一两句。领完书，就见你和钟站在走廊聊着天，向我打招呼。我跑出去，问你们是什么时候来的。

“早就来啦，看你发呆发了好久。”你笑着说。

你和钟帮我把书用玻璃绳捆好了抱在怀里，倒是我两手空空的，有些过意不去。但你们都很夸张地大叫：“两个大男生在还要你来拿书！”

然后你就和钟到车库里推了自行车出来，把书分成两叠放在后座上，让我用手扶住。几十本书厚厚地叠在一起，让人觉得一辈子都读不完似的。你偶尔回头看我一眼，笑了笑不说话，好像是怕我会跟丢了。我走在后面听着你们说这说那，插不进话。倒是钟偶尔来问我一句什么，大概是怕太冷落了我。

走到一家游戏厅前，你问我有没有进去玩过。我摇摇头。你说什么时候也要带我去一次。钟就笑你不能带坏我。你说：“她就是太乖了。”那样的口气，像是认识了我好多年。可是一直到毕业前，我们都没有去过那家游戏厅。后来附近的小区也开了几家类似这样的店，不过是叫电子娱乐城，已经不再使用当年那样笨拙的老虎机了。我们和钟去过一次，玩得很开心，却再也没去过。

钟的家离学校还要更远，分手后，你就和我说起一些他的事情，推着自行车一路走回去。你和钟初中就认识了，高一同桌开始，一直是很好的朋友。他算是个少爷公子，家里做生意的，这几年赚了钱后在厦门、上海都买了房子。这几年他父亲生意忙不常在家里，正好由着他胡闹，有什么事业都是他起的头。

你笑着告诉我，别看钟这个样子，却是个没记性的大老粗，经常会忘了带课本要借你的看，丢三落四，有时候迟到买了面包没时间吃，还要由你掩护着猫在课桌下偷偷咬上一大口。“一只糊涂虫，一上历史课就支着脑袋打盹。”你学着他的样子给我看，我忍不住笑了起来。

可是就这样，他的成绩还比你好一些，每次都高你几分。我不服气地说：“凭什么呀。”

“凭脑袋呀，好多事并不是通过努力就可以得到的。”你说，“你看他的头那么大。”

我听了大笑起来。

后来我就拿头大这件事来打趣钟，他无奈地说我都是被你带坏了。

你和钟都不大认可苦行僧式的学习方法，但迫于学习压力，有时也不得不做一些意义重复的卷子。你说和钟同桌的好处就是，每次你们都约好了选择填空这样简单一些的题目各做一半，然后对抄。反正你们成绩很好，老师也不会看得出来。我从来都没想过，像你们这样的好学生，也会逃课去海边游泳，骑一天的自行车沿着不同的方向转圈比赛哪一条路更快，而理由只是最简单的“无聊死了”。年少轻狂的事，有时真的是一点目的也没有。

你觉得人生就是为了要看更多的风景，遇见不一样的人。一成不变的生活只会让人变得麻木，忘了当初为什么而出发，忘了要到哪里去。

“现在的教育，太不行了。”你总是说。

初入高中的我，面对繁重的课业感到无所适从，经常会做作业做到很晚。你每次见我房里还亮着灯，都会走到阳台和我轻声说话，问我怎么还不睡，剩多少作业没做，是不是有不懂的，不懂就来问你……那时高一还未文理分班，包括语数英政史地物化生在内有九门课程，单是每一门花半小时来复习预习就得一个晚上。我读得很吃力，效果却不甚佳。我觉得自己很笨，什么都不懂。

我们阳台栏杆只隔了一段很短的距离，你有时做完作业就直接爬过来，隔着窗台翻我的书来画重点。我每次都骂你说：“你不要命啦。”你总是笑着耸一耸肩膀。

遇到很难的几何题，你比划着说：“辅助线这条试试。”

我拿笔画了，果然没错，又抬头笑着看你。窗外的月光照在你的身上、脸上，青白的，单薄的，像夜里睡时的一个梦。

很多时候，都是你在关照我的学习。我们的父母对这方面倒是和其他家长不同，完全抱以放任态度。当然一方面是彼此身份的尴尬，另一方面也因为我们并不是那种不读书的小孩。有时周末在家，我母亲在厨房里忙碌，我就和你在客厅擦桌子拖地板一阵装腔作势地搞卫生，然后胡乱弄完到附近的便利店里买东西吃。我总爱吃那些散装的糖果，把包在外面的彩色玻璃纸留下来，没多久就收集了一大堆。我用毛线绑成蝴蝶结串了帘子挂在窗上，有阳光的日子一屋子都是彩虹，风吹时，像一个时刻要碎的梦。

后来的事，也像梦一样，却怎么也醒不过来。

不堪回首，只因太多的事与愿违。

曾经我以为很重要的事，现在想起来，许多都是当时年纪当时事而已。

你记不记得有一次月考，我突然退步很大，成绩出来直落到年段的四百多名。班主任放学后留我讲话，板着脸问我考那么差，到底有没有读书，怎么好意思回去见人……他当着班上同学的面说我，声音时高时低的口气很差，说完，又很不客气地转过头去和另一个同学交代事情。

我一直都很用心在学习上，花了很多时间去弄懂课本上的知识点，可是一到运用时，经常会感到力不从心，要花费比别人多一倍的精力才能理清解题的思路，考试时常常会来不及。我想，大概是我退步太大了，影响了整个班级的排名，班主任才会这样一脸的不高兴。我听他说完，强忍着泪水回到位子上收拾了半天的书包，见到你时，就大声哭了出来。

“怎么了？”你很着急地问。

我趴在课桌上流泪，哽咽得说不上话来。我虽然没有很好的家庭环境，但从小到大都没有听过这么重的话。

你站在我身后拍着我的背，说：“别哭了啊，别哭了。”

我反而更大声地哭起来，两手握成拳头紧紧地扣在桌上，全身颤抖着。你不知道该怎么安慰我，只是试着问：“是考差了吗？”

我把书包里的试卷抓出来给你看，又伏在桌上继续哭。你扣着我的手说没关系，安慰我不要哭，像对待小孩子似的摸着我的头。我渐渐平静下来，把班主任说的话告诉你，一边流着泪。

你听我说完，就把考卷摔在桌上，嘴里骂道：“怎么会有这样的老师，不就是考差了吗，怎么可以这样说人，太过分了！”

我心里很委屈，看你这样护着我，就哭着说：“我也不知道会考得这么差，我已经很努力了，可是……一到考试就不行……”

你用袖子帮我把眼泪擦了，鼓励我说：“没关系的，有什么不会的我教你，做年段第一，好不好？”

我勉强点个头，慢慢地把眼泪收了。

你把桌上的试卷拿出来，一题一题地分析给我听，又指出我粗心的地方，解释一些我没有弄懂的知识点。你还告诉我怎样学习才是最有效的，甚至是一些投机取巧的方式。你说有段时间你和钟比赛，同样的题目，他有时会比你快一点完成。刚开始你以为是他比较聪明，后来他才告诉你，有的题目他也不是认真解出来的，而是猜出来的，一些不是办法的办法。像遇到角度的问题，他就根据题目给出的条件去画，然后用量角器去量，虽然不是很准，但大致上能猜到答案,如此等等。

“这样怎么可以呢?”我说。

“这样为什么就不可以呢?”你叹了口气说,“我有时觉得做这些题目真的不必太较真。每个人的天赋是不同的,不必要在不会的事情上花太多时间。”

我安静地点点头,心情好了许多。

你看了看手表,帮我收拾了书包一起回去,然后说:“反正也晚了,出去走走吧。”

我们出来的时候,已经过了下班的高峰期,整条马路上就只有几个人缩着脖子在往回走。这一天的气温很低,风又大,路边的树木被吹得哗啦啦一阵响,落叶很快地飞下来,不断在半空中上下飘舞着。天色灰灰的没有云,一户宅院的墙头上一株海棠开了粉红的花,颤颤抖着。

“学习的事,不要想太多了。”你继续安慰我说,“应试教育嘛,都是死的东西,掌握好考试的规律就行了。”

“我是怕自己太笨了。”

“傻瓜,爱迪生小时候还被人当作是笨蛋呢。”你说完,自己也好笑起来。

“会考试没用啊,要有异于常人的本事才叫厉害呢。”

我认真地点点头,心里却还在想着考试的事。

你就换了话题来逗我开心,给我说笑话听。

天色暗了些,路灯映着两人薄薄淡淡的影子。抬头看去,街道旁的楼房里也亮起了灯,透出橘黄温暖的颜色,每个铁栅栏隔断的窗里不断发出滋滋的炒菜声。你闻着香味猜测人家煮的食物,一路走去,都在品评煮饭人的厨艺。你说你爸爸的厨艺原来并不好的,刚开始的时候,连荷包蛋也煎不来,每次都要弄坏好几个蛋。不过都是练出来的,他现在估计比店里的厨师差不了多少,就是不肯动手罢了。他喜欢每天工作结束后回家吃妻子煮的饭菜,觉得那是最幸福的事了。

“哇,快跑!”走到一处垃圾桶前,你突然叫起来,拉住我的手就往前跑。

“怎么啦,怎么啦。”我一边跑一边大声地问你。

你停下告诉我刚刚垃圾桶边有只死老鼠,“你们女孩子不是都怕这个的嘛。”你笑着说。

我还逞强说不怕,但你要拉我回去看时,我却怎么也不肯走了,笑着做鬼脸给你看。这时候身旁一辆摩托车载着桶糍粑慢悠悠地开过去，一路响着喇叭，想来时候不早。我们赶紧加快了脚步，回到家里，正好赶上妈妈在厨房里炒最后一道菜。她问我怎么这么晚。

“在学校里做了一会儿作业。”我解释说，一边帮她把餐具摆上桌。

妈妈好像挺不高兴的样子，要我以后早点回来，不要总是要你等我，浪费你的时间。你笑着说不会，她却沉默了没有回答，站在水槽前呆了一会儿，突然喊我去买瓶醋回来。

你听到了，也准备和我一起去。妈妈却叫住了你，说是要帮忙洗菜什么的，让你到厨房里来帮忙。我心里开始有些忐忑起来，想她一定是要问我成绩的事了，一路上都在担心。

果然回来时就看到她低声和你说话的情形，见到我时，马上就停了下来。你好像心情很不好的样子。我后来问你，你也只是含糊着瞒了过去。我始终不知道妈妈和你说了什么，但总感觉，不是好的事情。

那天以后，你就经常都抽出点时间帮我补习，给我讲题目。我怕会影响你的学习，但每次你都说：“顺便复习嘛。”从来都没有人像你这样对我好过。

“上辈子欠你了。”你总是开玩笑地和我说。

如果有来生的话，我想我愿意是你窗前的一株小草，长着花朵，用我渺小的生命给你一抹绿意，淡淡花香，阳光朝露，我有你的目光。我所有的一切，都是因为你。如果没有你，我的人生必定不是今日的样子。至少，我不会拥有人世间最美好的回忆——有你的日子。

除了上课时间外，我一天大部分的时间都是和你待在一起。你的那些同学，后来也都和我混得很熟，街上碰到都会停下来和我聊上几句再走。有时你和他们约好了周末在学校里打篮球，我去了，他们就会很热心地说要教我投篮运球。一群人玩累了浩浩荡荡地杀到小卖部去买汽水喝，坐在主席台边上吹吹风，看天上的云朵慢慢飘过。大家有一句没一句地聊着过去和未来，然后一遍又一遍地唱着电视里正流行的歌。但大多数时候我还是一个人坐在边上看书或背单词，偶尔抬起头来看你们一眼。操场旁一排开绿白色小花的阴香树，是我常坐的地方。这种树春天的时候会结米粒大小的果子，每次你们打完球回去时，我都会在衣袖间找到好多。

你同学里几个长得五大三粗的，说起话来也没个遮拦。每次他们谈论到很关键的时候,你总会打断他们。我听了也只是在一边笑个不停。回家短短的一段路程,经常就这样吵吵闹闹地走完了。结果两年下来,我的同学你没认识几个,你的同学倒都成了我的同学了。有时候他们出去玩,也总会顺带着捎上我。遇到我和你争论什么,他们也帮着瞎起哄和你对着干,然后你就大叫一声:“呜呼哀哉!”

平日你在家时,只要做完了规定的作业,就找时间过来陪我读书,或一个人靠在窗台上看一本书,面前短短的碎发低低垂着,帘幕重重。天气好的时候,我们搬了椅子坐到庭院里互相帮着背课文和单词,一起读一篇文章,遇到不认识的字,就翻字典来查。

快到夏天了,墙角边上的那株蓝花楹树,一朵朵地开了满花。

有一次,你用吉他给我弹了一首名叫“CancióndelJacarandá”的歌曲,说是阿根廷作家 AlejandroDolina 和音乐家 MaríaElenaWalsh 献给一棵蓝花楹树的。虽然曲子的旋律简单,但听起来很欢快。你还把歌词的中文翻译背给我听,因为意境唯美,我特地抄在了笔记上:

你们都不认识我,
如果偶然地,你从我身边经过,看到我,
要知道,我是来自很远很远的国度,
在有些国家,我的身姿可以让诗人们妙笔生花,
你们也把我叫作“蓝色火焰”,
不过我觉得,我的颜色可不像蓝色,而是紫色,堇花的紫色,
像一首天主教的礼拜颂歌。
也许就是蓝色与红色的微妙平衡产生了紫色,
而紫色代表着对真实的爱,和爱的真实。

可是什么是真,什么是假,我至今不能明白。生在世上,就只能沉醉于是非真假之中,然后不断地忘记吗?

你说过将来要和我到美丽的澳大利亚去,在蓝花楹盛开的季节,他们圣诞节的日子,听那首 Christmaswheregumtreesgrow。

我和你约定好的,不知道还有没有实现的可能。

蓝花楹开够了就落下来，整个院子里都是蓝紫色的花朵，下了雨，经过的人把花踩成了泥泞。有一天，你突然隔着阳台和我说："喂，要不要来场行为艺术啊！"

我从椅子上站起来问你说："什么行为艺术？干什么？"

你笑笑地说："去葬花啊。"

"啊？葬花？葬什么？"

你指着楼下的蓝花楹说："这些花，被人踩得脏死了，下去扫一扫，不然要发霉了。"

"这么怜香惜玉？"我笑着说，"我还以为要干吗。"

我们到楼下杂物间里找了簸箕、扫帚搬到庭院，开始把落花都扫起来。地上的蓝花楹已经积了厚厚的一层，底下的都有些泛黄了。我问你是不是要拿土埋了。你笑着说："林妹妹，咱们把这些花归到树根底下，也是一样。我从前听人家说'落红不是无情物，化作春泥更护花'，想来是不错的，你觉得好不好？"你说着，我已经捂着肚子大笑起来。

于是我们把花都扫到树底下，弄完了，又进去收拾了工具出来开水龙头洗手。你边洗手边问我喜不喜欢红楼梦。我点了点头，还说会背整首的葬花吟。你不相信，要我背来听听。我就真的站在树下背起了葬花吟，有几处忘了的，你乱编了替我接下去。

五月里的蓝花楹树下落花纷纷，阳光照着，有一点初夏的温暖。

相处一年下来，我已渐渐习惯了新家庭的生活，把这里当成是自己的家。叔叔平日里虽然不大说话，但他的关心却是无处不在的，有好几次都是他走了很远的路去买我喜欢吃的点心。我一直都没有喊过他爸爸，但在我心里，他早就是我的亲人了。

暑假哥哥结婚，我回到原来的城市住了一段时间。很久没再见到父亲，乍然发现他老了许多，鬓边的发已白了大半，喝醉了，人群中独自发着呆。这些年听说他和再娶的妻子感情也并不好，大概是为的钱上的事，两人还经常吵架。哥哥高中毕业后没再读书，到工厂做了一段时间，很快就带了个打扮花哨的女孩子回来，花钱花得很厉害。这次结婚，也是因为女方怀孕了才办得这样仓促。哥哥不懂事，混了几年也还是和刚出去时一样，一个月打工赚的钱，能养活自己就算不错了。我看他还一副大男孩的样子，却马上要当父亲了，真的很为他感到担心。他和继母想必也处得不好，看情形也是要搬出去住的——留下父亲一个人。

回来后父亲几次打电话来,婉转地和我说如何对不起母亲的话。

我是早已不怪他了的。

人生还有什么事,是不能原谅的呢?

可是太晚了。

少年时的我,很想拥有神话里才有的超能力让一切都停下来,把整个世界变成我想象中的样子。在现实中无法实现的梦想一旦沉入虚构的想象中,会爆发出奇异的光芒,以致难以分辨真假。

一个晴天的下午,我正在屋里做作业,突然听到楼下有人在喊你的名字,出去一看,原来是钟骑自行车来找你。我伏在栏杆上和他说你不在,又问他有什么事。钟下车仰起脖子招我下来,说要向你借一本吉他谱。我按着他的描述,进去翻了半天没找到,就下来让他先等会儿。钟也不急,便两脚横跨着坐在自行车后座上,前后来回移动着。他穿了件背心,本来就不长的头发也剪平了,赤着胳膊露出一段晒黑的痕迹,一边笑着说:"好久不见了,一放假大家都没影儿了。"

"还好意思说,"我踢踢他车轮说。才十几天没见,钟整个人倒瘦了一圈。"跑到哪里去了,晒成这样?"

他耸了耸肩告诉我,这一段时间都在武夷山上跑,过着苦行僧的生活,"也没干什么,就是玩呗"。钟接下去和我说了很多发生在暑假里的事。原来他有一个表叔在这边的大学里教古典文学,近期在写一篇关于朱熹和武夷山文化的论文,这几个月正好进山考察。钟听说了,也跟着他去待了几天。他说福建这一带研究朱熹的还不如浙江,白白浪费了很多资源,真是可惜了。

"好玩吗?"我问他说。

"说不上好玩,整天跟着我表叔跑,他看书的时候我也看,都快成了老学究了。"

"那挺好的啊。"

然后钟背书一样地和我讲了很多关于朱熹的事,指手画脚地说:"也不知道我们现在读的是什么书,真的,最好的东西都丢掉了。一代不如一代!"

我笑着没有说话,他也不管我,又一个人兴致很好地描绘起武夷山上的风景来。

我问钟要不要进去吹会儿风扇,他摇摇头,一只手在自行车坐垫上随意敲着，渐渐安静了下来。

两人无聊地看着墙头爬过的一只猫。“马上就高三了。”钟叹了口气说。

我点头嗯了一声。

“你应该没问题的吧。”我说。

很奇怪他却摇了摇头，撇撇嘴说：“有点不想读了。”

我很惊讶地问他为什么。

钟低头把个小石子碾进土里，话锋一转又问我有没有水喝，这才站起来大声地喊热。我跑进去倒了一杯出来，看他仰头一阵咕噜声喝完，接下去说：“感觉到了瓶颈期，嗯，你懂不懂，好像什么都没意思，每天都不知道要干什么。”

我一脸茫然看他，不解地问：“怎么会这样想？”

“是啊是啊，读读书，做做作业，不是挺好的嘛。”他嘘了一声说，“很被动啊你不觉得，一直都是按着别人的期待生活着，明明不喜欢，也还是要去做。像我这样，人家都说你家里那么有钱了无所谓的。可是拜托我也是个人好不好，也有思想的好不好。”

“不想再这样过下去了！”他最后说。

“那你想去干什么？”我问他。

“也没有要干什么，说实话，我连自己喜欢什么都不清楚。”他顿一顿说，“不过一定是不喜欢这样的生活没错了。”

钟突然这样认真地和我说起心里话，倒让我不知该怎么回答好了。诚然像他这样有家底的“富二代”，以往我都觉得是最幸福无忧到没有资格谈烦恼什么的一群人了。但那天他说话的口气，还有神情中透露的无奈和悲哀，却让我一直不能忘记。我不知道该怎么安慰他。

他好像也不怎么在意我的话，继续说道：“可能是我太浮躁了吧，一直都不能很安心地把面前的生活过下去。读书考大学，大家都是这样过来的，没有什么特别的惊喜也不至于太平静。我倒也不是说非要有点惊天动地的事情发生才好，顺其自然就可以了。生活的波澜壮阔未必是充满戏剧性的吧大概，人生不就是这样的，多少人想要还得不到呢。可是偶尔，真的会不甘心啊。看着别人热热闹闹地活着，我却已经没了兴致。可能是性格的原因，不太想当个普通人，明明知道每个人其实都是普通的。唉，说白了还是年轻气盛定不下来，过几年可能会好点吧。真是——他妈的！”

钟最后很惨然地一笑说:“好奇怪哦,怎么会和你讲了这一通,不要告诉你哥哦。”

我点点头答应他不会,心里却沉重地很想和别人说一句,说一句什么。尽管钟的话并不代表我的想法,但至少某些方面我们都一样。生活在这样一个物质相对充裕的时代,没有什么不满足的了。可是内心空虚每日如行尸走肉般重复和前人一样的命运。然后迷失方向,失去知觉。我并没有很大的意愿想要去做什么,但,不该是这样的吧。

太阳又偏了偏,看样子却是要下雨了,天上的云朵颜色重重地积成一团。钟看了看手表说要走了,让我回头把借吉他谱的事和你说一声。我应声好,看他骑了自行车一路飞快地远去了。很快地,天边响起了雷声,竹竿上晾晒的几件衣服被风吹得到处飞扬。我收了衣服进来后,大雨立刻就倾盆而下了。站在屋里往窗外看去,整个复园路的街景一时成了线条模糊的水墨画,颜色却很鲜。远处的屋檐下三三两两站了躲雨的人,风吹进雨来,走廊很快也湿了。

晚间新闻里播报说有新一季的台风在太平洋上形成,大概过两天就会在台湾登陆了,然后往福建东南沿海地区来,要各部门作好防洪抗汛的准备。一到夏季,台风也多了起来。

第二天你说要送吉他谱到钟家里去,很久没见到他了,你想顺便和他聊会儿天。我表示也要去,换好鞋子和你一起出去。

下过雨后,气温低了许多,走在树下不时有水珠滴落下来。这里也和福州的很多地方一样,在路边种植榕树,到了夏季就成为一片绿荫。仓山区位于四面环江的南台岛上,八十年代就被国务院批准为福州市的文化居住区,汇集了大小各类院校。这里的原住民素质也普遍偏高,很重视子女的教育。你虽然不是本地人,但也深受这边的文化氛围影响。一路上,你和我说了很多过去的事,别人的,你的,还有钟的。

钟的父亲并没有接受过正规的学院教育,家里也只是很普通的工人阶级,但他从小就很有冒险精神,经常会想出一些出人意料的点子来。青年时代在广东闯荡了几年,没什么成绩就又回来了。安分了两三年,和一个还算谈得来的姑娘结了婚,两个人一起经营着一家五金店。大概也是命运的眷顾,让他赶上了改革开放的黄金时期,和一个朋友投资一笔电机生意很快就发了财,以后慢慢做大了。虽然这过程中有许多艰辛,但结局无疑是很好的。

钟的家是一栋新式的豪华别墅,复式三层楼建筑,周围一圈低低的围墙上爬满了凌霄花。入了夏,开成红色的一片。你先去按了门铃,很快对讲机里应了一声,钟就出来开了门。他大概起来没多久,脚上趿着一双拖鞋问我们怎么这么早。

"还早呢,你看看都几点了。"你笑着说,把手里的曲谱递给他,"是这张吧?"

钟接过去看了看,点头说是,又和你互道了一下近况,把昨天和我说过的话又和你再说了一遍。你很快和他聊得火热,不断发出爽朗的笑声。

第一次来钟的家,我不禁被他们家富丽堂皇的装修吸引住了。进门整块地板就全是罗马式的拼花瓷砖,墙上贴着书法壁纸。虽然是新式的房子,但基本上还是按照传统风格摆设的,有一点商人的迷信气息。进去就看到一整套的红木茶几座椅很雅致地摆放在客厅里,墙角两边各放了一只青花瓷瓶。当门一只招财猫摇着手,我看了看,钟就有些不好意思地解释说:"都是我妈啦,土死了。"

他过去开了冰箱拿出几瓶饮料放到桌上,翻着吉他谱问你:"喂,好不好学?"

"学着玩就还可以,要成为高手就难了。"

钟于是很得意地说:"那就是很容易喽。"

他走到墙角拿了吉他过来,摆正了姿势先拨了几下子。

你笑着和我说:"知道什么叫嚣张了吧。"

钟也不说话,翻开吉他谱照着一首曲子先弹了起来,嘴里不大熟练地跟着唱道:

Itseemssoeasy.

Yeah, sodoggoneeasy.

Ohitseemssoeasy.

他没唱两句,我们俩已经在一边笑得不成样子了。

钟停下来说道:"就学过一个月,中间倒隔了一年,有这样的水平很不错了吧。不要瞧不起人。"

"没说你弹得不好嘛。"你耸耸肩说,"怎么突然又想起练吉他了,这下去可没多少时间,作业又多,还不如等考试完了再学。”

“没啦,这两天手痒,书也读不进去,干脆玩一玩再说。你知道我三分钟热度就好了的。”钟递了吉他给你说,“废话少说,示范一下。”

你摊开手掌和他说:“你练就好了,我很久没碰了。哪,茧都没了。”

钟白你一眼,又低了头对着曲谱练歌。几遍下来,已经听得出有些进步了。你幽幽地和我说:“这首歌,还是LindaRonstadt唱的最经典。她这个人也可以说是一个传奇,最先是唱乡村音乐的,后来才迫于生计改投流行乐,八十年代还出演了音乐剧ThePiratesOfPenzance改编的同名电影,甚至还唱了歌剧——不过那才是她的本职啦。一个很有个性的歌手,几乎什么风格都试过,最厉害的是她还获过十次格莱美奖,现在快六十了,宝刀未老!”

我认真地听你说着这些,一边手上跟着钟的节奏打起拍子来。

过了几分钟,钟手掌按住琴弦转向我们说:“喂,出去玩吧,待在屋里怪无聊的。”

你打趣他说:“还没弹两下子,这么三分钟热度。”

钟走过来很神秘地说:“嘿,我骑摩托车载你们去兜风怎么样?”他说着晃晃手里的车钥匙。

“你爸呢?”

“出差去了,今天就我一个人在家,不好好疯一下对不起老天啊。”钟劝你说。

“还是算了吧。”

“怕什么呀,还不相信我。”钟见你不答应,又转而来怂恿我。

几分钟后,他就载了我和你在路上飞奔了。

还好并没有什么障碍,出了城,一时稻田、村舍、树木不断匆匆变换着颜色。三人车上大声地吼着歌,唱到后来,干脆啊哦嗯咦一阵乱叫,嘴里眼里都扑满了风。大概是快来台风的缘故,天气阴凉,江面上泊了许多渔船在浪里浮荡着,节奏轻柔得像摇篮曲。钟不觉把车速也放慢了许多,一路沿着岸边缓行。

你在我耳后轻声和我说,其实出来走走也挺好的。生活在城市中,就像是一个巨大的牢笼,到哪里都是一样的。有时站在海边,会想要跳下去看看另一个世界是什么样子。那里的人,是不是每天也忙着读书、考试、升学,然后找工作、结婚、生孩子、老去、死去,这样的一辈子。

“要不然还能怎样呢?”我说。可能是天生的性格偏于安定,我一向不觉得面前的生活有什么需要改变的地方。一切都很好了,就这样一直不变持续下去就好了。甚至时间停住,留在这一刻,就好了。

你叹了口气说:“不知道,总觉得这不是真正的生活。”

钟回头看你一眼,久久地,凝视着面前的河川念道:“生活是一只小船,航行在漫长的黑河。没有桨也没有舵……”

你抢下话来大喊:“命运贴着大的漩涡。”

接下来的路程明显安静了许多。我不知道是你和钟本身心情低落的缘故,还是受了我的影响。三个人安静地看着路上的风景好久,最后进到一个小城里。钟回过头道:“要不下来走走吧。”你也说好。下了车,三人走到桥边的地上随便坐下。这里的风景和福州并没有什么不同,只是稍微落后一些,有很多人家的房子还是木质的,飞檐泥墙,窗格上有很好看的回字花纹,门前台阶上随意地摆着破脸盆种的石蒜和月季花,与旁边红砖房显得很不搭调。沿着大道走到街上,路旁都是挑担卖小吃的地摊,有板栗、西瓜、杏仁豆腐……快到饭点了,都陆续收了摊子回去,路上只有一些行人和骑自行车的七拐八拐地提着一袋什么东西回家。

风很大,吹得岸边树木都压低了贴在水面不断起伏,我不由得把头发也散了。钟回头来看我一眼,很赞赏地笑一笑又认真唱起歌来。大概是新学的,他唱得断断续续声音不大。你坐在边上,神色淡然地看着前方。我不觉也顺着你的目光望去,只见桥对面有两个人在很悠闲地放着风筝,一边做着很奇怪的动作。其实风这样大又很急,根本就飞不起来的。风筝线横斜着拉到很远处。

“有时候觉得,我们都是被神愚弄的人,却一点反抗的能力也没有。”你突然说。

钟也停了歌声和我一同看你,但他并没有说话,只是捡起身边的一块小石子用力扔了出去。我发现我并没有足够的自信进入你的世界,或者说,任何人都不该有这样的想法。少年心思,天真地以为只要努力无论什么都是可以做到的,其实不然。许多事我也是后来才明白,可是时过境迁一切都太晚了。

面对未来,你执著地朝向一个模糊的方向,我则是在时代的浪潮中随波逐流。这些年来,愈来愈觉得自己并没有不同寻常的地方,对很多事都是无力的,也就渐渐淡了心意不再去想这些。安心做好分内的事,大概上帝赋予每个人的使命都各不相同的吧！我像是在阳光里突然睁开了眼,反而觉得有些暗淡阴沉,只能再去睡了,不管外面世界怎样的热闹。

你说“文革”时红卫兵大串联,坐火车到处乱走,虽然那是一个混乱的时代,却不乏刺激之处。有时你更向往乱世,因为那里的追求守望都是真实而深切的,生在和平年代,反而为了生存而不再执著于灵魂。很难理解是为什么。

但无疑人生不是完满的,你不愿羡慕过去。

有时你更想去远方漂泊流浪,一个人。

你叹了口气说:“还好只要一年就可以毕业了。”

钟踢踢脚跟说:“一年后,谁知道世界又他妈的变成什么样子。”

我感觉快要失去了你似的,心里很难受。

八月上旬,学校里就开始了高三阶段的备考复习。你每天早上六点多起来去上学,有时晚上要读到十一二点,最常说的就说:“好困啊。”回到家里,总是先倒在沙发上揉太阳穴,带着一脸的疲倦。我很怕你会支持不下去。那时候,学校里除了周日休息外,其余六天都安排有各科的一场小测验,按照高考的标准,做历年的真题卷、质检卷或预测卷。各人的书桌上都堆满了复习材料,有的还用纸箱装了放在脚边,你们走路时要很小心才能既不撞到人又不碰到书。班主任让大家写了心愿卡贴在墙上,那些彩色的小纸片,是你们最沉重的翅膀。你同学有家住得远的,晚上都不回家吃饭,直接在附近的快餐店里吃了就回来复习。一些被称之为学霸的,听说都读到一两点才睡觉,书包里练习册装得鼓鼓的。那段时间,连后墙的黑板上都抄满了老师布置的难题重点。

有一天下雨我去送伞,黄昏时候,大概你们是在考试,整个楼层看去都是埋头动笔的身影,偶尔一些放松的动作。走廊外帘幕重重的雨线,无聊而漫长。我站在窗外看大榕树落叶,快要凋谢了的大栀子花,心里就这么乱七八糟地想着……等了很久,终于铃声响了,这才有人陆续起来交卷,有的还在紧张地皱眉思考到最后一刻。我看你交完卷子和钟说着闲话,又看着窗外的雨,一直都没发现我。最后还是钟先看到了,拍你的肩膀向窗外指指,你就笑着和我招了招手,喊我稍等。

雨又下大了一些。

我记得从前你教我背过一阕小令,忘了是谁写的了,但至今我仍然能够完整地背下来:“思往事,渡江干,青眉低映越山看。共眠一舸听秋雨,小簟轻衾各自寒。”真的世间的任何一种感情，都是不能与人分享的，无论悲哀欢喜，我们只能一个人去体会。

直到现在我才明白。

“突然就下雨了。”你这样和我说。

“是啊，前面还好好的。”我想，也许是晴了太久。

“每天都有一大堆的卷子，好烦啊。今天早上起迟了赶到学校，天气又闷，书也一点读不进去。发的卷子题型都差不多，老是在做无用功，不会的还是不会。”你有点吃力地和我说。

“可以不做吗？”

“唉，不做上课都不知道听什么，老师要评讲的。”你重重地叹一口气，“快点结束就好了，就可以做自己想做的事了。”

你和我并肩走着，斜打进伞里的雨很快就沾湿了衣裤鞋子。我突然觉得很无力，不知道该怎么来安慰你，或是做点什么让你的心情好一点。明明这也是无用的。但是就连这些我也做不到，甚至我一点不能理解你的那些想法，不懂你用心看待的一切到底是怎样的，为什么会这样地牵恋不能释怀。事实上生活都好好的，就这样不就好了吗？我想着，连前面驶来一辆私家车都没注意，还是你把我猛地拉住了。“不要命啦！”你大声骂我，脸色都吓白了。

好久了你才说：“今天几号了？”

“十七吧。”

“一开始上学，就只记得周几忘了日期了。”你笑着，呆呆地看着对岸的红灯静静地和我说，“去年，我还刚认识你，想不到已经过去这么久了，时间过得还真快。”

你没有再说下去，我不知道此刻你心里想的是否和我是一件事，第一次见面的情形，刚搬来你家的夏天晚上，还有一起在老街道里到处乱走最后迷了路。其实我是不懂你的，甚至都不敢问你一声是不是！也许一切不过是我的错觉，大概就是这样了！于是我很努力地挤出话来：“我记得，不管是一天，还是一年，甚至一辈子，我都一直记得，虽然我不知道你和我是不是一样的……”低着头，我感到你的伞向我这边轻轻地靠了靠，落下几滴晶莹的水珠来。雨中的街道人影稀疏，天色渐暗，路上的行人每一个都这样带着一身的故事走在世上，朝向自己的命运行去。你说，对于旅人来说，最寂寞不过的是物是人非。

那一天你会忘掉一切不再回来。

有时我想，生命该是一个不变的过程，没有聚散分合，永远只是最初的样子。我们生长于大地之上，日出而作，日入而息。不再有老去，死去。我也不会再遇见你，甚至没有你，没有我，没有生命。我总是做着这些可笑、天真的假设。

雪莱诗里这样说："除了变，一切都不能长久。"

这是我在你教室黑板的每日摘抄上看来的。为了让作文写得更有内涵一些，高三组的语文老师每天都会挑选好的素材抄给你们。

整栋高三楼建在学校的枫树林后头，离操场最远，一到那边，气氛就变得很不一样。就算是下课，走廊上也没多少人，学校里的活动更是与你们无关了。开学后新教室搬到楼上，我也就不常去找你了，偶尔过去，就看你趴在桌上补觉，不然便是解一道未完成的题目，桌上一叠的书。

寒假你把书都搬回来，和我开玩笑说："再过几个月就能把它们都卖了，到时候请你吃和路雪。"我笑着和你拉手指为盟，还粗略地估算了下这些书的重量。

年末的街上，很多人在家门前都挂上了大红的灯笼，天还没黑就点上了。黄晕的灯光被风一吹，像整个天地都在晃动。你抬头说："看那边。""好美。"我笑着回答你。灰白色的天空被随意拉搭的电线鲜明地分割成许多块，上面爬满了藤蔓。走过之处，风吹得落叶乱飞，百叶木窗背面贴着将要掉下的旧年历。地上都是人家大扫除扔的垃圾，花瓶、日历本、脸盆，落满了灰尘，成为生命最真实的写照。阳台上晾着的衬衣内裤，轻轻地在风里飘摇。

一切都要结束了，我这样想，隐隐地生出一些悲哀。

你的屋里，四处堆着历年的练习册课本，床头还扣着一本昨夜看到一半的化学书。书架上的一些闲书，很久没翻过了，薄薄地落上一层灰。大扫除时我给你收拾房间，按科目把地上的书都码整齐了放好，整理出一大摞的草稿纸，上面都是你的字迹。我笑着说："一辈子写的字都没这一年的多。"

你听了也只是无奈地笑笑。

书架底层有个鞋盒，沉沉的很有重量，我打开一看，原来是你小时候的照片奖状纪念品什么的。我好奇地跪在地上一张一张地看过去，一个人偷笑着。一旁的你听到声音，过来问我看什么，眼光一低，就整个人都扑上来抢了鞋盒不让我看。结果经不住我再三要求，终于还是答应了。

两个人坐到床沿翻看这些旧物件，你一边还和我做着解说，透露出很怀念的神情。幼年时的你就很优秀，鞋盒里大半都是你参加比赛获奖的证书，还有几篇作文，写得很天真。我读着，想从前的你该是怎样的。

然后底下才是你的照片，从周岁到上小学的都有。你说你叔叔原来是开照相馆的，还在旧师大对面租了个小影楼，买了很多小孩的皇帝装、公主裙、礼服之类的放在店里。小时候你常到他店里去看人拍照，一坐就是一个上午。有个小房间，没开窗的，墙上一卷的风景幕布给人挑。拍的时候先数一二三，所有人的表情都木木的很好笑，像吃饱了要打嗝。我说："那你怎么不会？"你说你都不看镜头的。

但其中有一张照片，是你四岁时拍的，化了妆，满脸的胭脂还用口红在额头点了一颗朱砂痣，很女孩子气。你说是被逼的，因为那时候几乎每个小孩都拍过这样的照片。

过了很久我还拿这件事来取笑你。

"咦，你听。"你突然停下来和我说。冬日寂静的下午，一段凄凄切切的胡琴声从远处幽幽传来。你过去开了门，站在阳台上凝神听着，很久都没有说话。那是一支缠绵凄切的曲子，风凉凉的，吹得人心冷。琴音一起，仿佛听到命在弦上，转过一圈又一圈，有些人还在，有些人却再也回不来了。

你说小时候你母亲抱着你说过去的事，和你讲她的童年。每年看戏时节的大祠堂、小板凳，高高的戏台上彩袖风冠。村里的节日并不多，于是每一次的庆祝便都成为一个顶点，爆竹锣鼓热闹沸腾，把后来的日子变成一条长长的寂寞的尾巴。春去秋来，其实人生也是这样。

你羡慕唱戏的人行走江湖，可以去很多的地方。与其挣扎在周而复始的生活中，你宁愿去流浪他乡，像他们那样地猜不到下一刻会是在哪里。也许人类总是向往自由的，如果有来世，你想要做一只鸟，整天地飞来飞去。

你怎么敢说这就是你要的生活，只因你从来没有经历过？

难道你不会有累的时候？不会想停下来休息片刻？

快要考试了，你房里的灯总是要到很晚才关。我很怕你会吃不消，却不敢去打扰你。有时路过你的房前，看你埋头读书的背影，孤单地映着一桌的课本练习，和窗外的树影阳光、月亮繁星，日子过得好快。我走到阳台偷偷看你，数一二三，想你会不会突然抬起头来，或是在心里默念你的名字，以为你是能够听到的。

一天大部分的时间,你总是待在学校里,有时回来吃饭也是急匆匆地扒两口饭就走,中午很少有午睡的时间。我放了学去找你,每次都要等好久你才能把手头的题目忙完出来。你总叫我先走,下次不要等你了,但每次我都会忘了又来。

路上我给你讲一些笑话,放松你的心情。

有一次我和你说起班上的一个同学,描述他如何把三国里的荀彧念成了苟或而被大家取笑的事。你听了在路上笑得前仰后合,连车子都扶不住了,还说这辈子都不会忘了这两个字。

课业压力重的时候,你有时读不下书,就和我到康山里一带去散散步,坐在人家门槛上聊聊天。那里有许多西式的民居建筑,砌了围墙,但大门却总是开着,住的也多是一些老人。有两座房子,名叫可园和以园的,你非常喜欢,还专门借了相机拍下来。后来我在书上读到一则轶事,说当年林徽因来福州探亲时就住的可园。比照上面的描述,可园这几十年来居然还是风雨不变。你说这样很好,真正的变化是不该以历史文化作为代价的,像一些欧洲的国家,他们的建筑基本上都保持着几十年甚至上百年的风貌。我听了也只是点头而已。

夏天的时候这一带都不大热,沿着水泥路一路蜿蜒走在街道小巷间,幽幽的穿堂风吹动着树影,带着微凉。你在我面前站着,整个人都浴在光影中,像一点跳跃的烛火随时要灭。在你身后,虚掩的门里有栀子花开得白白的一朵朵,空气里清甜的香,洋槐树在很认真地生长着。你指给我看,不远处的一只大白猫从百叶窗上一跃跳到屋顶,把青灰色的瓦片当作琴键来踩。我们坐在台阶上,看面前的两三只蝴蝶在花丛中煽动着翅膀飞上飞下,一起谈论梁祝的故事。

天暗下来了,坐在阳台栏杆上吃着葡萄,听楼下邻居一两声的家长里短。偶尔有几声狗吠,和隔壁锅碗瓢盆哐当一阵响,又静下来。在墙角的草丛里,几点幽绿的光影在慢慢移动着。你用手指向那里说:“看,是萤火虫啊!”

我和你笑了笑,随意地说着从前在乡下捉萤火虫的事。当时我还和哥哥住在老家的旧屋里,出门一片菜地,几亩地外一条小河沿着村道流向城里。夏夜里蛙声不断,草丛露重处飞来飞去都是点着小灯的萤火虫……

自然的景致是这样美。

你告诉我要怎样分辨雌雄,萤火虫的种类和分布,还有它们发光的原理。你说，一般的萤火虫在日落一小时后活跃在温暖潮湿的地方，雄虫发出二十秒交配的讯号，等待雌虫的回应。还有孔雀开屏，蝴蝶飞舞，其实都是在寻找伴侣。

世间最美好的事，无一不是为了爱的目的。

我曾经得到过，但很快又失去了。

和母亲一同去烧香时，我在佛前许下这样的心愿。如果可以的话，我愿意茹素吃斋为你结一段善果，只愿你的人生是幸福完满的。在认识你以前，我从来没有像现在这样地相信过因缘结果。

后来你顺利考上一所心仪的大学，终于把挑灯夜读的日子告一段落，开始参加各种各样的同学聚会，告别你们厌倦已久但真的失去了又有些不舍得的高中生活。那个暑假，你经常出去玩一整天夜里很晚了才回来，动不动就说："终于结束了啊！"我渐渐觉得离你越来越远，这中间的距离，不是时间，不能丈量，却怎么也赶不上了。

一个清凉的早晨，我起床路过你的房间，发现你敞着大门，衣服也没换，就这样睡成大字摊在床上。我走进去替你把窗帘拉上，帮你盖上被子，然后伏在床头，安静地看着你睡觉的样子。有那么一刻，我甚至想把时间停住，永远守护在你身边，像希腊神话里的月亮女神塞勒涅让心爱的恩底弥翁一直沉睡。在夜里，轻轻亲吻恋人的额头。

天气越来越热，八月你就不常出去了。有时候早上起来一个人待在房里看书，下午钟来了就各自抱了吉他去练，很没形象地扯开喉咙唱歌。我放了学回来到你房里坐坐，听你和钟聊着我不了解的一切。虽然插不上嘴，却很满足于这些新鲜的讯息所带来的刺激，就算是时政局势体育科普等等我不太感兴趣的，也总是告诉自己可以积累素材多听一听也是挺好的。后来你走了，我心里一下子空了一大块，时不时地就觉得难受，很想找人来说句话，想想却还是吞了回去。

高三我读得很辛苦，巨大的课业压力加上过重的心事，把我的生活变成了另一种。每天早上起来，都要反复地提醒自己，你已经不在家里了，然后独自一人去上学，麻木地读书做练习，脑海中却不断浮现出过去的点点滴滴。开心的，不开心的，都一并成为不能挽回的曾经。我也不大敢想未来，一切都太模糊了，也似乎没有太大的可能。除了反复虚构一些事实，把你也当作我想象中的影子，然后作茧自缚。也许是因为这样？你像只风筝越来越远，有一天，突然扯断了线。

月考后不久,我收到一封你写来的信,里面还附了两张你的相片。一张是你穿着迷彩服站在操场上的,整个人黑了许多,脸上却挂着很灿烂的笑容。另一张的时间大概要晚一点,已经是秋天了,背景里的大枫树红成一片,你在相片里变成了很小的一点,显得清瘦不少。我轻轻触一触你的手,你的眉眼,还有你微笑的样子,想象着你就在我的面前,感觉幸福极了。信里你还告诉我,你在学校里的一切都好,交上了新的朋友。虽然新的学习模式和高中大不相同,一时还有些不习惯,但相信会很快适应的。“这里的一切当然是全新的,很吸引人。”你说,“刚来的时候什么都没有,走在街上,顿觉天地一人,心里却只是释然。也许我也是个害怕面对的人,固守于自己的小角落,没有得到也没有失去,这样就好……前段时间,有几个同学要我去海边玩,我们出了海,后来还在沙滩上露了营。第一次在这样的风声中入眠,那样的宁静,原来和声音无关。你呢,读书怎样?有问题记得打电话,但也不要太拼了,身体要紧。我本来还打算‘十一’回来,后来却因为来不及订票,整个假期就白窝在宿舍里。偶尔也困惑,生活就是这样的吗?当然是我想太多了……”

我发觉并没有太多可以和你说的事,学习生活,寻常得只要简单的几句话就能够说尽了。至于情绪的起伏,那些充满青春色彩的小哀愁、小心思,我想你是不太喜欢的。事实上每次和你说话,我都在掂量再三想要把最好的自己展现给你,结果总是弄巧成拙,变得很不自然。我回了封信给你,只说一切都还算正常,没有太大的问题吧。家里虽然因为你的不在冷清了一些,不过生活就是这样,有一天我也要离开的。我挑了一张最好看的照片寄给你。或许在某个时刻,你也会偶尔地想起我的吧。

习惯高三忙碌却单调的生活并不是什么难事。几个月下来,我已经在老师们连续不断的题海战术中变得不太会想事情,只是偶尔的,突然闪过一些画面,然后决堤一样地想起好多好多。

次年五月,你放假回来,突然和叔叔提出要转专业的事。这之前你也写信来和我说过,只是当时的决定是先瞒着家里,等手续办完了再告诉他们。后来你觉得这样做未免太过任性了,怎么说也不是很妥当。于是趁劳动节放假就买了机票飞回来,和他们当面解释清楚。

结果叔叔当然是不同意的。他骂你不切实际,一点不考虑现今的就业形势是怎样的。他说:“人活在世上,首先要做的就是安身立命,物质生活还没有保障,谈什么追求理想!”

你不明白追求理想和安身立命有什么矛盾的地方。没有梦,又如何能够分辨现实?谈到激动处,你只是提高了嗓门反复强调:“我已经是成年人了!可以决定自己未来的方向职业,承担一切后果,你不可能管我一辈子。难道连一次选择的权力也不给我?”

“你当然可以选择自己喜欢的,可兴趣不是生活的全部,你要靠兴趣活一辈子?不要太理想主义了!”叔叔大声说。

“为什么不可以!”

“因为你还小,不知道生活的艰难。我都是为了你好!”

“我不是小孩子了!”

话到这里,叔叔已经气红了脸拿手拍着桌子说:“你不是小孩子,做的倒是小孩子的事!现在不听话,将来后悔了别怪我没提醒你!”

这一声巨响,客厅里霎时陷入了沉默。庭院里传来夜晚虫鸣的声音,一声声像再也不会停。妈妈一旁柔声劝着叔叔,也拿话来开导你。透过泛黄的灯光,你的样子显得有些模糊。认识这么久,我还没见你像今天这样地发过火。我突然觉得你很陌生,或许我本来也不太了解你,竟会如此执著不肯放弃。我有点不太懂,为什么人生是这样的。面对世事,不能选择自己喜欢的,不能不顾一切去做自己要做的。

当然我是错了。生在世上,又有多少人能够追逐理想并最终得以实现的呢?

这一场争论的结果是这样的:你不愿再伤叔叔的心,答应他会把原来的专业好好读下去,然后利用课余时间再多修一门,对将来的就业也会加点分。虽然会花很多时间很辛苦,但最好的办法也只有这样了。

后来的几天,家里的气氛异常沉重,叔叔的脸上不是很好,你也不大说话。我本来和同学约好了要一起去学校复习功课,因为怕会出什么事情,就推掉了没去。

你待在家里,像从前那样地教我做题目,帮我画重点。其实离考试已经没几天了,我很清楚自己的水平再怎么努力也就这样了,赶不上的。一想到这,心情就很沉重,放下笔,叹了口气,走到床头开了录音机,听 CarlosCardel 的 Porunacabeza。

你也不管我，支着肘，撑住额头看着窗外。阳光下开满了的蓝花楹，一朵朵落在地上，在绝望中静静地等待爱情……我伏在桌上，用手枕着脑袋，把目光凝在你侧脸的轮廓上。现在的你在想什么，是不是会和我一样。于是我轻轻用手指碰一碰你的手臂，你没反应，不知道有没有感觉到。也就是在这时候，我无意中从墙角的穿衣镜里瞥见妈妈抱着一盆衣物，要走不走地站在门外，也不知来了有多久。我触电一样地坐起来，回过头去。她却已经转身下楼去了。

“怎么了？”你问我说。

我望着门口，摇了摇头，把嘴边的话咽了下去。

然后你沉默了好久，突然低低叫了一声我的名字：“如果有一天我做了件在大部分人看来都是错误的事，你会支持我吗？”

“那你自己也觉得是错的吗？”

“不，我自己认为是正确的，至少在作决定的时候认为是正确的。”

我想了想，说：“不知道，如果我也觉得是错的……我想我会反对。”

你听完笑了起来，脸上却没有一丝高兴的模样。

我想我大概能猜到你在想什么了，却不大能理解你。

后来的高考，我发挥得并不好，只考到一个很勉强的分数，让所有人都大失所望了。可是填志愿的时候，我却偏偏选了和你一样的城市。作出这样的决定，我也矛盾了很久，一来怕母亲伤心，二来又很想经常见到你。思量再三，还是在第二志愿上写下了你所在城市的学校。至于结果，就只能让命运来决定了。但不可否认的是，我在第一志愿的把握上，却实在是很小的。这一点我无法为自己开脱。作为女儿，我可以说是伤透了妈妈的心，对不起她。

最终我也尝到了后果。

原来我眼中的世界，并不是真的。

曾经我坚信生活最本真的面目，就是我看到的样子。微笑代表快乐，脸红代表害羞，哭泣代表伤心……一切的表象总能很明确不变地指向某一点，像我所熟悉的课本知识一样，A 是 A，B 是 B，单纯得不会再有别的。可是随着年岁的渐大，我开始体会现实并不如此，很多事情即使我想破了脑袋，揣度过多少遍也不能明白。这一点，在中学毕业离开家庭后感受得愈加明显。一年的时间过去了，笨拙的我，就连周遭的同学关系也不能处理清楚。遇到困难，一味地逃避不去面对，消极对待人世的纷争纠缠。一直躲在一个小角落里，傻气地活着。

这样的我，你一定是很不喜欢的吧！

我始终无法找到一个角度去契合你的生命，跟上你的节奏走过岁月变迁然后很安然地握住你的手体会你的心情。我只是这样地看你，像站在岸边看一朵开在水中的白莲花。

有一回，我拿着一份网上的心理测试，这样问你："我和你的关系？"

"兄妹啊，这还用问。"你用手在我头上敲了一记，笑着说。

"就是兄妹？还有呢？"

"没有血缘关系的亲人，不过毫不影响感情。"

"就是这样了？"

"就是这样了。"

"你不喜欢我了？"

你愣一愣，然后一点点地笑开来："喜欢啊怎么不喜欢，我小时候就很想要一个妹妹的。"

"不，我不是这个意思，你明不明白我说的喜欢是什么？"我拼命地摇着头，着急地说。

你也有些反应过来，慢慢变了脸色，看一看我，半天也说不出话来。然后低了头，手里掐着指甲，一下，又一下，最后你说："不要再谈下去了。"

"为什么不能？"

"不能就是不能，没有什么为什么。"

"什么叫没有什么为什么，你要给我一个理由。"

你大叫一声我的名字，打断我说："不要任性了，你想的都是错的！"

我看着你，心里有很多话想说却哽住了说不出来，只是不停地掉着眼泪。

你轻轻地按着我的肩膀，长长地叹出一口气，凭我用力捶打着你的胸口，却一句话也不说。

难道原来的一切都不算了吗？难道都是假的？难道我想的真是错的？我突然想你或许是骗我的呢？或许是我听错了呢？或许你有什么苦衷呢？或许……可是或许不会许。

这以后的几个月里，你都没有来找过我，也没有再联系我。一开始我沉浸在悲伤中无法自拔，一想到你，就会不分场合地落下泪来。日子变得很难熬，单调得就只剩下一件事。我也不大敢和别人说话，怕忍不住就触动心事突然变了腔调。人家说不开心哭出来就好了。我也试过放肆痛快地好好哭过几次，结果却也还是一样。后来的几场考试，我没有好好准备，还在很拿手的科目上挂了。做什么，也总是不顺利的。有时站在马路上，真想冲向车流死了算了，把一切都忘掉算了。

再见到你，已经是放寒假的时候。想不到会是这样一个平常稀松的场面，没有眼泪，也没有过分客套的寒暄，甚至还和原来一样，两个人做出笑容来聊天说话，谈着一些不着边际的事情。

我变得不大爱待在家里，有时去找同学，有时一个人在街上荡一整天，吃饭了也不回来。那天我散步到公园路附近，远远地，看到钟蹲在一家小店门前，手里夹着根烟在抽。旁边的台阶上竖了一块木质招牌，写着营业时间和联系方式。大概是主人家养的狗，链子拴在门前绕着钟直转。他伸手逗一逗，露出很孩子气的笑容。一抬头也看到我了，愣一愣，笑起来，招手喊我过去，一扬下巴说："一个人？"我点个头，问他在这里干什么。他手指朝后一比说："朋友的店，卖点小玩意儿，来捧个场。"我探头往里面看了看，倒是很简洁的格调，墙角放了几架子盆栽，有几棵常春藤的叶子还爬到了柜台上。屋子中间是个光盘形状叠成的架子，摆着一些很有特色的杯子折扇一类。钟邀我进去看看，一边说："和你说过没有，我大学读的是室内设计。第一个成品啦，怎么样，还过得去吧。"我吃了一惊，认真到各处去转了转，回头夸他很了不起。钟一只手支在货架上，斜着身子和我聊这半年来的事，有点心疼地打量着我说怎么一下就瘦了这么多。

我淡淡地笑了笑没回答他。

钟继续说道："最近帮我爸爸新开的公司做设计，其实是捣乱啦！跟着老前辈学一学进步会快一些。年初大概就出来了，到时候有空过来转转。"他说完看一看表，又问我你什么时候办签证。

"什么，办什么签证？"我只是睁大了眼问他。

"到英国去啊，他没和你说？"

我愣了许久，才摇头说你并没有告诉我。钟听了也只是无奈地一笑，耸了下肩膀说："这么神秘，大概有什么惊喜要给你吧。"

我有些接不上话来，只是尴尬地对他笑了笑。心里却很奇怪地一点意外也没有，很恍惚地，生出一股浓浓的即时感来。我想大概是这段时间夜里太多梦了,精神不好的缘故吧。后来钟还和我说他的学校前段时间举办了一个文化节,有大明星来捧场之类的。聊了几句,他说还有事情,道声再见,就骑了摩托车先走了。

我一个人走回家去,穿梭于攒动的人群中,仿佛面对无边的海域迷失了方向,今生今世,都不再有可能找到一个灵魂得以安息的归宿。难道我的一生,注定了要在颠沛流离中孤独终老?不能拥有幸福?当黑夜降临的时候,万千繁星中就没有一盏来为我点亮光明?指引方向?人的命运,真的是可以把握的吗?失去了你,我不知该如何找寻生命的意义,用另一个借口支持剩下的日日夜夜,积极认真地活下去。我想着,在冬日午后的阴冷中瑟缩着身子,坐在街上,把头埋进臂弯大哭了起来。

现在想起来,年纪轻轻的我,其实还不大能够分辨感情的虚实真假,在臆想中轻易地夸大了情绪的起伏,像个不知事的孩子,固执冲动地去追逐想要的,然后单纯地以为得到了就一定是好的,一点也不考虑前因后果。岂知这样做是盲目不理智的,真正的爱,并不只有心动就够了。

可是面对过去,我并不觉后悔。

也许青春的美妙,就在这一瞬间的头脑发热吧。

后来我到教堂那边去,半路上,又看到那棵蓝花楹树了。寒冬季节里,树上已经落尽了叶子,光秃秃的枝杈向着天空更高的地方生长,北风吹着,像在苍茫的天地间伫立着一个孤独等待的身影,踮着脚尖,遥遥望向远方。

耳边的白兰花

我十三岁那年，爸爸通过考核，调到镇上的供电所里成为一名正式员工，结束了经常风吹日晒爬电线杆的日子。他安顿好后，在小镇旧街的十八家路上赁了一套房子，重新粉刷了墙壁，接了我和母亲、小弟过去。

新居上下两层，前头一个店面，厨房在后，临着一条碧青的河，门前一棵好大的白兰花树，看起来有些年头了，伸长的枝杈直探到隔壁人家的屋瓦上，宽大的叶子密匝匝地张成一面鼓起的绿罗裙，太阳底下阴凉一片。听说原来的屋主是一对老夫妻，做杂货生意的，已经移民去了新加坡小儿子家里养老。妈妈正愁来了这里没事干，就和爸爸商量着把店里的橱柜都盘了下来，借了钱，进了新货，开始做起老板娘来。

小店临的这条街，前后不过百来米，路窄人多，生意还算不错。平日里有卖吃的，卖穿的，卖碗筷肥皂毛巾的，逢年过节还有乡下人挑了担子卖鸡鸭野猪肉的，一只喇叭重复叫个不停。只要日头还不过午，一样热闹得很。

刚搬来时，正是盛夏季节，门前的白兰花开了一树，风一吹，整栋房子都浸在花香里。每天过午大太阳下来，河堤上安静得只剩了风动风息，午睡的时候躺在床上，开着窗，能听到整朵花落在地上扑簌的声音。附近还经常有几个大胆的男孩爬到树上去，摘了一手的花苞，学大人样别在耳边。妈妈见了，也只是唤他们小心而已。我却是个小气的，心里很不服气，不过初来乍到不大敢放肆，只好搬了小板凳坐在门前，一来人就死死地瞪着他们看。

这样过了没几天，就不大有人来了，只有隔壁家的一个，长得高高瘦瘦，一双眼睛黑亮黑亮的，看起来比别人更胆大些，当着我的面还照样爬树摘花目中无人，没有一点惭愧的意思。好几回我气极了向他使白眼，他还嚣张地直吹口哨，用手指夹住花瓣对着我弹个老高，骄傲地说："又不是你家的树！"很快地跑进芦苇丛里去了。

住久了我才知道，这个男孩名叫杨方，和我同岁，也是这一年小学刚毕的业。听说他性子很野，不爱读书，属于脑子灵活不肯用功的一类，不过在镇上的孩子堆里却很有号召力，经常看他拉帮结派地带着一群人玩。他的父母在这里的中学教书，男的姓杨，女的姓方，两个人都斯斯文文脾气很好的样子。杨老师听说还是很有名的大学毕业的，老家在另一个镇上，不知道怎么就分配到这边来。平日里见到他，总是一身干净的白衬衫的确良裤子，脸上的胡子刮得干净。虽然不常笑，看上去却很慈祥和蔼。路上碰到学生家长，一定先停好自行车下来和人说话。肯定在前，末了指出一两点不足的。有一两个朋友，不是很好，也不是不好。总之凡事周到挑不出毛病，是最小心不过的了。方老师和他差不多，每次来店里买东西，礼貌客气，一点零头都不占人的便宜。镇上的人提起他们，没有不称赞这两口子人好的。

初中我和杨方同班。一开始他坐在我的后面，说话、走神、做小动作，一节课下来，要被点好几次的名。这家伙脾气倔得很，一上不爱听的课就趴在桌子上睡觉，不然就埋在下面看杂志听歌。碰上他心情不好，好像全世界的人都得罪了他，不给一句客气话听。班主任估计是看杨老师的面子，特别看顾他，偏他不服管教，每次被叫去办公室问话，回来一张脸就阴沉得可怕，嘴里没一句客气话，有时我简直要讨厌他。

不过很快地，杨方就被调到后面去了。他长得快，不过一年的工夫，眼见得拔高起来。生物课上和他同桌凑在一起，压低了声说些有的没的事。每次和班上的男生打完篮球回来，身上的汗味就重得熏人，手长脚长地霸在桌子上直喊热，还特别爱惹是生非。常常是这样的，你走在路上，他冷不防自行车打个弯擦你肩头过去，拍一把你的脑门吓你一跳，没来由地捉弄人一番，还一边得意地哈哈大笑。有几次我实在气不过告诉了方老师，第二天上学，杨方一定截住人，臭了脸骂“三八、鸡婆”，一点情面没有地斜眉怒视过来。横竖我是不理他的，凭他说什么就只当是听不见。

记得一个晴天的夜晚，我端了一脸盆衣服上楼去晾，一推门，不禁被眼前的景象震慑住了。小镇依山傍水，入了夜，一片黛青的天空底下莹莹闪闪地悬满了一粒粒明亮的小星，映着远处人家灯火，四面虫声不断，河风轻轻拂拂吹着树影婆娑。我放下脸盆，合掌缓缓舒了口气，站了一会儿，目光逐渐明晰起来，这才注意到不远处阳台有个人影骑在墙头。暗里看不大清，只见杨方光着膀子，一只人字拖很危险地勾在脚上直晃荡，见我看他，怪声怪气地叫：“鬼来啦。”我不理他，抓起盆里的衣服使劲一甩晾到竹竿上。杨方不服气地拿起手上的木块瞄准了，做出一个射击的姿势，嘴里配合着“嘭”了一声，旋即笑开了，很满意地跳下墙头，一转身先下楼去了。

印象里的杨方，是个坏男孩，几乎每次碰到，他都要弄出点恶作剧来整人一顿。只有一回学校里发课本，书太重了我搬不回来。杨方破天荒地提出要替我载回去，偏口气很不客气地像谁欠了他。我先是推辞了几句，说慢慢走回去好了。杨方不耐烦提起书就走，做了个很潇洒的姿势跨上车一阵风先没了人影。

升到初三，课业压力一下子大了起来，我开始了每天临窗苦读的日子。彼时家里的经济状况还不算太好，父亲早已声明一切结果取决于我的努力，如果考不上市重点，他是绝对不会出钱给我择校的。好强的我认定了要读出一点成绩来，说什么要把这一年给熬过去。于是许多个夜晚，我埋头解着一道道做不完的几何题，连抬头看一眼窗外的月色都很少。只有几次杨方在隔壁被训，太吵了我静不下心。于是侧耳听着，想他大概是又到哪里疯了一晚吧。毕竟同学一场，我还是忍不住要劝他认真一点读书。“努力几个月，放假了就可以放心玩了嘛。如果有什么不懂的地方，可以来问我啊。”

杨方听了，很不耐烦地轻笑了声说：“我还要你教。”

怎么，你就当我是这个意思吗？

后来不知道是他自己想通了还是真的被杨老师说服了。初三下学期始，杨方破天荒地开始认真读起书来，课上的小动作少了许多，有时候还上讲台去问题目。他脑子本来就挺好使的，不多久便把数理化这些科目赶了上去，其他的马马虎虎，只一科英语还不见大的起色。于是每次考完试，就见他半得意不得意地笑笑着问：“你考得怎么样啊，书呆子。”

这个人，简直嚣张得不行了！

后来中考杨方差了几分，只上到了择校线，不过杨老师还是很满意地交钱给他买了进去。

那年夏天，门前的白兰花开了满满的一树。杨方第一次走进我的房间，攀着窗棂尽力去够开花最多的一枝，伸长的手臂露出两截分明的颜色。几个简单的动作下来，已经热得出了一头的汗，手背一挥，甩到水泥地上几滴痕迹，嘴里有一句没一句地说着：“江小蕊你小时候可真凶。”我不大在意地笑了笑，目光很快地瞟他一眼，这才惊觉他竟然高出了我快半个头，唇间有青色的小绒毛了。想起十三岁他在我眼前爬树的样子，孩子气的神态，我突然明白，在这世上，只有时间会是这样可怕的快！

其实我和杨方的交集并不多，认识了好几年，话题基本上停留在斗嘴的程度。倒是小弟，不知道从什么时候开始的，成天地和他玩在一块，跟屁虫一样地老往杨家跑，好几次还直接睡在那边。我想，他们男孩子是有他们男孩子的世界吧。虽然我无法理解，却始终愿意抱着尊重的心情去对待。就算小弟开始倔强不听人劝，开始学会顶嘴贪玩成天不着家，开始把“要你管”挂在嘴边。我也还是忍住不叫他离杨方远点，或是劝杨方不要理他。这样的行为，无论如何是太不君子了！我心里更清楚得很，他们才不会听我的呢！于是我只能苦口婆心地告诫小弟，要认真读书啊，将来才可以过上好的生活，让爸妈轻松一点。他却一点不听我的，满脸厌烦地大叫：“姐你无不无聊啊，怎么和老妈一个德行！读书读书，读书有个什么意思嘛。”

当然我也爱玩，爱和朋友逛街聊天，爱沿着河堤走一条长长没有尽头的路，不用做作业，可以困了就去睡觉到第二天大中午再起来。这样的生活，没有人是不爱的。可是啊可是，大概还是年少可笑的虚荣心吧，我想我已经优秀了这么多年，不想就这样突然地失败一蹶不振，然后听一大堆人感叹女孩子上了高中就不行了，还是男的脑袋好用点，小时了了，大未必佳……这一类的话。

于是我背起书包，朝图书馆走去。进入高中，我明显感觉到一切和原来不一样了。整个学校都是对手，再没有老师会跟在后面答疑解惑鼓励支持，课改后初高中教育严重脱节，一下子加深的难度更让我感到力不从心了。真的也许我并没有一颗聪慧灵透的心，甚至还比不上杨方，至少人家几乎不读书努力一点就很快赶上来了。有些人，一开始就注定了要拥有不寻常的人生。这一点，是我早已意识到却始终不愿承认的。我只是很傻地想，努力一点就可以了做到了吧，无论如何会好一点吧。事实上很多人都只能这样卑微地存在下去，我根本算不上什么。

每天熬夜苦读，繁重的课业压力让我差点快喘不过气来。我很清楚要花点时间休息，不然绝对熬不下去。于是这样，常常地，我读到困点就起来到书架边走走转转，随便抽本书来读上几页，打发了睡意再回来。图书馆通常是很少有人来的，在这样安静的环境里，学习效率简直好得惊人。

有一天下雨，我突然感到一阵厌烦，搁下笔，走过一排排书架，一直转到墙角才看见杨方，穿着白衬衫校服，低着头，手里抱了一本很厚的大册子。不禁问道:“看什么呢?”

他大约才回过神来,低低地喊了一声我的名字,下巴一抬道:“考你个问题,知道什么是虫洞吗?”

“虫洞?”我有些不解地摇摇头,“虫子的洞?”

“虫子你个头啦!”杨方比划着,用很夸张的口气说,“笨蛋我告诉你,在宇宙的空间里,有一些大质量的东西会对时空产生扭曲。这样的话,理论上两点间的最短距离就不是直线而是立体的由时空扭曲产生的虫洞距离。像这样,有个很重的东西压在手上,这个点和这个点间的最短距离就变成这样了。”

我听不大明白,只是心不在焉地问:“怎么突然对物理这么感兴趣了?”

他一脸认真地拿起手里的书说:“真的以前没发现,图书馆里还有这么好看的书。”

“那就认真点学物理吧。”我说。

杨方一下拉长了脸,耸了耸肩膀很鄙夷地说:“江小蕊你真的很无聊啊,什么事都要扯到读书上!”

我看着他,突然有些说不上话来,只是淡淡地笑了笑,转身回到座位上去了。很久地,擒着笔写不出一个字来。随着年岁的增长,我发觉越来越难以理解这个世界。许多事情,已经不能再用原来的思维逻辑去认识并且接受了。我开始渐难明白,为什么认真读书就是好的,不认真读书就是不好的?为什么不能选择喜欢的,去做想做的?为什么要这样生活,为什么不可以去流浪漂泊疯狂不顾一切?

我始终不能理解杨方是怎样做到一点没顾忌地玩了这些年,甚至不感到疲倦。我只知道每次小弟惹爸妈生气了我都要难过好久,看到他们伤心我会很傻气地想要掉眼泪。同样血肉生长的人,却原来是完全不一样的。

方老师几次问我杨方的情况,我都不忍心告诉她。杨方和班上几个不读书的小孩混在一起,逃课捣乱,在校门口边上的小书屋里借玄幻小说看,夜里还翻墙去网吧打游戏。我不是没劝过他,可是他每每说读不下去没心思,要我少管他的事。

连我都快要动摇起来……

不过还是继续读下去吧!或许真的像他们说的那样,考上大学,就可以彻底解放了,到时候想干什么就干什么,想去哪里就去哪里。横竖读书是不会错的就够了,大家都是这样过来的要错一起错就是了。对了,是这样的。

我还算安稳地度过了高中三年,虽然内心的尽力却无疑是波澜起伏的。最后终于一点没意外地考上一所说不上好坏的学校,不管怎样,算得上是最完满的结局了。连小弟都告诉我:“差不多就行了,你要人家考差的人怎么办哦。”

我知道他说的是杨方。高考结束后,几乎没有再见过他几次。听说只考到本三线吧大概,稍好一点的学校都报不了。那天杨老师气得在隔壁大骂,颠来倒去,重复着不读书没用这几句。终于杨方嘭一声摔门大吼:“我就是不喜欢读书你偏要逼我。干吗要把我变得和你一样!你厉害,你厉害还不照样在这破地方教个破初中。有什么了不起的!”静了有几秒钟,然后方老师大声喝了句“杨方你给我闭嘴”,这场争吵才算停了下来。连我都可以想象杨老师一定是气到战栗得说不出话来了。

这个小男孩,不知道要到什么时候才长大。

再见到杨方是七月的尾巴。那天傍晚我坐在后门台阶上择菜,河风吹得篱笆架上的丝瓜叶子一低一低的,空气中有甜甜的香。杨方站在不远处河堤上,手里拿了块肉松饼在吃。看到我,含着笑走过来连名带姓地叫了声说:“什么时候开学?”我说还早呢要九月多。他一只手搭在篱笆架上,有些不好意思地慢慢说着,这次没考好,打算复读,不过其实挺不想再读了,唉,不过的确考太差了还是要复读的。可能是人太懒了吧,不想这么快就出去打工……

倒是没多久,他整个人较原来清瘦了些,眉宇间的生气跟着转淡了不少。

第二年高考前夕,我特地寄了张明信片给杨方,问他好祝他一切顺利什么的。意料中地没有收到回复,想是寄丢了还是他读书太忙忽略了吧。毕竟我们还算不上交情很深的朋友。不管怎样,只要他认真读书考好了就行。

上了一年学,我的心里更多是失望的。毕竟原本想象的一切和现实太不一样了,又没有很明确的目标接下来要干什么。白白浪费了时间,倒是把过去的一些好习惯都弄丢了。

不久放暑假,我有事留在学校了耽搁了几天。有一回打电话回家,恰是小弟接的,就随口问了他杨方的情况,才知道他考得比上次还差。原来的习惯一点没改,说是复读结果还是瞒着家里人打游戏泡网吧。杨老师气得狠打了他一顿。“没看见不清楚情况,应该很严重吧,最近都没看到他。”小弟说。我追问他怎么不过去看看。小弟叫嚷着:“哪里敢啊,我又不会安慰人。现在他们家里安静得要死我都怀疑有没有人在家。”

话已经不能再问下去,我只能在心里祈祷,这一切都快点过去吧。

杨方只上了一所不太好的私立大专,三年学制,学不到什么东西,只能混一张没有用的文凭。听妈妈说他变了许多,不像原来一样一头蛮牛谁的话都不听。有几次和方老师聊天,言语中还透露出后悔的意思,开始认识到过去太不认真荒废了学业,确实做错了。

现在说这些还有什么用呢。

毕业后杨方吃了不少苦头,几经周折才找到一份工厂助理的工作,很辛苦工资还不高。现在一个人在外面租房子住,过得乱七八糟的。其实我的情况和杨方差不多,碰上艰难的毕业季,找了份和专业不相干的工作。朝九晚五,每天在人海中奔波挣扎,只能选择麻木。

生活像一道上了锁的门,手里拿着钥匙,人却站在屋里。

前年镇上修水电站,征地把门前的白兰花树砍掉了,灌了一条平整的水泥路。春节回家,几天的假期大半花在了走亲访友上。一天我拉了条板凳坐在门口,无聊看着前方,听有人在边上喊了声“江小蕊”,一回头见是杨方,看他阳光里走过来,忍不住笑了起来,他脸一红,露出一口白牙,说:“笑什么。”我摇摇头,他走近往台阶上一坐,和我寒暄了几句,信口说起一些过去的事。笑了一阵,两人都有些说不出话来。望着面前绿沉沉安静的河,我不知道杨方是不是和我一样,想起了那年白兰花树下第一次见面的场景。有些不敢看他,只是轻轻地问:“过得好吗?”

他愣了愣,有些羞涩地说:“还好。”又回头问我。

一阵风过,我抿过耳边的发,淡淡地答他:“还好。”

两个人相视一望,有些无奈地笑了起来。

玉珠姑姑

我第一次读到朱彝尊的那首桂殿秋,是八岁时很偶然的一次在老家西厢房窗边的角落里。那间屋子许多年前曾遭过火灾,虽然救下来了,但已经烧得不成样子,一直都是用来做杂物间的。平时除了小孩子玩捉迷藏爱躲在那里外,几乎没有人会进去。当时我才上小学二年级,书也念得不多,词中最后一句“共眠一舸听秋雨,小簟轻衾各自寒”里有好几个字都认不得。不过那上面的笔迹倒是娟娟秀秀的很好看,清瘦中还透出一点戾气来,显得很特别。大概也写了有些年头了,好几处铅笔的痕迹都淡得看不太清。

我好奇地问了大人,他们说可能是玉珠姑姑写的。家里认得字的,也只有她和二叔两个了。他们上一辈生在“文革”年代的,没有受过很好的教育,一直都很不得志。祖上又是地主阶级,就更没有什么出头的机会了。还好二叔读过一点书,后来就凭这谋得一份乡村小学教师的职位,不像我父亲一辈子都在当农民。

算起来,玉珠姑姑还是我祖母堂兄的女儿,和我们不是很亲。她小时候因为八字太硬,家里人不敢养,给人当童养媳也不要,差点被扔到大街上。最后还是我祖母看不过去,三十多年前的一个秋天里,家里穷得只能吃大麦了也还是带走了她。到底是算命的说得没错,她没来多久,祖父就大病了一场,在吃药上花了很多钱,家里也更穷了。

玉珠姑姑结过两次婚,都离了,现在一个人开了家杂货店勉强维持。前段时间听说又找了个木工,刚好大她六岁(这在乡下是很犯忌讳的),亲戚们都不大看好。不过她没有子女,不嫁人的话,将来只能依靠兄弟姐妹,这样也就没有人肯出来说话了。她有一个做农民的哥哥,再下面两个弟弟,家境也都是一般,她又从小不在家,和他们的感情不是很好。祖母经常叹她命苦,但也无能为力。毕竟不是至亲,平时家里人很少提到她,从小到大,我也只见过她几次而已。关于她的故事,还是很多老人零零碎碎凑成的。说到底,她的命的确是很不好的,即使没克过别人,也从来没有过像常人一样安稳的生活。

我读初中时第一次见到玉珠姑姑，刚好是她再嫁回来，带了很多礼物分送邻里亲戚。新女婿是邻村一个做粮食生意的单身汉，人长得不是很好看，但说话伶俐，一顿饭下来都在开玩笑。玉珠姑姑只微笑着在一旁听，有点不好意思的样子，有一阵还脸红得厉害，神色中显出一些尴尬。她牵我的手问我几岁，又问了二叔的女儿阿芬，无端叹息了一声。后来她一个人走到厅堂，在西厢房门前站了有一刻钟。我跑出去问她要不要进去喝茶，玉珠姑姑也不看我，只摇了摇头。她长得高，侧着身不大看得清脸面，只是整个轮廓精细灵动标致极了。

玉珠姑姑不爱说话，小时候更是半个哑巴，大人们问话也只嗯嗯啊啊的应付了事。平时表兄妹们在一起，打打闹闹的，她都从来不参与。他们那时候年纪小不懂事，有什么事也爱使唤她，犯了错都归到她头上。她又不争辩，被人误会了也不说。同龄的女孩子里有几个还一度很不满意她这样，经常在背后说她装可怜。她听了，也没有什么反应。玉珠姑姑是六七岁时来的，本家每年象征性地出一点钱，基本上吃穿用度还是我们家的。大概她也是很有自知之明的，是家里最勤快的一个，又不会邀功，永远只是默默的，连吃饭的时候都没有一点声音。

亲戚们都说她长得很俊，十五六岁那会儿常梳着两只麻花辫，长长的垂到肩上，下巴尖尖瘦瘦的，眼尾微翘地扫到鬓角，有点像戏台上的俏花旦。不过三叔婆说是“轻薄相”，她颧骨又高，会刑夫克子，后来年纪大了就更显得出来。好在玉珠姑姑没有过生育，无法证实预言的真假。家里现在只剩一帧她的照片，小小的黑白色，和个清秀的青年站在河边。他们说那是我二叔，现在是看不出来了。二叔老了，玉珠姑姑也老了。

我祖上原是村里最富的一家，虽然后来败落了，但房子还在，血脉相连好几户人家合住着。上一辈的人没本事，争房产抢地基的却闹得很厉害，隔三岔五的总要吵上一架，谁也不吃亏。有一回玉珠姑姑提了桶泔水去喂猪，过偏厅时溅了一些在地上，她还没赶得及去收拾，就被二叔婆拉了耳朵大骂起来。“白眼狼”“丧门星”什么的，很难听，玉珠姑姑也习惯了，她是从来不会顶嘴的人，更不敢。只是不知道那天二叔婆说了什么，玉珠姑姑两只眼睛一红瞪得圆圆的直往她身上撞，还一阵尖叫要死要活的，简直像中了邪。到底是她小孩子没力气，很快就被二叔婆揪住打了一顿，大冬天里一个人跑到后山上躲了一晚都没出来。我祖母急疯了，隔着窗子和二叔婆对骂，最后一把鼻涕一把泪地在院子里直说玉珠姑姑命苦可怜之类的话。家里也没人敢去找,因为后山上是一片竹林,就挨着老房子,太公太婆的坟全都在那里。熬到半夜,到底是她自己回来了,一句话都不说,脸色黄黄的,鼻子冻得通红,也看不出哭没哭过。

那几年"文革",祖父因为成分不好被拉去游街戴高帽,亲戚们都劝祖母把玉珠姑姑送回去,但她每次都说再等等看,一直就等了十来年。想来也是她们俩的缘分,玉珠姑姑倒和祖母很聊得来,凡事也比别人想得更体贴周到些。有一年祖母生病,情况很不好,说是要一剂人家香炉里积的十年来的灰做药引子。陈年的香炉灰虽不是什么贵重东西,但就是一个难得。玉珠姑姑跑了几个村,算是磨破了嘴皮子,好歹是讨到了。三叔婆每次说起这事就赞她有良心,就是命不好。"唉,白家那丫头。"

他们说玉珠姑姑还算和二叔合得来,能说得上话,平时也只在他面前能露出一点真正的笑容。其实她有酒窝,笑起来是很好看的。二叔比她大了一岁,身子骨不大好,山上的活也没怎么干,于是就经常给玉珠姑姑打下手。他们俩在家一个烧火一个煮饭做些零碎活,有空的时候还能读一点书。我祖父守旧,很小的时候还念过私塾,他没事就爱教二叔和玉珠姑姑念诗,或是白香词谱什么的,总之都是那个年代很不实用的一些冷门。那阕词,大概就是祖父教给她的了。

当年家里也想过要把玉珠姑姑嫁给二叔,连白家方面都很赞成,但到了最后又说八字不合,终于没有成功。其实亲戚们私下里都说这件事主要还是我祖母的意思,她虽然对玉珠姑姑很好,却还是乡下人迷信,怕婚事会真的不利于二叔。后来玉珠姑姑不大回来,想来很大程度上也是因为这一段故事留下的心结。不过她每年都会托人寄一笔钱给祖母,毕竟养育之恩还在,她说不过去的。

前几年二叔家乔迁,来了很多人喝喜酒。晚上亲戚一群人聚在房里聊天,二叔忙了一天,对着门坐在沙发上,也不知睡了没有。老一辈想起一些过去的事,说当年是怎样的苦,饭也吃不饱,有客人来了才能藏一些白米饭在碗底,平时更别想有好的衣服穿。十来岁的年纪就上山砍柴干农活,回来还要喂猪,书也没得读……像他们这样年纪的人说起这些,总是很有凄凉况味的。一时又聊到二叔身上,他和二婶虽然是一个村的,但小时候根本没有什么交集,想不到他们俩竟然结了婚,而且从前是那样艰难,到如今连房子都建了。话到这里,彼此又是沉默了。不知是谁先叫了一声玉珠,大家就都向门口看去,很高兴地迎她进来。我很久没见过她了,因此很认真地看了看。玉珠姑姑穿一身白底红花连衣裙,腰肢还是细细的,看不出四十多的年纪,不过脸上到底是松了些,眼角也低了,神色间明显清淡了许多。她化了妆,不仔细还看不大出来,头发卷得蓬蓬乱乱的盘在后面,鬓边一点的小碎发垂下来,有一种失落的宁静的哀愁。

她真的老了。

大姑开玩笑说:“有人要不好意思了。”然后大家都笑了,小一点的表弟表妹还一个劲地问笑什么。一直没说话的二叔拿手臂遮住了眼睛,式微的灯光下看不出是什么表情,大概脸红了。最后还是玉珠姑姑含笑打了声招呼,圆了场。大家又接着聊前面的话题,然后说到各自的孩子上,玉珠姑姑只坐了一会儿,始终没有参与进来,很快又走出去了。

那天来了很多人,夜里睡觉房间不够,都胡乱凑合了躺在一间。大姑丈睡觉打呼噜,我是常患失眠的,一直都没能睡着。黑暗中,我借着月光看这屋里的一切,年轻的,陈旧的,一具具安息的身体。或许,我们从来都没这么亲近过,下一次相聚不知会是什么时候。儿时玩在一起的几个表兄妹,也都很少再见了。我这几年的心境不大清明,对于眼前的一切也感到厌倦无力,时常怀念少女时代无忧的生活。明知不可能再回去了,却还是要想,每次都是徒增伤感庸人自扰。我躺在床上,把过去的事又想了一遍。墙上的钟一步一步走下去,永远都不会完。半夜里有人起来上了厕所,抽水马桶哗的一阵响,像一条河决了堤。我看着那个黑夜中单薄可怜的剪影,她小心地避过旁人,然后侧身躺在靠墙的小角落。

“玉珠。”

分明的是门外的一声,悠悠的,试探的,和那个睡在走廊的二叔。这边却顿了许久才应了一声,问什么事。他也沉默了,很长的一段时间里只剩了大姑丈的呼噜声,终于外面说道:“就是叫你一声。”玉珠姑姑没有回答,长长,深深的一声叹息。那一刻里的危险惊心动魄,就只剩了云淡风轻,和许多的过去。

这以后,我就没有再见过玉珠姑姑了。

红双喜

八月底秋凉天气，我回乡探亲，不巧中途有事耽误了些时候，错过了村里的最后一班车。一通电话打过去，父亲便说要骑摩托车来接我，算算来回大概要三个小时。虽然几年前村里新修好了路，但这几天气温突然下降，已经有些暮秋的意思了，我嫌太冷，告诉他往邻近的姨妈家里住上一晚，第二天再回来。

于是就联系了姨妈，打好招呼，换了车子再次上路。旅途无事，闭着眼睛养神，倒想起了许多事情。姨妈家我小时曾住过一段日子，阴暗幽深，印象里常年见不到多少阳光。

她的那座大宅子，听说原来是一个大财主家的私产，新中国成立后，不知怎么就变成公用的了。住了十几户人家，各自的性情背景都不一样，打趣斗嘴，争吵喊话，几乎没有一刻是安静的。每天早晨天还没亮，公鸡先叫破了嗓，天井里一片洗漱的声音。等到干活的扛着锄头上了山，老人小孩留在家里，再过些时候，穿堂院子里就到处都是脚步声。有些儿童话语，连口齿还不大听得清。一玩起来，简直要闹翻了天。木楼梯窄，人一走动，几乎整个房子都在摇晃，惊动了梁下的燕子不停叫唤。

整栋大宅子黛瓦青墙，斗拱飞檐，有雕花的藻井和各式精致的小阁楼。每一条走廊曲折蜿蜒，通向光线渐暗的角落。屋子里的门扇，陈旧破落，开合间吱呀乱响。一些潮湿的地方，长着青苔，边上的破脸盆里种着生命力极强的太阳花和青葱。石缝里冒出的晚饭花、月季、山茶，四季开合不断。春去秋来，一年又一年。

这样古旧的地方，照例有几个骇人听闻的老故事，和宅子里凄清阴森的气氛很是相符。一些离奇曲折的情节，我始终记得很清楚，长大后每次午夜梦回想起来，仍觉得十分恐怖。

后来改革开放，村里的壮劳力跑出去打了几年工，回来建了砖瓦房。陆续地，大家搬了出来。房子里的声音逐渐小了，少了，渐至没有。这几年我读书工作，几乎没有再去过姨妈家，只偶尔听她在电话里说，桃花红了，榴花开了，柿子熟了,冬天的雪米儿落在瓦上了。还有,她老了,估计要死在这地方啦。

前几年表哥提议接姨妈去城里住,她却怎么都不肯,还说什么乡下人要闹笑话,还是待在老地方好,为这事母子俩差点没僵。姨妈的怪脾气,是早就出了名的,加上她不喜欢和人家长里短,更成了个特例。单是从前她和姨父的那些事,到现在了还常有人说道,连我们这些小一辈的都觉得传奇。

这事情都是我听母亲说的。

很多年前外公尚还在世的时候,曾在一家瓦窑做事,为了多挣点工分,每天早出晚归午饭都赶不上回家吃。姨妈因为是家里最大的女儿,送饭的事便自然落到了她的头上。那个年代的孩子,懂事得早。姨妈每次一到了那边,就帮着做这做那,慢慢的和工友们都混得很熟。也就是那个时候,她认识了姨父。大概夫妻的缘分,是命里注定的吧,不知怎么的这么多人里她就看上了他。一个长相普通,又不大会说俏皮话的男人。而且姨父当时刚死了妻子没几年,还带着表哥表姐两个拖油瓶子,外公外婆是说什么都不肯同意的。这样僵了两年,谁都不肯松口。打也打了,骂也骂了,村里的流言更是从没停过。姨妈却照样往姨父家里跑,帮着他照顾两个孩子。事情闹到后来,终于是没了别的办法,也只能随他们去了。

印象里的姨父姨妈倒和寻常夫妻没什么两样,吵架也有,说笑也有,多数时候还是淡淡的。两个人话都不多,有时沉默起来半天都没个动静,外人看来就有些闷了,实在很难想象那个轰轰烈烈的故事会发生在他们身上。不过我小时候每每听他们唤对方喜哥、喜妹,那样的口气,亲切中带着质朴,就觉得他们和别的夫妻确实是不一样的。

三年前,姨父生病去世,葬到了后山的祖坟里。姨妈一个人住在家里,养了只猫来做伴,中间有一段日子表哥回来接她过去玩,还带了去。后来因为和表嫂合不来,又赌气搬回老宅了。

姨妈在乡下住了一辈子,生活习气上难免和城里人有些不一样。单是钱财的用度上,她俭省惯了,连看别人乱花钱都要心疼。结果表嫂浪费没有节制,简直让她肉疼。加上带去的猫在家里无恶不作弄坏了不少东西,还弄得到处臭烘烘的。两个人言语行动上摩擦不断,各自兜着心事,却从不静下心来好好说一回,终于到了无可挽回的地步。不过姨妈这一次退下阵来,估计是没有再回头的可能了。

我想了一阵,没留意车子在一个路口转了弯,一阵凉风突然灌进窗来,吹得鬓边的发直扑了一脸。路旁的阴香树很快地退下去,回头看去,山色青黛处遥遥转出一条碧色的河来,绕着水面上轻淡的一层烟,遮掩了岸上人家。我急问售票员。原来村里修了大桥,已经改了路,不然还得往大山边绕一圈,下车坐船回去。穷乡僻壤的发展得这么快,倒是意外之事。

车子很快就到了站。我下来沿着河堤走了一程,路途尽了,下一条不长的石阶,转到田畴阡陌上。秋天的稻子弯成了一片金步摇,风吹时一低一低的。远处的水田层层叠叠,一直堆到山顶上。随后一个弯出来,上来一条蜿蜒辗转的古道,青石板上散落着发黄的松针,四周一派荒凉景象。这样翻过一座小山,天色渐凉,夕阳黄黄悬在一棵大榕树上,底下垂满了粗壮的气根。下了山,一条小溪,水边一座屋舍,就到了姨妈家。

想必是太久没来这边的缘故,竟觉得有些陌生起来。屋子里冷清、寂静,和我印象里的全然不同,连向来不大热络的姨妈也变得格外活泼起来,抓着我的手一个劲地问东问西,“累了吧!”“渴不渴?”“饿不饿?”忙里觑一觑她,是真的老了,脸上的轮廓已经不大看得出来,密密地填满皱纹,像太多的岁月装不下了耷拉下来。姨妈身上只穿了件半新的碎花布衫,显得人格外清瘦,底下一条家常裤子,一双白胶拖鞋。

我跟着姨妈走进里屋,听她一刻不停絮叨个没完,也没在意我坐车累了直敷衍。她说很意外我会突然过来,没怎么准备,只到店里买了几样菜,水果倒是现成的。她现在一个人住,吃不了多少东西,有时候煮一顿还能吃上一两天。好在买了冰箱,加上养的鸡鸭猫狗,东西坏不了。这宅子里除了她,还有前院张家一户,两个老人一个孩子,一样冷清得很。我问平常有人来没有。姨妈说哪里有人,怕是鬼还有几个呢。表姐半年回来看她一次,偶尔带外孙女,每次都住不了几天。表哥工作忙,更少回。横竖她一个人,习惯了就好。

“养只狗,还懂得成天围着我转。”

姨妈起身到灶台前倒了茶给我,系上围裙准备煮饭,让我先坐会儿。

我坐着喝了几口茶,觉得有些无聊起来,便讪讪地踱到偏厅来。这里的格局倒是还和原来一样,没怎么变,只是看上去更破败了些。屋檐底下的一只大瓦缸,已经旧得不成样子,是个老古董了。听说村里前几年就接了自来水,可姨妈偏爱山泉水的清甜自然,喝了一辈子,老了更改不了。家里的旧东西,她更是一个也舍不得丢，堆了一墙角的瓶罐物什。不过姨妈是会拾掇的人，几株木槿月季养得茂密挺拔，直伸到杉木墙花格窗上。这时候正交黄昏，夕阳斜斜地从滴水檐边漏下来。天井角上的青苔一路漫上了墙，草色幽绿，几朵韭莲花好看地开着。想来闲居无事，姨妈把地砖板壁都刷得干净，几件不用了的农具也整齐地摞在墙角。一台石磨罩在塑料布下，染上了一层薄薄的尘埃。

我走到厅堂来，随手把茶杯搁到祭桌上。这才注意到佛龛上供了一尊观音像，烛台边上密密地洒了许多蜡油，一只手工粗糙的香炉，桌子东西两边还各供了一只金漆瓶樽。低头想一想，嘴角不禁浮起一丝笑意来。姨妈原来是不信佛的，几年不见，到底连性情也改了。光是看这阵势，就可以想象她有多虔诚了。

意外之余，眼角一瞥，觉得有些不对劲起来，便把那观音像再仔细看了几眼。莲台露瓶，并不曾少了什么。虽然是流水线生产的没什么艺术性，有些细节，却还是注意到了的。于是认真辨认起来，半晌，方看出了一些端倪来。是了，是了，菩萨低眉，这一尊却把眼皮抬得稍高了些，半露着眼黑，嘴角含着一抹浅淡的微笑，现出一丝狡黠的生气，到底太不尊重了些。这时候暮色四合，厅堂里没上灯，照壁上贴着的一张毛爷爷像被风吹得哗啦乱响，远远的，一两声鸟叫。没来由地，突然想起一堆可怕的故事来。一念及此，心下已经胡乱跳了几下，忙疾步赶回屋去。

很快吃过晚饭，我陪姨妈收拾完碗筷，喂了鸡鸭，打着手电筒到各处给院门上好了闩。夜晚的老宅俨然一个黑暗的洞穴，我本来还打算一个人睡的，不过想到鬼字当头，只好先将就一晚再说。姨妈怕我夜里要上厕所不敢去，还特意洗了痰盂来用，嘱我有事就叫，她睡得浅，有点动静就醒了，又说："明天早上吃什么，我给你做。"我忙告姨妈不用了，"我早上要睡到十一点钟，不吃饭的。"

姨妈一听诧异道："怎么能不吃饭呢。你们这群年轻人，真的是！我到你表哥家里去，他也是一样。周末一放假就睡到大中午，叫了还嫌烦。晚上也不知道弄到几点，半夜房里还都是动静。偏偏你表嫂比他更厉害，睡起来工作都可以不要了。这么大人了，家里的活都不懂干，弄得乱七八糟的。替他们收拾了，还嫌把他的东西摆乱了。"姨妈叹了口气，胸前重重的一个起伏。大概是想到了什么不开心的事，脸上的神色变得有些悲戚起来。

我听了倒不好接下话茬，只能勉强劝慰了她几句，一边下床去开了电视机来看。姨妈的房间是原来的套房打通并在一起的，显得特别大，里面的陈设却不多，声音一出更显得空荡荡的。电视机的灯光一照，像黑暗中开了一个洞，映出四面墙上的旧报纸，正对床榻一扇对开的雕花木窗，罩了一层绿玻璃纱，想必是很久没换过了，上面绵绵密密地覆满了尘灰。窗子底下一方旧式的檀木桌子，放着姨妈的老花镜、篦梳、针线箩筐和电视机，右手边上一只大的五斗橱，中间嵌着老式的穿衣镜，紧挨着一个旧衣架子。

不久姨妈睡了，仰面躺着，呼吸间发出轻弱的鼾声。我打开手机，看时间不过才九点多一些，开着电视机做背景音乐，玩了一阵，熬到十一点才躺下睡了。

这一下却失了眠。虽然姨妈家安静舒适，我躺在床上却很久都睡不着。这可真是烦人，平时是一沾枕头就睡的呀！脑子不听使唤地冒出许多事来，思量一场。也不知过了有多久，屋里渐凉了些，老房子发出一点不明的声息。远远的庭院里风吹叶摇，四壁虫声不断。睁眼看着，天井里式微的月光映着窗前单薄的一抹青白色，照着壁橱桌角不大分明的线条轮廓，一切模糊的影像。我心里烦躁起来，不住地在床上翻来覆去，弄出吱呀的响声。熬了半晌，无奈只能闭上眼，努力压制住脑袋里的一些古怪想法。

就在这时候，楼上木地板几下轻微的响动，不像人的脚步声，很快地停了。随后却转来两声凄厉的婴孩哭叫，低低沉沉的，分不清远近。我不禁心跳快了起来，千万个念头一下集齐涌了上来，想起日间厅堂里见到的奇异观音像，这座老房子一时也变得陌生了。正惊恐间，又响起同样的一声，较先时还更惨烈了些，接近于鬼叫了。猛然想起姨妈还在身边，忍不住向她身上靠了靠，这才惊觉她的鼾声不知何时已经止了，变得没声息。我睁开眼，把握紧的手掌伸出来，小心地，颤抖着探到姨妈鼻下。还好！还有呼吸，不禁长长地舒了一口气。额上早已汗湿了一片，背上也凉透了。

“喜哥回来了。”身旁的姨妈口齿不清地说。

我听了一阵心惊胆战，浑身汗毛先竖了起来，震了震，早一个念头转到姨父身上，心下一凉，恍惚间觉得连床榻都在发颤，却叫不出声来。一愣神，只当姨妈是在说梦话，忙一把拉过被子兜住头脸，整个身子颤颤抖抖蜷成了一团。她却幽幽地道：“一会儿进来别吓着，这鬼东西，晚上就爱睡在我边上。”听口气，姨妈却已经清醒过来了。

我这边却冷汗热汗出了一身，半天才有些反应过来，想姨妈的话说得蹊跷，心下壮大了胆，小声地问：“姨妈，你没睡？”

“我睡得浅,听到猫叫,才醒了。”

“猫?”

“嗯。”姨妈应道。

“叫喜哥?”

“啊?”姨妈有些不好意思地解释道:“没有……去睡吧!”说完翻身向里睡去了。

我不禁松了口气,整个人在床上摊成一团,身上的一股气力霎时卸了下来。很快听到窗边噗噜的一两下响动,紧接着一声悄伶伶的——“喵”……

林下的日子

那时候我大学还没毕业，年纪轻轻，看待世界的眼光尚不够成熟，因为任性，做过许多至今想起仍然觉得非常遗憾的事情。终于隔了一段很长的时光再回过头去，清楚地知道不能挽回了，一切才淡了下去，只剩记得。

大二那年暑假，住在乡下外婆家里。那是个很小的地方，左近几十户人家，离镇上不到半个小时的路程，条件却差了许多。村里的年轻人都到城里打工去了，剩下老人小孩留在家里，还有一些年纪大点不肯出去的，就留下来继续干农活。这里种了很多李树，到了七八月份，经常能在路上看到挑担经过的农民。村头还有条小河，边上是过去修的国道，沿路种着水杉油桐，再上去就是山，有些荒着，有些快要荒了。

乡下的生活简单乏味，白天干活，晚上睡觉，对很多人来说，其实是挺无聊的。不过那段时间我刚和从前的男友分手，心灰意懒的，对什么事都没有太大的知觉。日子得过且过，疏忽而去。从家里带的几本书，好几天了，还是丢在角落里没有翻过。

有一天下午，突然兴起，拿了本谷崎润一郎的《细雪》坐在门口看，翻了没几页，听到外面有人经过的脚步声。我刚看出点意思来，没怎么注意。那个人却停下来，很小心地叫了一声我的名字，脸上露出期待的表情。他站在一丛芭蕉前，穿着格子衬衫，用手指着不远处的一座房子，告诉我说那是他住的地方。一栋两层楼高的旧屋，青灰色的外墙，门前台阶上栽着几丛开粉红花朵的月季。然后简单地描述了一下自己的身份，问我还记得吗。

听他这样一说，我才突然想了起来。小时候我来外婆家过了几次寒暑假，因为年纪相差不多，一直和他玩得很好，经常跟屁虫一样地追在他后面叫哥哥。后来上了中学课业忙起来，就没怎么来过这里，印象里有七八年没见过他，几乎快要忘了。面前的这个人，已经很难认出原来的样子。

那时候他刚读完大学，考上了广州那边学校的研究生，暑假无事，待在家里给他爸妈帮忙，做点简单的农活。他和我叙了下旧，交换了些彼此的近况，听我无意中说起觉得无聊的话，还很大方地给我介绍好玩的地方，邀我有空去他家里坐坐。

过了几天，他送了一袋芒果过来，说是自己家里种的，给我们尝尝鲜，还教我怎么催熟颜色青一些的。其实我一直就对芒果过敏，不过怕他扫兴，没有说出来。后来我们在一起又分开，他始终都不知道这件事情。

我在外婆家住了有十几天，却还没怎么出过门。每天起床吃过早饭，就窝在床上看很没意思的电视剧，有时候一整个下午都在睡觉。外婆家前面有片小水塘，种了一些藕，刚到花期，开了许多荷花出来。我经常坐在一块大石头上看，时间长了，就会想起从前的事来，心里很难受，却还没怎么认真哭过。有一次在回来的路上，经过他家，发现台阶上多了一盆茉莉出来，不知道是什么时候种的。我站在淡淡的花香里，透过半开的红漆木门往里面偷看，突然见到他走过的身影，吓得连忙跑开了。站在路边抚着胸口，觉得刚才自己的样子真是太可笑了。

有一天傍晚，待在屋里，不知道为什么心烦起来，憋得难受，便告诉外婆要出去走走。可是出了门才发现不知道要往哪里去，站在路边发了一阵呆，看着远处的山，一片浅淡深浓的青色，映着夕阳余晖。于是一个人沿着新修的国道往前走，到了村头的旧石桥上，停下来，伏在栏杆上看风景。没来由的，想起和已经分手的男友的事情，心里一阵委屈，终于忍不住掉了眼泪下来，哭了好几分钟，才渐渐收住。

一场风起，吹得岸边的树叶哗啦作响，一回头发现他站在边上，目光轻柔地朝着我笑，并没有说什么。过了很久，才开口道："笑的时候比不笑的时候好看，其实是很有道理的，说明人应该活得开心一点。"我低下头，静静地微笑着，想不出要怎么回答他。

后来我们谈起关于学校的话题，他听说我中文系的，突然兴奋起来，希望我可以和他一起来当补习老师。他告诉我，村子里的生源不够，学校从前几年起就停办了。这里的孩子上学都得到镇上去，可能是每天来回奔波影响了学业，大部分成绩都不太好。暑假他三叔找他帮忙，希望他能给他小弟补一下，反正都是教，他就干脆在家开了补习班，每天花两个小时给大家上课。只是他语文不大好，没什么信心。"你是专业的，一定能够胜任。"他鼓励我说，"这样也好打发一下时间，你不是说很无聊吗？"

不知道为什么，那天推辞了很久，到最后还是点头答应了他。我们交换了彼此的电话号码，用手机简短地交流着上课的事情，后来会适当地聊一些别的话题，但都很谨慎地保持着距离。

我在学校的时候在外面兼职上过课，适应了几天，很快就能上手了。有事情做，日子确实好打发了不少。我每天早上看个把小时的书，备一下课，下午去他家里，轮到他上的时候，就坐在边上发呆，看窗外的扶桑、三角梅，热闹地向着蓝天生长，阳光底下照着一地花影婆娑。木质的窗台上，经常有蚂蚁搬着很小的东西经过，看不出是什么来。我把头抵在墙上，觉得很有趣。有时候上完课，我们一起到水塘附近散步，说着一些不着边际的话。兴致好的时候，还去村里的杂货店买那种很便宜的冰棒吃。店老板是对上了年纪的夫妻，养了一只很肥的大花猫，经常蜷在墙角的纸箱里，睡醒了就迈着懒懒的步子走出去。

到了八月中旬，我要回家去了，他主动提出要送我去镇上坐车，帮我拿行李。或许是因为分离，两个人的情绪都有些低落，走了很久，才说了几句简短的话。后来到了一个地方，他喊我停下来，蹲在路边的石头上，点了一根烟抽起来。我问你怎么抽烟啊。他笑了笑，把烟掐灭了说："有些事情刚开始并不是出于自己的本意，奇怪后来就停不下来了。"这样又沉默了很久，他指着面前的房子跟我说，这是过去人家烧窑的地方。一栋很破的小木屋，门前的荒草已经长到快要比人高，透过缝隙看去，里面的墙体有些都塌下来了。他寻了条路进去，小心地扶着我在瓦砾堆上走。

"为什么要到这里来？"我问他。

看着他光微笑不说话的样子，我有些怅惘起来，觉得猜不透他。出来的时候，我和他说不想走了，要回外婆家里。他问我为什么，我想了想，答不上来，只是很孩子气地站在路边，低着头并不说话。他过来牵牵我衣角说，走吧！看我还不动，就自己先往前走了两三步，又回过头来，很无奈地看着我，脸上露出些微不高兴的表情。不知道为什么，我突然觉得很委屈，像个做错事的孩子下不来台，想想掉了眼泪出来。他等我哭完，过来牵起我的手往前走。

接下来的路程，我们没有再说过一句话，气氛变得异常沉闷。后来他送我上了车，嘱咐我路上小心，到了记得给他电话。车子开走后，我又忍不住哭了一场，回到家，犹豫了很久，最后才发了一条短信给他说我到了。

其实后来我们真正在一起的日子并没有多长，从相恋到分手，不过都是一两年的事情，这中间却有过许多次的争吵、矛盾、冷战，到了最后，终于不能继续下去。固然事情的发生有各个具体的原因，现在想起来，更多的还是我的年少任性，不懂得怎样和人相处。

然而过去的，已经过去了。

散文

大碗茶

“太平猴魁两头尖，不散不翘不卷边。庐山云雾闻林茶，味浓性泼辣。君山银针是金镶玉。西湖龙井，一朵一朵又一朵……”小时阿公常爱教我念这些，隔段时日，还要背出来。我却总记不住，因为那时家里早就吃不起这样的茶了，连见到的机会都很少有。阿公却是过过好日子的，十六岁那年第一次去收租，后来从太公公手上继承了家业，是叔婆说的“不用做就有得吃”。可惜他福薄，没几年，赶上村里闹土地改革。他因为成分不好，吃了很多苦，一直到去世都没再享过福。

我不像阿公，一向都不大爱喝茶，只是对于茶叶有一段很长的回忆。因为小时候家里穷，父母都很少给零花钱，只能在春季茶时帮人家采茶心才偷偷攒一些。有了钱，就可以去买东西吃，印象中是很快乐的一件事。而且这时节父母多半不在家，随我们烧火打闹自由自在，有时候上山去帮帮忙，一眼看去，地桃苜蓿覆盆子开得遍山遍野，比月季百合又是一种姿态，还能来编花环戴。这样玩累了再顺便采点野菜，回去邀邀功，中午的那一顿味道就特别好，像茶叶淡淡的苦尽甘来。

乡下人却从来不说品茶，更没有专门用的茶具。平日里往往都是一海深深的大瓷碗，浓浓苦苦尽是茶叶，喝起来也是大口大口地灌，真真的豪爽泼辣，像我阿婆的炒茶。每年茶时她总会留些好的不卖，采了来自己炒。我和阿姊帮忙烧火，平时舍不得用的柴火这时就拼命往灶膛里塞，火烧得旺旺的，把脸烤得通红。阿婆却手脚伶俐马上倒了茶叶下去，很快地炒起来。一时碧绿色蔫下去，她这边被热气蒸得汗水淋淋。等到起了锅，我们还偷偷埋一颗地瓜或芋头土豆的在炭火下，出去玩会再回来吃。有时贪玩忘了，烤成了炭，阿婆就骂我们“糟蹋东西，雷不响不怕”。他们那一代的人，闹饥荒时连树皮也吃，因此对于人世的一切都觉得珍贵。

而对于春天的生意，乡下则凡是农人都觉得是一种恩赐。因为他们靠天吃饭，更要懂得感激。节气好的时候，一年来的吃穿用度，子女的学费，大半还就靠这个把月。约摸到了谷雨前后，各家各户便都收拾了斗笠、竹篓，赶着时候上了山。我老家地处丘陵，茶树便都盘山而种，一垄垄从上而下，像从前人家祭祀用的糕点码好了堆成一摞，整齐而不失灵动，更是对天地的虔诚。而茶叶采摘又非常讲究时候，太早了还没长够，太迟了又怕老，分寸之间都是智慧。但农人心里的算盘打得响亮，风云雨露，归燕花香，凡有变化之处都是他们的信号。各家橱柜顶上预备上一本老皇历，随时翻一翻，该做什么，不该做什么，依照着书上的说法行事，倒也不见得有什么大差错。我从小最敬外公，觉得他手指里有乾坤，掐掐点点间，总能够说出一番道理来。而他又很有墨水，传奇轶事，怪人趣闻，竟是张口就来，永远都说不完。类似倩娘离魂、嵩岳嫁女、冯媪的故事，我后来读了原著，都没有当日那样的精彩和奇妙。

我母亲虽不会讲故事，嘴上功夫也了得。她会吹口哨，有时上山的路要走好远，无聊时，她就吹口哨给我们听，田园间悠悠弱弱很低很低的。老家的山道弯曲不尽，半路停下看时，会觉得是从人间走到天上，而我们是往仙境里讨药的凡人，总有一段奇遇邂逅等在前头。我有时走不动了停下歇息，又或是被路边的野树莓吸引住，吵着要吃，母亲便爬上去摘一两颗，哈一哈气，说是能哈去不干净的东西。树莓酸酸甜甜，当真好滋味。可有时我也要赖不肯走，母亲哄骗一阵，索性不管就走了。小孩子听大人说过山妖鬼怪，心里一害怕，少不得还是要跟上去。乡下人从来不惯孩子，或打或骂，都是常有的事。他们是从小就要教会儿女做人的道理，大事小事，都有一套说法，但不像书里写的那样严肃又不好懂。有些话用方言说起来也抑扬顿挫的好好听。我母亲就很会说这些，成天和我们念叨“洗脸要洗耳根子，扫地要扫边角落”“懒读书的孩子假拉屎”。我学着念念，日子短短就像雨后墙角冒出的青苔上露珠滚滚，一去不来。

而二月花潮在一年中最短，过一过就到了三月，春风来时的好季节，柳叶长长，竹笋儿冒了尖，花草赶着红红绿绿起来，到处都好看。若是采茶采累了，沿着阡陌小径走一走，到山泉边捧口水来喝，凉凉地沉在肚里，整个人也清爽十分。乡下的山地多在茶丛中种些桃李，疏疏落落的几株，虽不成气势，却是别有风情。想想就又有故事，是仙女被贬下了凡，是等候郎君归来的妻，是阴阳斗里桃花女的那棵本命树。山路上停下听首歌，唱的也都是这些红尘事。但乡下人不常出门，偶尔有路过行贩的客人歇个脚，或讨碗茶来喝，也只是苏轼词里的“日高人渴漫思茶，敲门试问野人家”，再没别的私情。旧时出家人云游四方，天下人都是他的施主,萍水相逢中的赠予才见得真心,是我们中国人的义气。所以他们的热情好比桃之夭夭,到底是和我们亲。

茶时的忙碌如落花纷纷繁而不乱,日子虽过得草草,却依旧从容。老人家在家煮好饭菜等儿子媳妇们回来,小孩子更要乖乖地听话不捣乱。有时过了饭点还不见他们回来,阿婆就让我去叫吃饭,对着山那边大喊一声“阿爸,阿妈,吃饭了。”回音阵阵从远处归来,送着亲人的音信,我便回屋去端脸盆打水,是个好孩子。书上说东晋时的隐士多会啸,阮籍上山访孙登,讲了一通人家都不理他,好灰心地下山来长歌带啸,这才有了呼应,那声音比鸾凤鸣叫还要美。只可惜“啸”到现在已经失传了,但好在还有这空谷对答,一样好听,因为那是家信,不管去得多远,都能回来。

回来要先去卖茶,换了钱买瓶冰镇啤酒或是放泉水里浸一浸,一家人围坐着在灯下慢慢吃喝。我们村里也有专门收茶的,都是几户人家轮流干。年轻力壮的扛起长大的秤,称好斤两后除去竹篓的毛重,往地上一倒,再喷些水防烧了苗,夜里装车送去茶厂,便又是另一番人事了。

有一户人家生了四兄弟,年年春季都来收茶,一样的缺斤少两,有时又哄抬市价,因此村里人都在暗地里叫他们“四人帮”,说他们坏。乡下人闲来无事,就爱说些玩笑话。夜里乘凉,你一言我一语,谁也不让着谁。但他们调侃捉弄,却从来不伤和气,打架拌嘴更是少有的事。邻里之间,总沾点亲带些故,往上数数又还是一家人。水浒传里的一百单八将是命里注定的兄弟,而村里人却生来就是亲戚。这里是个人情世界,纵有诸般不是,也还是吞一口唾沫忍忍就算,毕竟抬头不见低头见,真要打起来了,也还有一帮子人来拉架。

而村里无事时,各家门户遮遮掩掩并不大关,灰灰的墙头斜打着阳光,花影乱乱的,一切却长长都是永远。没有别的,单单日出而作,日入而息,然后夫唱妇随着白头偕老,世事也本该如此。

卖吃担上

“糍呀粑，粑呀糍，赛岐粑到福安市……”这样的叫卖声在夏日里听来最悠长，尤其是在乡下，巷弄深深，小贩的担子颠颠晃晃，一路碾着青石板路走街串巷直吆喝，隔窗听去，也要想起他的背影弯弯矮矮，也和人生一样曲折。想必是因为常年叫卖的缘故，他们的嗓子都是又高又亮，在老房子里也传得开。有时午睡才醒，一边懒懒摇着蒲扇不想起来，听他一路叫来，只觉得世事无聊日子好长好长的。而糍粑也是这样，打得好就绵糯黏牙，一口咬下去要牵扯出好些来。我们倒不常买，嫌腻。看他生意也不大好。一个黑瘦的老头，颧骨高高眼睛大大的，脖颈间常搭条毛巾，屋檐底下日头照着，他也还是清明干净，和瓦楞青砖一样颜色。也不知是从哪里来，反正过个把月总要在路上听到他的叫卖声。大概是姓陈，但村里人都叫他“糍粑”。

面粉自然是最好做小点心的，花样也多。我小时爱吃麻花、油饼、脆豆，再就是光饼。每回到镇上去，都要央母亲给我买一张光饼夹牡蛎包，一共是五毛钱，算起来却是非常奢侈的了。牡蛎包是一只牡蛎也没有，只有一些萝卜丝、南瓜条和包菜什么的，炸饼的一锅油黑黑亮亮的从来没换过，呲呲地浮着牡蛎包，飘着香。吃光饼是我家乡明朝时就有的传统，说是戚继光打倭寇，连天下雨不能开伙，只好烤饼吃，后来就传下来了。光饼做得又有嚼劲又耐饿，要刚出炉时香酥酥的最好吃。小时看村里师傅烤饼，感觉简直是惊心动魄可怕极了。每次松枝烧起冲天的大火，我都要吓好一跳。等火熄了一些，贴饼的师傅赤膊徒手把饼胚贴到黄泥大缸缸壁上。这过程要快又要准，要不手臂就会被烫出燎泡来，一般人都做不来的。每到清明时候，我和邻家伙伴都爱往山里跑，走在阡陌田间，遇上一群扫墓归来的，说说好话，讨一张光饼吃。他们当然不是做买卖，一年也只有一次，扫墓就带一袋光饼，下山时一路分下来。我有时一天能讨到四五张，放在清水里泡一泡，切成四瓣和酸菜一块煮，比买来的什么都好吃，因为不要钱。

豆腐脑也是便宜的，口感爽滑又嫩又好吃。六月里喝上一碗红糖姜汤泡的豆腐脑,滚滚地烫着舌尖还稍带些辣,透着心窝在额头鼻翅上冒一排细细的汗,真是痛快极了。从前村道上有棵大榕树通着东西南北,卖豆腐脑的就左放一只大木桶,右摆一锅红糖姜汤,坐在板凳上把勺子向瓷碗上碰得叮当响,时不时叫上一声,他自己还打得盹来。我们那方言把豆腐脑叫"豆腐仔",意思是从豆腐身上化来的,此外还有"鱼仔""糖仔""萝卜菜仔",比南京人叫"豆腐捞""豆腐老"这样讨吉利的说法还更见得老百姓的天真可爱。

不过大热天里却还是爱吃冰,尤其是小孩,这边舔一口,又急急去救那边将要滴下的一小滴,还舍不得比别人快吃完,慌慌张张弄得满嘴都是。我小时听母亲讲,大姨丈十三四岁那会儿就和他兄弟出来卖冰棍。他会耍嘴皮子,一张嘴吆五喝六伶俐得很。只是他小孩子声量小,嗓门不大,没办法就赶着人家门口一户户地叫"冰棍冰棍喽,一根两分钱,好吃没得来!"那时用的还是流动的塑料保温箱,白泡沫盒方方正正,冰棍也只一种,没得挑,开了盖就得立刻合上,怕化了。九十年代品种多了一些,贵到两毛钱的雪糕其实就是米浆加白糖水。我每天上学前和母亲讨了钱,到弄堂口招呼了同伴,一起去店里买一根,一路舔到学校。

有时钱多一些,还可以在校门开放前到路边摊买一包香干、猫耳朵、辣条什么的,都是一两毛的价格不相上下。等天气再转凉些,学校操场上的梧桐树又飒飒落起了叶,到处都黄黄的,踩上去一脚一阵咔嚓响,碎碎的残叶都是旧时光。卖棉花糖的多半是这时候出来做,随意在校门口外设个小摊,行当也只一件,每次用卷铁皮舀一小勺糖,竹签棍子绕绕就结出一朵大棉花,和天上白云一样白。舔一口,也好像是在吃空气,倒是脸上、唇上怎么小心也还是黏黏的。小学生没钱时,通常都是看他做,总觉得两毛的比一毛的大许多,红色的比白色的更好吃。再就是做爆米花,在吃食里算是最惊险刺激的了,每次黑皮囊"嘭"的一声炸开时,胆子小的女孩都要"啊"地大叫一声,紧紧捂一捂耳朵。一些逞强的男孩故意装没事,一边还笑话她们没用。

这些卖吃的有时家里也有农活,大都是闲时才出来走街串巷赚些外快。像我乡下有一种中间包花生仁的麦芽糖(实际上就是扯白糖),埋在稻谷堆里防潮,方言便因此而叫了"米糖"。这种是每次要吃时抽出一段,用大剪刀斜斜剪下,再埋上稻谷。我从前还以为扯白糖就是从稻谷堆里长出来的,也跑到自家粮仓里去挖,到底是闹了笑话。那挑担的是个胖女人,生得黑黑矮矮,一副老实相。有一回她到我母亲店里来做衣服,我一时还没认出,等到认出了,又左右觉得不对劲,后来才想起原来她那天没挑担——到底我们连萍水相逢还不如。

算起来,最热闹的还是过年过节时候。小时哥哥讨了钱买一串红红亮亮的冰糖葫芦,我要吃时,他就先霸道地抢着用口水舔过一遍,气得我又哭又闹,小脸蛋红得和山楂一样颜色。是这样调皮而热闹的人世。到唱大戏那几天大祠堂里锣鼓喧天,连隔壁村的也赶了来,到处攒攒都是人头。大门口上就停了好几副担,卖姜糖的、卖甘蔗的、卖蛋花酒糟的,连大人们也爱吃。等到三响神炮一放,好戏开了锣,天井里的香炉烧得烟雾弥漫,有些担子轻便的就挤到人群中来招揽生意,或在过道上摆了摊,扁担横着坐在上头也跟着看戏喝彩,此时此刻,云里雾里,真是天上人间。

鼓箫班

鼓箫班当然不是只有鼓和箫,是我们闽东北一带流传下来的剧种福建乱弹里的演奏班,一般六七个人,主要乐器有二胡、扬琴、鼓板、唢呐和长膜笛,近几年又加入了一些西洋乐器,连架子鼓、大提琴都能偶尔见到。人手不够的时候,敲鼓板的还兼吹唢呐,嘴上手下一阵忙活。这些人里有从戏班退下来的,一样会唱,嗓子都是又高又亮的。福建乱弹里的大将出场前,先有个“叫介”,用拖长的声腔唱念。有时候鼓箫班里的老师傅也来帮个腔,声音一出,下面的一些年轻观众听了,就跟着起哄。我小时候虽不爱看戏,却喜欢往这样的场合里钻,手里拿个什么吃的站在一边听鼓箫班里的老师傅们的演奏,还经常和家里人说长大了就要去学这些,结果被他们骂没出息。大概唱戏走江湖一类的行当,是很受人瞧不起的。

村里头娱乐活动少,但每年除夕这一天,无论刮风下雨都有人来贴戏票,从村头贴到村尾,爱讨彩头的人家多花两块钱让盘龙的进来舞一圈,来年大吉大利,和戏票上画的童子抱鱼一个意思。请戏班花的钱,是村里这一年做寿的、添丁的、乔迁的、嫁娶的、考大学的人家来凑份子。大家就叫他们“做户头”,除了唱戏外,剩下的钱用来做“福糍粑”,每家每户都可以领一份,吃了就添福气。

等到了好日子,戏班子请来了,村里老人小孩都赶早去祠堂里占了位子,年轻人来得晚的,就站在天井边走廊上抱着胳膊等。他们是凑热闹的,一般不会看太久,站在底下聊会天一根烟抽完了就走。

每次戏还没开锣前,鼓箫班先在台下咿咿呀呀地调弦试音,来一段“琴串”,等到三响神炮一放,鼓板急急敲得快要断了,幕布一拉,先跳出来个持枪的年轻后生,就知道唱的是忠孝节义的故事了。下面看的人忽地喝彩起来,声音一下盖过了台上唱戏的,整个祠堂里说话的、打鼓的、大叫的全混在一起听不清了。我就和邻家伙伴往后台上钻,偷看唱戏的抹油彩换戏服,或是挤到鼓箫班里伸手拨一拨琴弦。打扬琴的师傅看到了,伸手就一个竹杠,骂一句:“小孩子,这么不乖,小时候一定是个没铃带的!”我听了,忙吐一下舌头,往人群里一挤先跑没影儿了。

这些鼓箫班里的师傅们，并不是常年都跟一个戏班子的。他们家里多半还有农活，有喜事了去一去，有时候哪里少了个吹唢呐或什么的，也跑去凑个数。通常也是一个镇里的乡亲，叫来一个，其他人也就能很快凑齐了。给戏班子演奏的话是两三天，迎神赛会或人家婚丧嫁娶的去一整天，给的钱也比干农活多。不过不叫工资，叫红包，数目也是按主人的意思，一般不会低于正常的水平。我表妹她阿公阮师傅，早年就是带鼓箫班的，二胡、唢呐、横哨都会一些，两个儿子，也和他各学了一门乐器。过去乡下人传手艺叫带徒弟，学费是没有的，但做徒弟的要给师傅家干活，打骂也是常有的事。不过阮师傅说他们这一行的却不是这样的，因为音乐一类还不算手艺，是闲事，经常还被人说是不务正业。真要想学了，先来师傅家里看，道理懂了，再稍微点拨一下，厉害的学上个把月也就入了门，回家就可以自己按着曲谱练去了。

阮师傅他走南闯北，见过世面，肚子里的故事也比别人更多一些。夏天夜里，月色清明没有云朵的晚上，阮师傅常坐在凉亭台阶上，手里点着一根烟，兴致好的时候，就开始讲旧时代的事。说是很多很多年前霞浦县有一户人家娶亲，半路上下了大雨，山道难行，抬花轿的迟了快半个时辰。本来鼓箫班的师傅都是等宴席终了单请一桌吃饭的，这一天晚了，在场的都饿得不行，其中有个拉二胡的平日里就脾气不好，先在心里埋怨起来，到新娘子花轿进门那一刻，他起头拉了一支发丧的琴串，弦揉得碎碎的。席间众人都听得不对劲，但毕竟乡下人不大懂这一套，听过也就算了。新娘子拜过堂后特意吩咐人和她公爹说，这一次请鼓箫班要花的钱由她来出，还点名要拉二胡的师傅亲自来拿。果然拉二胡的不知趣真就来了，新娘子也厉害，开口就问他前一日进门拉的是什么调。一句话出来，底下听的那一位当场就慌了，知道遇上了行家，臊得忙躲出去喊了鼓箫班的一众人马即刻下山走人，工钱自然是没敢要了。原来这新娘子的老爹干的就是这一行，没想到会这样巧。后来新娘子当了家，还发下毒誓告子孙后代千万不能请这一路的鼓箫班。

这故事的真假，如今是不能确定了，只是在我乡下却还从来没出过类似的事。村里人嫁娶乔迁的是喜事，乡亲邻里都要来帮忙递菜洗碗做些零碎活，没有人会做缺德伤阴骘的事。办喜事那几天，人多，鞭炮声也响，再就是鼓箫班。有的人家穷用音箱来代替，效果就差了很多。鼓箫班的一队人马一般是在门口搭个凉棚,他们的乐器一摆,气氛先就出来了。前几年大表哥结婚,请的鼓箫班里有两个原来唱花旦的,约摸四十岁了,嗓子还是又清又甜的。我虽然都听不懂,但觉得是真好。他们鼓箫班的通常都很卖力,一个晚上下来,只中间换曲时停顿片刻,很少有听不到声音的时候。

平日里没有接活的话,鼓箫班的师傅们就很少出来公开演奏了。只夏天夜晚,天气好的时候,河面上有凉风吹来带着一些水汽。镇上凉亭里,几个年纪大的老师傅坐在一处,摇摇晃晃拉着二胡,调子低沉,外面世界月亮明星,各自天荒地老。

琴师

小时候，村里一有戏班来，我就和对门的三三跑到后台去看人家化妆抹油彩，躲在戏服堆里到处乱窜，要被人赶了才出来。每次戏还没开锣前，天井走廊上就先坐满了人，鼎炉里的香烧得旺旺的。烟雾中的鼓箫班都坐好了先调弦试音，随意地演奏一些小曲子。其中有个声音，咿咿呀呀的好苍凉。我问老师傅是什么，他说胡琴，然后就手指颤颤地运弓揉弦给我听，碎碎不断的琴音好像哭声哽咽。

后来我家搬到镇上，就常在夏夜里听到这声音，远远的不知从哪里来。一些辗转缠绵的曲子，如泣如诉般，拉得月亮出来了，水清清，云白白的一个，映着窗外流水潺潺的富春溪。我母亲说她最爱胡琴声了，听着心里凉凉静静像是喝了山泉水。

那时候有个老乞丐常在街尾的大榕树下拉二胡，面前一只破碗，眼袋厚厚的微低了头。他的琴是很不好的，哑哑的狼音很重，而且拉来拉去都在一把位，有气无力的。母亲有时听到了，踩着缝纫机跟着调子哼，声音低低的听不清在唱什么。但记不得是什么时候开始，就再没见过那个老乞丐了。

高中毕业后，很偶然的一次开玩笑和母亲说要学二胡，问她怎么样。她却突然很高兴的样子，说以后老了听我拉二胡，一定什么烦心事都没了。我听了心里怅怅的说不出话来，想她这些年，实在是为这个家受了太多的气。

就这样真的学起来，像琴声起时的身不由己。

刚开始是和我表妹的阿公阮师傅学。他早年带了个鼓箫班，唢呐、笛子都会一些。从前镇上人家有办喜宴或丧事的都来找他。年纪大了以后，一直闲在家里。听我说要学，就很高兴地应承了。阮师傅有两把二胡，还自己用毛竹另做了把京胡。这几年手疾犯了不常拉，琴筒上的蟒皮都叫他的小孙子捅破了，补了一百多，琴枕也不知给弄到哪里去，他后来又做了两个。我手里的这把二胡也是向他借的，一直都没还。

暑假时我每天傍晚去他家，在厅堂里学，拉些简单的调子，算是入门。隔壁有个七八岁的小孩常过来听，大概是怕羞，也不说话，站着一看就是半天。我逗他玩，他就跑掉了，一会儿又回来倚在门上看。我原来是一点音乐基础也没有的，乐感又不好，刚开始的时候连调弦也不会，音都听不出来。阮师傅说都是人学来的，从前他带的那些徒弟连字也不识一个，白天干完了活晚上拉，照样学了一身本事。他先教我拉一把位的七个音，也说不来理论，就让我看。有时用方言解释指法，我简直要听不懂，交流起来很困难。他说，回去好好练。

我就找了一大堆视频来看，听曲子，有时梦里都在拉二胡。初学时手势很僵，琴码又是火柴梗拿去凑数的，声音很大。在店里拉，连我母亲都说听起来像在锯木头，和斜对面的木工师傅一个样。又住在街上，练琴时常会有人过来看，弄得我很不好意思，但也因此认识了不少“老朋友”。每个人进来都问一声，“小妹学二胡，不错嘛”，然后就接了琴过去调弦，说哪里不对什么的。

对门的龙兴伯，常来我们店里玩的，想不到他竟然也会，还是十几年前就学过的。后来听他说，文革知青下乡那会儿，有个福州来的女知青带了一把二胡来，他去请人家教，学了一个月，临走时女知青就把二胡送了他。后来他家里闹火灾，什么都没了，二胡也烧了。他看到我学，也指点我一些，带我拉。他家的晚饭早，吃过就到我店里，坐在门口上拉白毛女。街坊们常开玩笑说他在帮我们家的裁缝店招揽生意。阮师傅偶尔到街上来，兴致好的时候拉《上酒楼》里的琴串，龙兴伯就用京胡和，还会唱出来，路过的人都要停下来看上好一会。他们唱的那一路叫福建乱弹，也称作是北路戏的，已经快失传了。阮师傅的老生腔是用真嗓发腔，又亮又苍劲，夜里听时很悲凉。

有一回我在店里练行路板，已经拉得有些调子了。有个老伯进来却说我拉得不对，音也摸不准，按指运弓都不会还急着拉曲子。我听了很灰心，几乎想要不学了。下午他却抄了十几首刘天华的练习曲来送给我，还在后面写了好些勉励的话，要我认真学，说拉二胡是一辈子的事，要把基础打好，凡事欲速则不达。母亲说他是供电所里退休的老干部，人很好的。这样隔三岔五的，他总要来店里指点我一番，又叫我去和上街的剃头师傅一起拉。他说：“他们也学的，一起进步嘛。”

他们真是很热心的人。

我每天在店里咿咿呀呀地拉二胡，累了就跑到屋后的河堤上吹阵风，一路走到“十八家”的尽头，然后再沿着芙蓉街散步回去。夏天夜晚镇上的凉亭里有很多人乘凉,有的坐在栏杆边上说闲话,手里点着烟,脱了鞋把脚架在凳子上。有的就枕着手臂躺下看月亮,莲花白的光,照得人头脸清明看不出任何表情。老人们坐在边上拉二胡,苍苍的手来来去去,一时人声静了,只听得琴音凄切蛙声不断。

剃头师傅看到我,就说:“什么时候到我店里去,带带你。”

我也不怕羞,抱了二胡真就去了。第一次去的时候,他才给个老人剃完了头,见我来了,就招呼我先坐,站在门口喊了面店的李叔过来一起拉,还给我演奏了菊花串。他店里的墙上挂了两三把二胡,还有好几支笛子和箫,桌上有很多琴谱。他妻子靠在一旁看着我们拉二胡,脸色淡淡地不出声,或有时拿件活计在做。我手笨反应不过来时,常急出一头的汗。她在一边抿嘴笑着,叫剃头师傅慢点拉。

听李叔说镇上有很多人都会拉二胡,而且大半都是自学的,最厉害的是我好朋友鱼的父亲。他不认得曲谱,每次都是别人拉一遍他记下来,然后就会了。“那个妖怪!”李叔一说声调提了一大截,我也笑起来了。他说我是读书人,学起来比他们容易多了,要我慢慢来。

二胡的确不是可以速成的乐器,有的人练一辈子都没个名堂,中途放弃的也很多。我又是个性急的人,假期结束后回到学校里练了一段时间,很不得法,又怕吵到周围的同学,搁置了很久。但想想又不甘心,最后还是找了季来帮忙。她是二胡十级的资格,人也很好,每次教我时都很耐心。

有一回母亲突然在电话里和我聊起鼓箫班的事,说是现在给人家办喜事伴奏的一个晚上能赚两百多,要我学会了去拉。

我想,将来或许还可以去当个江湖艺人呢。

蟪蛄歌·夏日

蝉声最闹,夏日里长长不断,一叫便是好几个月的昼长夜短,日子更像是盹着了。天却亮得好早,起来吃碗稀饭去把酱缸上的罩子掀了晒日头,阳光金金,又是一个大晴天。小孩子放暑假不读书,一群人小小的影子到处闲晃,一路赶着不知要干什么。过了端午,天气就热起来,跳房子猜楼梯什么的玩玩又一身汗,到小商店里好狠心买一根雪糕吃,两毛钱,是昨天帮忙捡李干挣的。小脸晒成油黑色,男孩子更不顾形象地脱了上衣,露出鼓鼓的肚子,又觉得好饿了。可是已经吃过午饭,对门的太叔公要睡午觉了,厅堂里静静的,只有偶尔的一两声,阿三还是小龙捉迷藏没处躲乱跑一通,扬起祭桌上放着的元宝纸,静默中飘起又落下,和始终不变的"知了,知了"重复着。

我们都怕太叔公,迎面走过时连话也不敢讲,倒不是因为他辈分最高(算起来,还是祖父的堂兄弟的父亲什么的),就只他平时不大说话,又不常笑,屋檐底下拄着拐棍想事情。叔公四十多岁的人了,被他骂时也不敢顶嘴。但他有时也是个小小孩,教我们把捕来的蝉用火烤着吃,香香的味道比地瓜还要好。他说他小时候常干的,也是这样一群兄弟姐妹成天胡闹,后来都散了。

从前的事,是滴水檐下石头渐深的痕,寂寞而深刻,然而什么都变了。我们却都爱听这些,小板凳围着坐成一圈,手里拿把蒲扇拼命摇,不停地问后来后来怎么样。太叔公的故事却总是说不完的,今天才到隔壁村里做客,用一袋米换了一斤白糖当见面礼,主人家高兴得留他住一晚。明天又和一群人上山干活遇到一群野猪,差点没被拱死,吓得魂都掉了。太叔婆过来说他胡扯,他眼睛一瞪,骂句你懂什么,又没了兴致和我们说下次再讲。不过这下次,总是要等到很久以后了。

夏日的时光最无聊,太阳出时,爸爸妈妈穿了长衫扛着锄头到山上去,要天色昏了才回来。我和阿哥到溪涧边玩一下午,用石头拦了溪水来做"大坝",有时还裤腿挽得高高地泡在水里,冰冰的好凉快。溪里石头底下常有小螃蟹,我们捉了来煮着吃,最大就和拇指一般,一点味道也吃不出。偶尔捉了母螃蟹掰开蟹腹，里面有许多小小的螃蟹子。阿婆骂我们造孽，小心天上神明要怪罪的。

小孩子却什么都不怕，到人家田地里偷摘李子吃，用衣服兜了满山跑。有一回大胆到村头“斧头蜂”那摘杨梅吃，被他追到家里来，骂了一顿，晚上就跪在地上挨一顿竹枝鞭子，连饭也没得吃。就这样，过两天还照样偷摘不误。小小的身体里也不知哪里来的精力，从没个累的时候，上了床却一闭眼就睡着了，谁也叫不醒。

也只在下雨时才没得出去，一群小孩把天井里的下水口全给堵了，光着脚丫在雨里冲来冲去，还赶了家里的鸡鸭鹅到水里去，拿了根长竹竿来耍得它们到处躲闪不及。少年心思没有同情，就爱折磨这些小动物玩。却有回阿哥和旺仔大哥合作了个捕鼠笼子，到山上捉了松鼠来玩，养了几天，忽然就死了。一群人眼红红地好伤心，还去挖坑把它埋了，很郑重地用木牌歪歪扭扭写了“小松鼠之墓”立起来，插了树枝来做篾香烧。

每年夏天，是一定要到河里游泳的，用狗爬式在河里折腾互相泼水。玩够了就湿着身子跑到附近池塘捡田螺，太阳下了山才肯回来。阿爸沉着脸问我们去干什么，大家便都串通好了说是去“捡田螺”，免了一顿打。晚上吃阿婆的爆炒田螺，吸吸就一桌子的壳。阿婆总要交代我们姊妹，女孩子不能吃带子的母田螺，“将来要不得子的！”她说。

阿婆的话都很老很老的，夜里星星满天，她和太叔婆坐着乘凉在檐下说说话，“那个时候，那个时候”的好多事。我们就缠她说鬼故事，吓怕了就抱紧了往她怀里钻。夜里不敢上茅房，和阿姊两个人互相陪着还怕，心里直念阿弥陀佛观世音菩萨。但阿婆说不干净的地方是不能念佛的，要不以后就不灵了。

乡下的夜晚静时，穿堂风吹过老房子里没有灯影的小角落，只有一阵单独的脚步声，大概是阿爸到店里赌了一把回来，阿妈给他留了门。

寂寂的一两声。

美人有“病”

我想能够在男子当道的古代留一薄名的不外乎两种女人——符合道德标准又有几分姿色的贞女烈士已经在文人笔下涂抹得沉重而模糊,早就不是当初的面貌,而另一种近乎于妖的却又被称为红颜祸水,永世不得翻身。简直冤枉!“天之所命者尤物,不妖于身,必妖于人。”如此厚颜无耻为自己的薄情寡义辩白的,除了元稹,想必还大有人在。不过也无须动气,到底单凭美色就把天下玩弄于股掌之中的,也是一种能耐。反正这些大男子是早该吃点苦头了。

我们现在的人是很难理解当初的审美了。单薄可怜像风一般,姑娘们在水墨画上萧条零落地等过了唐宋元明清,衣服换了一件又一件,到底还是累病了。一个女人,尤其介于美与不美之间的,总是挖空了心思在自己身上动些手脚,不达目的誓不罢休。病态的审美入骨入髓,那苦楚要过后才知道。

女性的不忍柔弱是她们被父系社会统治的关键原因,可奇怪的是对于自己,天下所有的女人却都出奇地心狠手辣。三寸金莲在今天看来已经不具备任何纤不盈握的美感,甚至有些恐怖。然而过去一双莲瓣形的小脚,配上水珠镶滚的绣花鞋,却是一个女子能否嫁得如意郎君的决定性因素。当时甚至有因为脚小而不能走路,进进出出都要由人来抱的“抱小姐”,在丈夫眼里,也是一种美的表现。而男人的爱,多多少少出于一种保护欲,说白了便是自尊心的满足。大凡一个女人,若是在家里独当一面,在事业上又要呼风唤雨,男人自然而然也就敬而远之了。职业女性的悲哀莫过于此,虽说当今身体的禁锢已然解放,但追溯到最关键处,一切依旧如是。古代有一种鞋底尖锐,两色合成的小脚鞋叫“错到底”,用来归纳缠足这一弊病再合适不过。

自古扬州多美女,不是说那里的姑娘长得有多美,实际不过是因为那里出了名的“黄鱼脚”。中国人对色之一字再忌讳不过,虽然骨子里世人都是一个脾性,但他们习惯束缚自己,就像裹脚一样,硬生生把天性扭曲了。缠足是无期徒刑,高跟鞋是有期徒刑。西方文明的发展或悲或喜尚不可定论,但随之而来的弊端也摆在眼前。矮小的中国女人在高跟鞋里昂首挺胸了,然而鸡眼拇外翻的问题却不容小视。好在脚是藏在里面的，中国人一向只做台面功夫。

中国姑娘自从接受教育以来，思想观念大大转变。过去常说女子无才便是德，《大学》里更大张旗鼓地讲到“富润屋，德润身，心广体胖”。如此看来，瘦人想必有才而少了脂肪（开个玩笑）。德与不德，暂且不论，但为何一个聪明人会为了减肥而伤神劳力，甚至把自己饿到胃病，这逻辑也着实不通。就说身体发肤，受之父母，也不该如此。可前人在崇尚这一法则的同时，除了裹脚，更是出现用绣花针生生往耳朵上扎了孔来，只为配上一个可有可无装饰物！只能说士为知己者死，女为悦己者容，连父母也可放到一边。中国人一向大事糊涂，小事了了，这本来也不算什么。

现在人一说到瘦，常想到楚王好细腰，宫中多饿死。我自认为对食物没有抵抗力，也不想因为减肥而吃苦头，就是不知道爱美人士如何这般有毅力。吃为人生一大要事，如何能省。有时候中国人吃苦的本事真是叫人佩服，抱定事实坚持到底，固执起来几头牛都拉不回来。所以不管是尾生抱柱还是王宝钏苦守寒窑十八年，这些人都是自找苦吃，可悲但不可怜。

然而直到今天，情况也没多大转变。自从整容术完善并且风靡以来，中国人便开始在自己身上动起了刀子。过去女子以胸大为丑，肚兜背褡，重重排扣绷到一马平川，是最含蓄的起承转合。很多女子因此而导致呼吸困难，哺乳期奶水不足等情况。可即便如此，她们连睡觉也不肯脱去束在身上的层层重压。这或许又是古道慎独，好女子时刻不违规矩才能解释了。肺结核里有一种叫女儿痨，在过去不知害了多少青春少女，我想多多少少也和束胸有关。

在众多诗词歌赋里，我们几乎不能见到关于胸部的描写。纤小羸弱的女子大行其道，恰恰符合了阴阳五行论里阴为柔、小、曲、弱、静的古怪说法。于是所有人都铆足了劲向标准靠拢。盲目跟风是为国人本性。无论是孤独信的骑马侧帽，还是寿昌公主的梅花妆，天真到冒傻气的行为经过时间历练，终于成为后人闲聊的话柄，有多少传说故事又不是因此而来。这一切对与不对尚且不论，到底一个人不是一只饭桶，不能装下太多名目，违背自然法则的做法终究要被淘汰，时候一到，该推翻的就会推翻。

可笑的是，自 1927 年解放胸部的命令颁布以来，女人们像是为了补偿这几千年来前辈们所留下的遗憾，统统披挂上阵，势必要波涛汹涌推动时代浪潮。在这里，影视明星首当其冲，纷纷敞露胸襟为艺术献身，大有鞠躬尽瘁死而后已之势。隆胸术真可谓功不可没。假体、注射、脂肪移植等手法的普及,在丰满胸部的同时,也为我们带来了无数笑料谈资。类似于"一拥抱就变石头""一晒太阳就爆破"的说法,早有人用事实证明,而因为隆胸而直接导致生命威胁的,至今也不再骇人听闻。

当然,爱美之心,人皆有之。适当的修饰不仅无伤大雅,更是人类进步所应呈现的必然表现。石器时代尚有贝壳项链,更何况于今?可是不知道从什么时候开始,我们喧宾夺主,因为美而舍弃种种生存所必须。乳房不再具备哺乳的功能,单纯成为装饰摆设。孩子在母亲那里得不到无私孕育的爱,而成年男人反而对乳房恋恋不舍,从妻子那里找寻儿时的缺失。阳刚气不足,阴柔秀气的"伪娘"以一张几可乱真的桃花脸为豪。父亲和孩子争起了宠、男人和女人争起了爱。颠倒自然规律,社会怪想层出不穷,所有人都在自讨苦吃。如果按照用进废退的发展规律,女人们也该引以为戒了。

有句老话说:"身体发肤,受之父母。"且不论孝与不孝,一个人爱惜自己的身体,那也是自然而然的。我最喜欢《子夜歌》的一则,无论写情写人都极妙——"伊昔不梳头,秀发披两肩。婉转郎膝上,何处不可怜。"闭上眼睛想一想,也无怪乎流传千古了,到底还是天然最美啊!

然而事实却远非如此,在旧社会繁文缛节的影响下,发式也出现了双刀髻、凌虚髻、灵蛇髻、双螺髻、垂桂髻、莲花冠、倭堕髻等等数十种。姑娘们在家没事干,除了绣花,也只能在头上动些手脚。富贵人家为了显示身份,更是把金钗簪花当作身份的象征,无处不体现上等人与下等人不同之处。而这些摇摇欲坠的头上功夫,最考验姑娘的形容仪态,顾盼间的鬓云欲度,一下子便达到"言有尽而意无穷"的最高境界。

按照中国人的审美,中和、神妙、气韵、意境,层层递进,缺一不可。这样难以琢磨的标准,实在找不到几个勉强符合的人间尤物。女人们不断向标准靠拢,化妆的技术出神入化。这世上除了药房,也只能在女人的梳妆台才找得到这么多的瓶瓶罐罐。其工序之多,手法之复杂,用量之精准,堪比计算机程序设计。爽肤水、粉底液、睫毛膏,施肥多了,自然要发起芽来。比起过去素白若凝脂的古装美女,如今的人造美女多少有些不可靠。所以说,男人不要轻易相信女人的话,就算相信女人的话,也不要相信女人的脸。

前几年听到因为使用美白产品导致汞中毒,反而皮肤发黑的事,至今犹觉恐怖。固然连诗经里也说“素以为绚兮”，但也不见得美人就一定非白不可。妲己是个黑里俏，著名作家沈从文的妻子，合肥四才女之一的张兆和，也是个有名的黑美人。远的先不说了，因为“好声音”火到爆的吉克隽逸，不就引领了一时的美黑风潮么。可惜这些都不是主流，究竟走不远。

适当的修饰无可厚非，太过分就不大好了。看看新闻里因为整容“哭笑不得”的女明星们，姑娘们且自保重罢。

不过想想我一介女流，说这些话还真没什么分量。

再见，再见

那段时间，心里很不舒服，老想哭。有时候坐在公交车上，整个人木木的，不知道在想什么，发一路的呆，等回过神来，才发现眼眶又湿了。差不多就是在那几个月里，身边的人来来去去，再见、送别，有些还在，有些却再也回不来了。

年初开学前一天，因为找工作的事和妈妈大吵了一架，哭着跑回房里，穿着单衣躺在瓷砖地上流泪，想死了才好。脑子里全是刚才发生的事，和过去的许多次冲突、争论、冷战。事实上最后都是妈妈先退的步，而我，虚长了二十二岁，却还没有一次平心静气地把心里的想法告诉过她，只是没理由地发着脾气，说她不懂。妈妈所期待的所谓稳定、体面的好工作，无非是那几种，可是我不喜欢、不想要，和她说不通。不知道为什么，把不耐烦都用在了她身上。第二天下雨，爸爸送我去的车站，临别前，还是黑着脸不说话。后来在车上，终于忍不住掉了泪，想起妈妈替我张罗，讨好我的样子，觉得自己好糟糕。

后来的几个月里，投过许多次的简历，间或和妈妈说起很累之类的话。到了四月初，决定要去杂志社实习，问她怎么样。有些意外她说只要我喜欢，做得开心就好。

回头想想，有我这样一个孩子，应该是很辛苦劳心的吧。从十来岁起说要去死，在日记里写下恨他们的话，甚至离家出走，闹脾气跑到河边。这些事在妈妈看来，或许早就不是荒唐这么简单了，而我只是一味地任性。那次听她哭诉，年纪轻轻的人就说这样的话，叫做父母的怎么受得了。才知道言语的伤害，远比我想象的要重得多。

结果还是这样，任性、固执，像个还没长大的孩子开始笨拙地在社会上挪动着脚步，走得吃力又缓慢。在杂志社实习的三个月里，除了一点可怜的稿费，没有别的收入。这样就只好继续住在学校里，早上六点多起来赶头一班车，坐上近两个小时的公交，穿越大半个城市。这中间失眠症又开始严重起来，整夜整夜地想事情，白白地想，想到后来，全是绝望的念头。其实心里清楚地知道并不适合记者这个职业，却仍然坚持下来了。从坚持，到耿耿执著于坚持。更多的，是不知道自己可以做什么，应该做什么。不会说话，不喜欢说话，在采访过程中紧张、脸红，脑子短路地语塞，有时候几乎想要逃出去，大哭一场，一了百了。

去泉州出差的那几天里，什么都不顺利。下雨，联系不上人，找不到地方。一个人背着借来的相机在山里乱走，用手机导航。好不容易到了约定的地方，却扑了空，被采访对象告知他还在城里，是上一通电话里他说过我没听清的。站在路边，简直没有半点委屈的理由。后来沿原路走回来，路上雨下得大起来，远处山路田野雾气溟濛，看不到一个人影。下半身已经全湿透了，还来了大姨妈，不知道走到什么时候才会有车。没有别的选择，一切都还要继续。

刚开始那段时间，稿子写得很不顺利，有时候改了许多遍后又推翻重新再来。痛苦的不是坚持，而是清楚地知道自己不行还要坚持。除了很没志气地躲起来掉眼泪，不知道还可以做什么对抗命运的大手。只是在想，并不是每一分努力都会有结果的，也许像我这么笨的人怎么做都没有用。

那时候还不知道，人生最困窘的永远不是现在，而是未来。六月底大学毕业，直到最后一刻喝得醉醺醺地离开，都没有好好道别，不管误会抑或真的错了，终于留下一个很不干脆的尾巴。过了这么多年，还是用逃避来面对一切，没有丝毫的进步。不会再有机会了，只能继续走下去。

那天编辑部一伙人去看《后会无期》，电影虽然不好，回来的路上，心情却莫名地愉悦起来。后来和燕萍、嘉奇两个跑到金山大桥上去吹风，迎着灯火阑珊，大货车开过时，脚下的地上下震动得像要颠覆整个世界。就这些了，伏在栏杆上，衣袖里灌满了空气，叫人恨不得朝着深不见底的江面跳下去。没有别的，只是单纯地想要拥抱风、拥抱水、拥抱大地，或许它们会接受我的。

其实生活这样就够了，三两个可以陪伴的朋友，说几句不着边际的话。

一惊掉头，发现过去的事几乎就在昨天，清楚地摆在面前，但今天绝对不会再有了。事情总是来得这样地快，在得知杂志社经营不善，将要裁员改版的消息后，很久都反应不过来。正式入职不过才一个月，生活却把它冷漠的一面摆了出来。无论去留，未来的路都不会走得太轻松。要想在这个炽烈的时代存生，看起来并不是件太容易的事。旧的事物走向了黄昏，明天却不一定会来。对纸媒来说，除了改变没有别的选择了，而我也是。

月初工资才发了一半，拿着不多的一点钱，开始为以后的日子盘算。当然这些，从头到尾没有和家里说过一句，怕他们担心是一方面，更多的，或许还是